重啟人生的千金小姐正在攻略龍帝陛下

4

永瀬さらさ

Sarasa Nagase

Kadokawa Fantastic Novels

插畫／藤末都也

contents

角色介紹

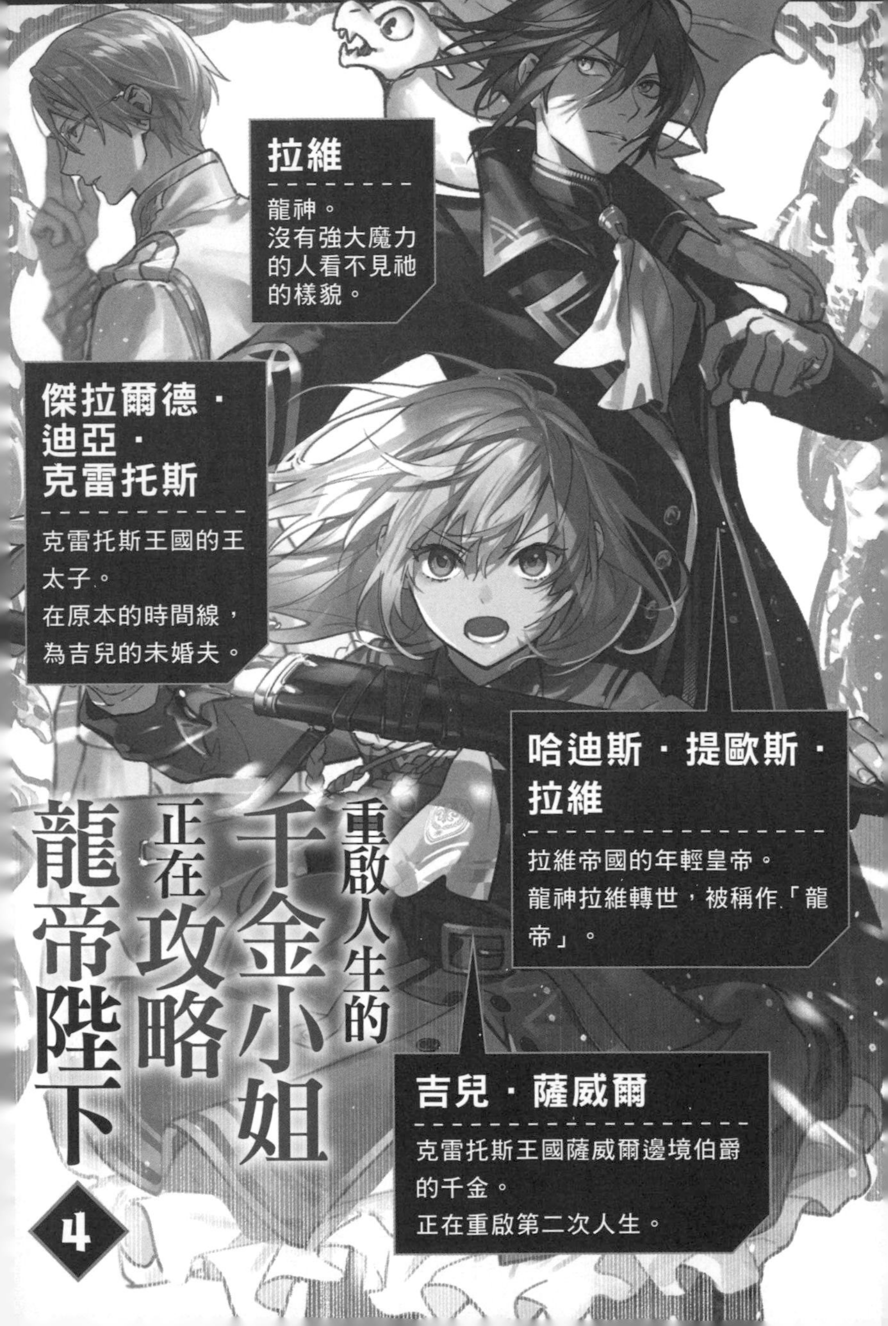

拉維

龍神。
沒有強大魔力的人看不見祂的樣貌。

傑拉爾德．迪亞．克雷托斯

克雷托斯王國的王太子。
在原本的時間線，為吉兒的未婚夫。

哈迪斯．提歐斯．拉維

拉維帝國的年輕皇帝。
龍神拉維轉世，被稱作「龍帝」。

吉兒．薩威爾

克雷托斯王國薩威爾邊境伯爵的千金。
正在重啟第二次人生。

勞倫斯·馬頓

克雷托斯王國出身。
傑拉爾德王太子的部下。

菲莉絲·迪亞·克雷托斯

克雷托斯王國第一王女。
傑拉爾德的妹妹。

艾琳西雅·提歐斯·拉維

拉維帝國的第一皇女。
哈迪斯異母的姊姊。
擔任諾以特拉爾領地的龍騎士團團長。

里斯提亞德·提歐斯·拉維

拉維帝國的第二皇子。
哈迪斯異母的哥哥。

卡米拉（本名為卡米羅）

龍妃騎士，弓箭名手。

齊克

龍妃騎士，使用大劍。

～普拉堤大陸的傳說～

這塊土地是愛與大地的女神克雷托斯，以及真理與天空的龍神拉維各自眷顧守護的土地。受到女神力量加持的克雷托斯王國，與受到龍神力量加持的拉維帝國之間的戰爭了持續多年——

序章

一隻腳被藤蔓纏繞住呈現倒吊狀態的丈夫開口問道：

「……我說吉兒，我現在看起來如何？」

「是。陛下中了陷阱，正被魔力藤蔓纏著倒吊在樹上！」

「我不是問這個。」吉兒的丈夫無力地搖搖頭。他的臉色有點差，衣服整體都帶著些微髒汙，幾乎感受不到這個人身為拉維帝國皇帝的威嚴。

不過，哈迪斯‧提歐斯‧拉維是龍神拉維的轉世，這位擁有天劍、貨真價實的龍帝，長相非常出眾。看起來全身沾滿泥土，還是完全不減損他宛如月亮般玲瓏的美貌，覆蓋灰塵的黑髮與帶著憂鬱的金色眼眸，連隨著嘆息聲一起垂下的鎖產生的陰影都是那麼地完美。

甚至從樹上倒掛而下的姿態，也彷彿是一幅天上的畫作。

然而，現在不是入迷欣賞的時候。一直倒吊，血流會匯集到頭部造成不適，而且丈夫的體質原本就很虛弱。

吉兒中了與哈迪斯不同的陷阱，踩進能把腳縫合在地面的魔法陣中，一隻腳正受到束縛。她發出「嘿咻」的聲音，「噗啾噗啾」地扯斷魔力的藤蔓。

「陛下，我現在就去救您。」

「不……沒關係的，我可以自己下去……我不是擔心這個……」

「那請您快點下來，不然血液要是流到頭部造成不舒服就不好了。」

「我是為了徵求妳父母親同意我們結婚而來的吧？」

吉兒終於來到哈迪斯倒吊處的正下方，聽到他確認的詢問，有點不好意思地點點頭。

如此一來，原本面露沉穩微笑的哈迪斯突然大喊：

「那為什麼我們會突然在拉奇亞山脈裡展開求生戰啊？」

「要說為什麼……因為我們家的本邸在拉奇亞山脈的半山腰啊。」

「這座山到底是怎麼回事，沒有正常的道路，全都是魔法的陷阱！實在太奇怪了，比不像樣的戰場還糟糕！」

「陛下，您在搖晃了。這樣很危險喔。」

因為哈迪斯太過激動，每當一喊叫就會大幅搖擺，不過哈迪斯卻毫不在意搖晃，用雙手摀著臉。他的三半規管說不定意外地很強。

「我、我為了不要失禮，好不容易才打理好自己……唔！」

「請放心吧，陛下不管是什麼模樣都很美型！」

「還有伴手禮也是，我做了很多準備跟考量……」

「走其他路線的本隊──卡米拉和齊克會好好幫我們送到的。」

「只要突破這條路就能結婚是什麼意思啊！瞧不起拉維帝國嗎？其實瞧不起的是我吧？對嗎？我能用天劍剷平這一帶嗎？」

「啊——真是的，那只是個習俗而已不要囉嗦了，你的腳快給我動起來啊！」

大概是因為聽到天劍兩個字有了反應，拉維從哀叫不已的哈迪斯胸口出現。

那是一個白色長型身體上長著翅膀的生物。那形狀應該是仿造龍變成的，長得惹人喜愛沒什麼威嚴。即使哈迪斯都以「長了翅膀的胖蛇」形容祂，但祂可是守護拉維帝國天空與真理的龍神。同時也是養育哈迪斯長大的親人。

「想要剷平這裡，你的魔力也不過恢復一半而已呀！光是在接近神域的拉奇亞山脈，魔力就會受磁場影響不穩定了，你怎麼覺得能做那麼危險的事啦。」

「只要願意做就辦得到。」

哈迪斯眼神堅定，拉維則是用尾巴「啪」地敲了他的頭。

「就算辦得到也不准做啦！你希望獲得結婚許可吧？是來求小姑娘父母同意的吧？給我好好做，不然小姑娘很困擾耶。」

養育自己的親人就在鼻尖前說教，哈迪斯停止哀嘆，看了底下的吉兒。

吉兒有些尷尬地撇開視線。

「對不起，我們家、有點特別……很奇怪對吧？居然說如果能兩人一起突破充滿魔法陷阱的道路抵達宅邸才會同意結婚……」

「沒……沒有那種事喔！」

哈迪斯慌忙在空中翻轉一圈，來到吉兒面前跪下。原本纏繞在腳踝的藤蔓消失無蹤，一點痕跡也沒留下。速度之快，甚至沒來得及感受到魔力氣息，吉兒相當佩服。這種事情，對這個人而言就像呼吸一樣容易。

「我沒問題的，對不起，吉兒。只是發生太多意料之外的事情，嚇了一跳而已。我們一起合作到宅邸去吧。」

「真的嗎？」

「嗯，為了要讓妳的父母同意我們結婚，我會努力的。」

「那麼，下一個關卡也一起加油吧。」

吉兒所指的方向，有一扇巨大的石造門和牆壁擋住去路。哈迪斯原本與吉兒互相緊握的手力道變鬆，表情僵硬起來。

「咦？關卡……為什麼要特別設計關卡……？」

「那扇門不是普通的門吧？它灌注了魔力吧？」

「拉維大人很清楚呢！那扇門必需使出與它相同壓力的魔力才能夠通過，不然就會壓個稀爛喔！」

「壓個稀爛……」

「薩威爾家族是不是有謀殺求婚者的家風啊？」

哈迪斯與拉維臉色微微發青，吉兒搖搖頭。

「不需要多大的魔力喔，對我和陛下來說只是小事一件！」

「嗯，或許是那樣沒錯……只是……那個想謀殺人的家風，我有一點點、真的只有一點點而已，覺得有點可怕呢……就是想法上的？」

「您在說什麼？這種程度只是剛開始呢！」
「只是剛開始啊？」
對於拉維的確認，吉兒相當有精神地回答「沒錯！」之後，轉身面向那扇門。
「聽說接下來還會有魔獸進行攻擊！要加油喔，陛下！」
「我說妳啊，是不是其實樂在其中……？」
「這就是薩威爾家風格的『兩人首次的共同合作』！我一直很嚮往能夠實現！」
她已經幹勁十足。哈迪斯則是望著遠方。
「這、這樣啊……那個，我好想進行一般切蛋糕的那種儀式……」
「這點我也同意……」
「切蛋糕也很好呢！」
哈迪斯不但料理很美味，他做的糕點也比外面開的甜點店好吃。想著想著表情不禁鬆懈下來的吉兒，趕緊重新振作。
「接下來的關卡，聽說我的父母也曾陷入苦戰。」
「……我想當參考問問，要突破這條路需要花多久時間？」
「聽說平均是半個月，最短紀錄是一週。不過我們要是花的時間超過最短紀錄，很多事可能會來不及。」
他們的本隊會從薩威爾領地最南邊的港口城市出發，沿著一般街道前往位於拉奇亞山脈山腳下的薩威爾家別邸。按照隊伍規模及運送的行李量推估，會需要花十天左右。另一方面，吉兒他們所走的道路，出口處位於拉奇亞山脈山腰，就在本邸附近。如果無法早點抵達，就很有可能與下山前往山腳下別邸迎接本隊的雙親錯身而過。

更何況，比原本預計的時間晚到會很丟臉。

「但是，我和陛下一定沒問題！」

吉兒回過頭，笑嘻嘻地往上看著站起身的哈迪斯。

「我們兩人一起創下新紀錄吧！讓父親大人和母親大人嚇一跳！還有我的兄弟姊妹也是！只要這樣，不管他們再怎麼反對，也一定會同意我們結婚！」

要讓大家知道自己所選的哈迪斯有多麼厲害。看著因為期待而心情高漲不已的吉兒，哈迪斯的眼神失去光采笑著。

「說得也是，我們加油吧……拉維，可以用天劍劃除一切嗎？」

「這是為了與妻子老家的交際。在到達忍耐極限之前好好加油。」

「有家室的人真辛苦……！」

「要開始嘍，陛下！我們一定辦得到！」

重新提起幹勁的吉兒握住雙拳，踩著大幅度的步伐往前進。接著踢開關卡的巨大石造門。

第一章 ⚜ 龍帝夫妻的結婚生存戰

「總算決定好要出發前往克雷托斯王國的日期了呢。」

「是的！」

「吉兒小姐，妳拿杯子的方式不對，食指勾在杯耳上了。」

「啊。」

經過家庭教師提醒，吉兒趕緊學著眼前示範的方式。用食指與拇指捏住杯耳，接著用中指輔助支撐是基本禮儀。因為需要一點技巧，她只要稍不留神，就會用食指勾住杯耳。

拉維帝國的帝都拉爾魯姆，如同其天空都市之稱位處高處。特別是帝城，為了能俯視整個帝都，還建設了高台，這時期在有如初夏的氣溫中，只要打開窗戶，就會有清爽的風吹進一陣清涼。另外在這裡還有負責執行政務的帝城內廷，再更往裡面是皇帝居住的宮殿。在宮殿當中的一個角落，是分配給吉兒的房間。

按照一般狀況，吉兒本來若不是以龍妃的身分進入後宮，就是要以哈迪斯未婚妻的身分住在分配給她的其他宮殿。然而，因為只有十一歲，加上又是假想敵國克雷托斯出身等等，各種因素疊加起來，就只好等政情穩定之前，由哈迪斯居住的宮殿裡安排一個房間給她。偏偏與拉維帝國地位最高的皇帝哈迪斯住在相同的宮殿，雖然感到本末倒置，但吉兒的立場實在太棘手。

不過更棘手的，還是哈迪斯身邊持續不斷的內部紛爭。

沒有金錢、沒有人手，哈迪斯的哥哥——里斯提亞德．提歐斯．拉維不斷哀嘆各種資源短缺。而話雖如此，哈迪斯的另一名哥哥——維塞爾．提歐斯．拉維靠著脅迫有權有勢的貴族取得金錢與人手，透過這些基本協助，讓狀況有了大幅改善。更重要的是，不久前拉迪亞領地引發的內戰中，哈迪斯將帝國軍名副其實地掌握在手中，是最大的收穫。臨時就任帝國軍將軍之位的是姊姊——艾琳西雅．提歐斯．拉維，她負責率領的是拉維帝國首屈一指的諾以特拉爾龍騎士團，是個有實力的人。

哈迪斯借助哥哥與姊姊的力量，逐漸穩固基礎，現在的吉兒能做的事很少。

儘管自己從十六歲穿越回到十歲，正在度過第二次的人生，但曾以軍神大小姐馳名的吉兒，擅長的領域是戰鬥。這部分的工作可說逐漸被帝國軍奪走了。

情況如此，吉兒的下一個功課便是新娘課程——禮儀舉止、刺繡、詩歌等皇妃教育。因為帝都終於恢復安全，便也為她找來家庭教師。

「妳最近立刻就會知道哪裡弄錯了呢。」

「都是多虧蘇菲亞小姐的教導。」

吉兒放下茶杯，蘇菲亞看起來很高興地對她笑了。那個神情舉止也宛如淑女範本般優雅。不過那是理所當然的，因為蘇菲亞．德．貝魯既是擁有正統家世的侯爵千金，也曾擔任皇帝哈迪斯的茶友。現在則是吉兒的家庭教師。

今天的課程內容只是與蘇菲亞一起喝茶，但這樣反而更難。除了一直提醒各種禮儀舉止，連喝茶、吃點心、茶器選擇全都會一一指正，例如不能只有準備整模草莓蛋糕。而且蘇菲亞告訴她，之後要找一天舉辦小茶會，從發邀請函開始，所有事情都要吉兒自己主導，藉此作為測驗。

（沒想到蘇菲亞小姐居然那麼嚴格啊……）

不過，聽到她說合格後可以試著邀請皇帝陛下之後，吉兒也有了幹勁，這正是戀愛的魔法厲害之處。吉兒十一歲、哈迪斯十九歲，大概是因為年紀的差距，她偶爾會想表現得像大人，希望能讓他大吃一驚。

「是哪一天出發呢？」

「聽說預計下週出發。」

「哎呀，時間很緊迫呢，準備工作以及與對方聯繫之類的……」

「全都由陛下他們幫忙協調好了。首先會騎乘龍到萊勒薩茨領地，向里斯提亞德殿下的外祖父大人簡單打招呼後，接著從那裡搭船到薩威爾家的港口，所以我月底就會在克雷托斯了。」

「原來如此啊，是因為這樣——」

蘇菲亞往窗邊的沙發瞄了一眼。沙發上有一隻熊玩偶、一隻雄壯的雞正在整理羽毛，另外還有一頭用毛毯從頭上蓋住全身，不知為何只露出屁股的小黑龍。

「羅大人才在鬧彆扭啊……」

「就是說呀。不過，龍沒辦法吃克雷托斯的植物呀。」

「嗚啾！」

那個不高興的屁股，也就是羅叫了一聲。吉兒放下茶杯嘆口氣。

「羅，你要鬧彆扭到什麼時候？已經決定你會和蘇堤跟熊陛下一起留下來看家了吧？」

「啾！」

「那你自己去說服蕾亞和其他的龍。」

「啾……」

羅的聲音一時間失去了氣勢。

難怪牠是這樣的反應，當吉兒他們討論該如何安排羅之前，身為配偶的黑龍——蕾亞就立刻飛來猛烈地抗議一番，帝都裡的龍也全都堅決反對，甚至以不聽從命令表示決心。如此一來，人類只能投降。而羅本身為了獲得蕾亞同意，也努力使過撒嬌或生氣各種招數，然而，蕾亞「要去就把我殺了」的宣示，讓羅受到妻子堅定態度的震撼，只好接受看家的決定。

現在牠也正用力甩著尾巴，無言表示自己無法理解這個決定，但只要蕾亞飛過來，那條尾巴就會變得安分。而那個蕾亞已經結束休假，正與其他的龍一起在帝都周圍進行戒備。龍騎士團也繃緊神經全方面設置了龍的包圍網，是絕對不讓羅前往克雷托斯的布陣。蕾亞完全不相信羅的部分，讓吉兒覺得非常可靠。

「卡米拉大人與齊克大人會陪同前往克雷托斯嗎？」

「對，因為他們是龍妃騎士，從這裡隨行也是應該的。行李運送的部分，聽說也會在進入克雷托斯之後薩威爾家——會由我家派去的人接手。畢竟不是為了引發戰爭才去的。」

蘇菲亞聽完開始沉思，吉兒則拿了泡芙。這堂課的好處就是，只要遵守禮儀規範，就能吃到美味的點心。

「這麼一來，課程要暫停了呢。」

「啊，沒有錯。不過我會買伴手禮回來！」

「非常感謝。我也得想想有什麼功課可以讓妳在目的地練習……不如就安排刺繡吧？」

「咦？不、不知道有沒有時間——」

「吉兒小姐，嘴邊沾到奶油了。」

「啊……」

「總之要趕緊想辦法先學會繡出哈迪斯大人的名字呢。」

在被奶油轉移注意力的同時，功課就決定了。

「要帶的伴手禮也都是由哈迪斯大人準備嗎？」

「啊，對。他好像非常用心張羅……我不知道自己該準備什麼……」

「對吉兒小姐而言是回故鄉嘛。也許不用準備檯面上的禮物，而是私底下會讓他們高興的東西如何？」

「嗯……說得也是。不過最大的禮物就是陛下了！」

吉兒如此斷言，聽得蘇菲亞笑臉都僵住了。

「說、說得也是呢，那麼交給哈迪斯大人就沒有問題了。」

「畢竟要看到龍帝本人是很難得的事，我想他們絕對會很高興喔！」

「……不、不管怎麼說，這麼做能夠走向和平的道路是再好不過。更重要的是，吉兒小姐與哈迪斯大人的婚約，如果能受到兩國認可，我也非常高興。」

曾是哈迪斯婚約候補者的蘇菲亞那麼說，吉兒聽了心裡有點不好意思。

「話說回來，蘇菲亞小姐找夫婿的事進行得如何了？有合適的人選嗎？」

蘇菲亞離開故鄉水上都市貝魯堡來到帝都，除了擔任吉兒的家庭教師之外，同時也為了尋找入贅夫婿。

蘇菲亞的父親——貝魯侯爵因為與哈迪斯敵對而遭到褫奪爵位。另一方面，由於蘇菲亞為了哈迪斯而選擇舉發父親，於是決定現在先由哈迪斯保管爵位，蘇菲亞選上的夫婿將會成為新的貝魯侯爵。

「還早呢，吉兒小姐。我來到帝都還沒一個月呢。」

「話是沒錯啦，難道沒有命中注定的邂逅嗎？」

「要是能遇到就太好了呢，但畢竟那個人得治理水上都市貝魯堡……」

貝魯侯爵的領地水上都市貝魯堡，在交通路線上最接近克雷托斯王國的王都。官方交流的窗口會利用位於國境附近的萊勒薩茨公爵領地，但民間交流的窗口可說是貝魯堡。無論是軍事與政治方面，都不是個容易管理的地方。

「要治理貝魯堡確實很困難呢。除了面對克雷托斯，要能夠處理外交與軍事，對國內也得嚴密監視……」

「再說我父親才鬧出那麼嚴重的醜事，因此我認為比起自己的意願，得找能夠讓大家信任的人。所以首先要從交朋友開始。」

「要蒐集情報吧！我明白。」

不能小看貴婦們當間諜的能力。看到吉兒認同地點頭，蘇菲亞開心地笑了。

「如果能找到好的對象當然很好…但比起我，應該先關心拉維皇族成員們的事才對吧？維賽爾皇太子殿下已經有未婚妻，不過艾琳西雅皇女殿下與里斯提亞德皇子殿下都還沒有訂下婚約吧？娜塔莉皇女殿下也是。」

「確實是這樣沒錯。芙莉達殿下也……不過她還早吧，才八歲而已。」

「之前可能因為皇太子連續死亡，沒有心力顧及到這些事，不過接下來，各方面的事情都會有所進展吧？特別是娜塔莉皇女殿下，無論在年紀或立場上，可能都要早點決定比較好呢。」

吉兒頓時全身僵硬。

娜塔莉．提歐斯．拉維，她的性格好勝，是一名相當具有皇女架式的十六歲皇女，的確是個適合考慮訂婚的時期了。她與大姊艾琳西雅．提歐斯．拉維不同，並沒有身負國家要職。

事實上，在吉兒所知的未來中，她也在十六歲時安排訂婚——然後死了。在不知道受到誰殺害之下，死在克雷托斯王國。

（……沒、沒問題……對、吧？）

現在已經過了當時那個時期，也沒有替她主導婚約的人。

「不過那些事，應該都會等吉兒小姐與哈迪斯大人的結婚日期確定後才會進行。接下來還有更多值得慶祝的事呢。」

「就、就是說呢！」

「吉兒姊姊！」

正當吉兒擠出笑容點頭時，一個嬌小的身影連門也沒敲就衝進房間裡。吉兒對衝到自己腳邊的人眨眨眼。

「芙莉達殿下，發生什麼事了？」

「大事不好了，娜塔莉姊姊要嫁到克雷托斯了……！」

「咦？」

性格內向的芙莉達死命抓著愣在原地的吉兒。

「哥、哥哥他們正在討論，要讓娜塔莉姊姊……跟克雷托斯的王子訂婚……！」

克雷托斯的王子，無論是現在還是未來都只有一個人。

傑拉爾德・迪亞・克雷托斯——吉兒第一次人生中的未婚夫。同時也是當時娜塔莉皇女洽談婚約的對象。

吉兒站起來，沒等芙莉達說明就走出房間。

她已經掌握哈迪斯的行程與所在位置，現在他應該在辦公室。

「啊，等等，吉兒？」

「喝茶的時間結束了嗎？」

課程進行時，卡米拉與齊克會在門口看守，她沒有回答他們的問題，直接走出宮殿。階梯也以三階為單位跳下去。

「龍、龍妃殿下，現在正在會議中，任何人都不能進——」

「讓開，我有緊急的事。陛下，打擾了！」

吉兒讓鼓起勇氣擋住她的帝國兵閉上嘴，敲敲辦公室的門後打開。

先回頭的是坐在辦公桌前沙發上的維賽爾與里斯提亞德，兩人對吉兒突然闖入都面露不悅。

「吉兒！」

不過房間主人哈迪斯的表情倒是亮了起來。

「有什麼事嗎？點心要再等一下喔。」

哈迪斯笑咪咪地擔心這件事，不禁令她臉紅。難道自己真的一天到晚纏著他要點心嗎？

「不、不是這件事。」

「咦？不是嗎？妳不是來問今天的點心是什麼嗎？」

「那也很重要沒錯，但不是！我要問娜塔莉殿下的事情。訂婚是真的嗎？而且對象是傑拉爾德大人！」

「是誰把情報洩漏出去的？」

維賽爾嫌麻煩的話語中含有肯定的語氣。

「是、是我……」

跟著卡米拉與齊克一起追過來的芙莉達承認是自己後，躲到吉兒身後。維賽爾咂嘴後看著對面的里斯提亞德。

「情報管理也做不好啊，廢物。」

「……非常抱歉，稍後會去了解原因並設法防止再度發生。芙莉達，妳快出去，哥哥還有工作——」

「為、為什麼、是娜塔莉姊姊！」
聽到同母妹妹全力提高音量詢問，里斯提亞德似乎很困擾地皺眉。手撐著下顎的維賽爾則是回答：
「這是為了和平交涉的一部分，而且她的年紀也很適合，總不可能送擔任將軍的皇姊過去啊。」
「就、就算這樣，娜塔莉姊姊她……」
「我先聲明，這是娜塔莉自己的提議，我是反對的。」
原本還竭盡全力想向哥哥們爭論的芙莉達，因為吃了一驚而愣住。吉兒心裡也很驚訝。維賽爾看著芙莉達與吉兒的表情，嘲諷地笑道：
「妳們以為是我提議的嗎？很遺憾，我沒提出那麼危險的賭注。」
「為什麼……姊姊……」
「因為那是最好的方法啊。」
從門口響起一個凜然的聲音。回過頭看到的是手插腰站著的娜塔莉，以及苦笑的艾琳西雅。
「怎麼吵吵鬧鬧的？害我以為又是哥哥們在吵架，還帶艾琳西雅姊姊過來了呢。」
「娜塔莉，不是吵架不是很好嗎？比起每次都要輪流揍弟弟，我也想要開開心心地喝茶。你們應該也是吧？」
年紀最大的姊姊看了表情不甘願的弟弟們一輪，最近他們只要一有爭執，在找藉口之前，腦袋就會先挨揍。

芙莉達看到疼自己的娜塔莉與可靠的艾琳西雅後，大概是心情放鬆下來，濕了眼眶。

「姊姊……妳、妳要嫁出去了，是真的嗎……？」

「還早得很，現在甚至還沒詢問對方意願呢。不過，這是件好事吧？」

娜塔莉揚起嘴角一笑，芙莉達對她眨眨眼。沒想到娜塔莉那麼樂觀，吉兒忍不住驚訝。

「對象是傑拉爾德王子耶！真的沒關係嗎？」

「假如成功締結和平關係，我們就不是敵國了，而且聽說他是神童？長得也不錯啊。」

「不是那樣，他是個差勁的王八妹控混蛋耶！」

吉兒怒吼出口後，用雙手掩住了嘴。那就是吉兒過去的死因。

艾琳西雅訝異地眨眨眼並歪了頭。

「的確，傑拉爾德王子和菲莉絲王女感情好這件事非常有名……但那麼說是不是太過分了？我倒希望弟弟們可以學學他呢。」

「皇姊，別人家是別人家，我們家是我們家啊。」

過去曾與菲莉絲對峙過的里斯提亞德，想帶過這個話題而那麼說。應該是發現芙莉達正豎起耳朵想聽吧。

然而，未來造成吉兒處決的原因，正是因為她目擊了傑拉爾德與他的親妹妹菲莉絲王女的禁斷之愛，連四處宣揚的時間都沒有，就被冠上莫須有的罪名拘禁並處決了。無法保證娜塔莉不會遭受相同的待遇。

不過，公然說出那種醜聞讓和平交涉毀於一旦也很困擾。那兩人現在未必是那樣的關係，更重要的是，在沒有證據的情況下，她要如何說出那麼荒謬的無稽之談呢？

「未來將要成為我國國母的女性，不該對鄰國的王族說出那麼輕率的評論。這是比禮儀舉止更基本的事。難道我連和平的概念也得向妳說明嗎？」

果然演變成受到維賽爾冷嘲熱諷的狀況。吉兒的視線游移起來。

「我、我承認，我用詞不好。但是——那對兄妹該說很特殊還是……」

「既然要說，就該用更精準的方式描述。他們應該不是妹控這種令人不禁莞爾的關係，是殉教者與女神才對。那個妹妹只要想做什麼，傑拉爾德王子會不惜弄髒雙手，即使是拉維帝國的皇女，也會完美地處理掉吧。傑拉爾德王子雖然年輕，但已擁有這樣的權力與智慧。他也因此被稱為神童。」

維賽爾說出的評論，聽得芙莉達臉色鐵青。維賽爾並沒有看娜塔莉，繼續說道：

「所以我才反對這件事。既然沒有要打仗，就不必特意煩惱這點，不然一個連像樣的魔力都沒有的平凡皇女，在魔法大國能做什麼？頂多就是利用妳的死亡就結束了。」

「不試試看不會知道啊。」

「看，本人是這麼說的。如果可以，我倒希望妳能說服她。」

維賽爾擺出棄械投降的態度，里斯提亞德也皺著眉保持沉默。芙莉達怯生生地握住娜塔莉的手問道：

「姊、姊姊，為什麼那麼做……？」

「因為現在正是好時機喔。」

娜塔莉堅毅地抬起頭。

「拉維國內逐漸穩定，所以接著要處理國外事務。維持和平最好的方法就是政治結婚。」

「妳說得、是沒有錯，但是……」

「依情況而言，我嫁給傑拉爾德王子是最快的辦法吧？因為哈迪斯哥哥要和吉兒結婚了。」

吉兒忍不住提高了音量。

「那個、該不會……是為了我和陛下……」

「不要誤會，我是為了自己喔。我思考過，自己既無法像艾琳西雅姊姊一樣率領軍隊，也沒有像芙莉達一樣有堅強的後盾，所以沒辦法為了鞏固與國內貴族之間的關係與他們結婚。而我的立場能做出貢獻的方法就是——成為克雷托斯的王太子妃，是不是很棒？」

娜塔莉得意地「哼哼」一笑，把頭髮往後撥。

「最重要的是，可以讓討人厭的維賽爾哥哥無話可說呢！很完美吧？」

「真是了不起的理想。如果事情真的成了，我就實現妳任何一個願望好了。」

「哎呀，那就說定嘍，維賽爾皇兄。」

她強勢地笑著，但內心一定有不安。娜塔莉比吉兒更清楚自己的行動會帶來的影響，也是個會考量情勢的皇女。要嫁入淵源深遠的假想敵國，她不可能不明白其中危險性。

然而她平靜的眼眸中，呈現出強烈的意志。

「我是拉維皇女呢，能派上用場的時機就是現在。千萬不要弄錯了。」

若真心想阻止娜塔莉，維賽爾應該會使用各種手段阻止她，里斯提亞德應該會持續反對，但他們都保持沉默。表示那就是答案。

基於國防因素，不可能由艾琳西雅出嫁，芙莉達除了年紀還小，與被稱為三公爵的拉維皇族當中具名望的貴族有姻親關係，其中的關係太過複雜。

因此不論年紀與立場，都是娜塔莉最合適。就算沒有吉兒與哈迪斯結婚的事，為了建立和平關係確實是一步穩棋。

（可是……沒問題嗎？如果又像以前一樣，娜塔莉殿下在克雷托斯國內遭綁架然後殺掉，根本連和平都談不上……）

吉兒過去的經驗與現在的狀況不同，可說是一線生機。當時把娜塔莉送過去的人，是與哈迪斯對抗的叔叔格奧爾格，而且是在爭鬥中的專斷決定。現在則是憑藉娜塔莉的意思決定的，應該能成為拉維帝國的外交橋梁。以前娜塔莉的死，拉維帝國沒有深入追查，但這次若娜塔莉有什麼萬一，拉維帝國會立刻著手調查。光是這點，克雷托斯國內的應對方式就會不同。況且克雷托斯國內也是，至少吉兒不是傑拉爾德的未婚妻這點，狀況就不同了。

「我認為如果是娜塔莉就能辦到喔。」

在所有人陷入各自複雜心思的沉默時，艾琳西雅爽朗的聲音打破這個氣氛。

「我的妹妹那麼聰明又可愛，傑拉爾德王子一定會中意她，菲莉絲王女也會跟她處得很好。而且這件事還在提議的階段，沒和對方見過面之前就推測可能這樣或可能那樣並沒有意義吧？還不知道克雷托斯會怎麼出招，如果真的不行，再當作沒這回事就好。」

「真是單細胞生物，也不想想要善後的人是誰。」

「維賽爾，你說了什麼嗎？」

「沒什麼，皇姊，我什麼都沒說。我明白妳說的意思，即使只是試探對方的意思，就能了解對方的態度是否認真看待和平交涉，成為測試克雷托斯應對方式的試紙。」

對於娜塔莉的婚約提議是否會接受？若是拒絕又會是什麼理由？克雷托斯的反應將成為其中一項情報。艾琳西雅點點頭，環視所有人。

「既然明白，那要不要相信娜塔莉試著交給她？」

「哪一點可以讓人相信這個平凡皇女啊？」

「你說什麼？」

「維賽爾，你為什麼沒辦法直率地說出自己擔心妹妹呢？」

「什麼？別說了，艾琳西雅姊姊，太噁心了。」

「完全同意。」

艾琳西雅非常驚訝地看著認同彼此意見的維賽爾與娜塔莉。

「真看不出你們兩人的感情到底是好還是不好……」

「——不得不慎重行事啊，皇姊。如果娜塔莉有什麼萬一，不只會影響到與克雷托斯的關係，也會演變為哈迪斯失策，影響國內民心。可能還會有人說出哈迪斯果然不想承認拉維皇族之類的話。」

里斯提亞德身體向前傾，手肘放在雙腿膝蓋上，繼續喃喃說道：

「不過……我也想在娜塔莉身上賭賭看。正因為她是拉維皇女才能執行這個策略。同樣身為拉維皇族，被妹妹搶先立功很不甘心，但妳能下定這個決心很了不起。」

「你、你怎麼突然誇我，里斯提亞德哥哥……」

「我說的是事實。這麼做可以彌補吉兒小姐原本是傑拉爾德王子未婚妻的位置，在三公爵理解下送娜塔莉過去，安全上也會有最大保障。這是最好的外交手段。」

里斯提亞德直視著維賽爾。

「我會去說服萊勒薩茨公爵，拉迪亞大公應該不會對這種事提出意見，斐亞拉特公爵要由維賽爾皇兄你去搞定。」

維賽爾挑起單邊眉毛，接著嘆了一大口氣看向哈迪斯。

「哈迪斯你怎麼想？贊成還是反對？」

做出最後判斷是皇帝哈迪斯的工作。吉兒也不禁感到有點緊張。在大家的注目之中，哈迪斯認真地說道：

「我認為我應該要先向吉兒的父母正式打招呼。」

眾人陷入沉默。里斯提亞德摀住臉嘟噥：

「那是、應該要做、沒錯啦……但……現在這種氣氛，不是應該要更那個一點嗎？」

「就算你那麼說……大家都想得太遠了啊，吉兒也是。」

「咦？」

「剛剛妳也擔心可能是自己的錯吧？不過娜塔莉的事，事關我和妳結婚是否得到妳父母認同喔。畢竟都還沒詢問過。」

「話、話是沒錯……但一想到傑拉爾德大人不知會對娜塔莉殿下做什麼……」
哈迪斯看她無論如何都無法消除不安，笑著問道：
「吉兒，話說回來，妳知道和平交涉是怎麼運作的嗎？」
「……這個、雙方約定好不打仗，互相簽訂文件，握手合作！背地裡可能會互相設計競爭，但表面上維持那種狀態。」
「那是和平的**結果**呢，在那之前會像這樣……」
哈迪斯如同要握手般伸出左手。吉兒跟著準備伸出左手，然後停住了。
伸出左手的哈迪斯，一邊帶著笑容右手握拳，也就是準備出拳的姿勢。
「懂了嗎？」
「……咦？」
「……要想辦法讓情勢對我們有利，里斯提亞德。」
「我很想平順地進行耶。不過想要和平確實得從那裡開始啊。」
「咦？咦？」
在吉兒還無法理解時，維賽爾與里斯提亞德就把話題延續下去了。娜塔莉看起來不太高興。
「等等，什麼意思？這是怎麼回事？艾琳西雅姊姊，我們要做和平交涉沒錯吧？」
「應該是吧，我也好像有點懂又不是很懂……我很不擅長站在最前線和進行交涉。不過別擔心，不管事情怎麼發展，我都會去迎接妳的。」
「那不就代表會發生戰爭了？」

「娜、娜塔莉、姊姊……妳是自己、決定那麼做的吧？」

嬌小的芙莉達出聲，所有人都安靜下來。娜塔莉在抓著自己裙子低下頭的妹妹面前跪下。

「別擔心喔，那還是很久以後的事。」

一度嘴角往下拉後，芙莉達點了點頭。

「我知道……既然……是姊姊、決定好的事……我會支持……」

她的聲音聽起來斷斷續續，大概正忍著不哭出來吧。「討厭啦。」但娜塔莉好像被她傳染了，反倒先吸起鼻子來。

「真是的，不要露出那種表情啦，芙莉達……」

「就是啊，這可是值得慶賀的事。得當成值得慶祝的事才行。」

抱著兩個妹妹肩膀的艾琳西雅，說得非常正確。維賽爾冷冷地說道：

「誰要去斡旋？」

「好了，麻煩事就全交給聰明的弟弟們處理，我們去吃好吃的東西提振精神吧！蘇菲亞小姐，能請妳準備推薦的茶和點心嗎？」

在這時候，吉兒才在擋住門口的卡米拉與齊克身後，看見抱著羅的蘇菲亞。她的腳邊還有拉著哈迪斯熊的蘇堤，看來正護衛著蘇菲亞。

蘇菲亞先是感到驚訝，但立刻優雅展露微笑。

「我很樂意。難得有機會，能麻煩吉兒小姐一起準備嗎？」

「啊，好！……咦？難道這是要繼續上課……」

「那我也……」

「哈迪斯你當然不能去啊！難道沒看到等著裁決的文件堆得跟山一樣高嗎？」

打算跟著吉兒離開的哈迪斯，頭被里斯提亞德壓住。

「咦——不要。吉兒，救我！」

「請加油，陛下！」

「真過分。」

「真的是很過分的未婚妻呢。」

維賽爾一邊說一邊堆了更多文件在被帶回辦公桌的哈迪斯面前。哈迪斯露出絕望的表情。吉兒趁還沒波及自己前離開，羅立刻撒嬌地飛過來。接著，里斯提亞德手拿文件從辦公室出來。芙莉達回過頭。

「我已經、沒問題了……哥哥。」

「啊、啊啊。這個我知道……」

「里斯提亞德，我會照顧她的，其他麻煩事拜託你們了。」

艾琳西雅挺起胸膛，里斯提亞德哀怨地說道：

「我倒希望皇姊也分擔一些麻煩事。這點要向娜塔莉學學……」

「好了，我們走吧，娜塔莉、芙莉達。」

「姊姊真是的，別用拉的！」

艾琳西雅先邁開步伐，在走廊上等著的卡米拉向吉兒耳語：

「那是利用把妹妹帶出去逃離說教吧？」

「是啊……因為艾琳西雅大人對內政或外交之類的事很不拿手。」

「隊長也是吧。」

吉兒原本想踩多嘴的齊克一腳卻被他逃開。目送艾琳西雅離開的里斯提亞德，朝著正咯咯笑的蘇菲亞走近。

「蘇菲亞小姐，妹妹和姊姊就拜託妳了。雖然表面上看起來沒事，但娜塔莉應該也會不安吧。」

沒想到自己會被搭話的蘇菲亞儘管驚訝，立刻沉穩地回應：

「如果我能幫得上忙，當然很樂意。」

「真是抱歉，妳明明也很忙。我記得妳來到帝都——」

里斯提亞德的話說到一半忽然停下來。吉兒感到新奇而回過頭。

站在蘇菲亞對面的里斯提亞德，表情看起來像是察覺什麼似的。蘇菲亞困惑地眨眨眼，不過轉眼間，又重新露出淑女的柔和微笑。

「請問怎麼了嗎？」

「——沒事。」

里斯提亞德重新抱緊懷裡的文件，對她微笑。

吉兒不禁覺得奇怪。里斯提亞德會語塞的確很少見，而臉上會露出那麼完美的微笑更少見。

「啾？」吉兒懷中的羅也跟著歪頭。

「先聊到這裡。日後我是否能再去向妳道謝？」

「咦？不必客氣，里斯提亞德殿下不必對我有所顧慮——」

「妳是吉兒小姐的家庭教師，卻因為姊姊與妹妹中斷妳的工作，我理所當然要道謝。稍後會另外向妳的住處聯絡。那麼，失陪了。」

里斯提亞德把資料夾在腋下，轉過身離開了。他做決定還是一樣那麼快。留在原地的蘇菲亞手撫著臉頰，感到很困惑。聽到皇子要直接到自己的住處訪問，會有這反應也是正常的。吉兒覺得很不可思議，問道：

「蘇菲亞小姐，妳跟里斯提亞德殿下很熟嗎？」

「怎、怎麼辦呢？我還是哈迪斯大人的茶友時，有向他打過招呼，不過沒有正式和他說過話……」

「啊，不過上次因為我的課程，妳也順便和芙莉達殿下一起喝了茶呀。那個時候妳有示範刺繡給芙莉達殿下看吧？可能是為了那件事道謝。」

里斯提亞德非常疼愛芙莉達，只是蘇菲亞似乎沒有辦法理解。

「就算如此，也未免太小題大作了……他可是很忙碌的人。」

「這樣不錯啊。實際上，接下來茶會之類的工作也會增加吧。」

「就是呀，蘇菲亞，能拿的好處就儘量拿啊。」

在貝魯堡曾打過照面的齊克與卡米拉，對蘇菲亞的態度相當親近。雖然不清楚里斯提亞德心裡怎麼打算，吉兒也補充道：

「里斯提亞德殿下非常紳士，我想不會發生奇怪的事喔。」
「說……說得也是。呵呵，好久沒有正式和拉維皇族的人面對面交流，不禁緊張起來了。」
「蘇菲亞，妳那麼說太不敬了唷。不久前才向陛下打過招呼吧？」
「啊，真是抱歉！但、但是因為看到他穿圍裙的裝扮，我就暈過去了……」
「沒關係啦，陛下也不會介意才對。」
倒希望他能介意，但吉兒沒有說出口的義務。
（我也要努力才行，不能輸給娜塔莉殿下。）
哈迪斯雖然那麼說，不過娜塔莉的婚約一事的確與吉兒和哈迪斯結婚息息相關。與哈迪斯結婚的事若能迅速推進，娜塔莉的婚事也許不必徵詢對方意願就能有結果。
那麼首先要做的，就是要說服老家。
第一次的十一歲時，自己並沒有太多想法，但在從軍後經歷過不少世俗經驗，現在已經明白自己的老家非常特別。國家問題乾脆全交由哈迪斯他們處理，吉兒該做的事，應該是思考如何扳倒家訓是「強大就是正義」的老家。
被稱為戰鬥民族的薩威爾家，擺明了一點都不向權力諂媚，卻對克雷托斯王國非常效忠，因為不那麼做就無法生活。而假如睽違三百年才出現的龍帝，傻呼呼地前去拜訪，他們應該會興奮得雙手合十拜託他一定要去吧。搞不好還會以「還沒開戰嗎？」的態度引頸期盼。
而且如果家族所有人都認真攻打過來，吉兒會輸。即使是全力一對一，她也未必有自信能夠全勝，何況現在的魔力仍然被封印。哈迪斯雖然超乎常理地強大，但也與吉兒一樣，魔力只恢復一半左右，更別提他的身體很虛弱。身處敵國時究竟能夠戰勝到什麼程度，不事先考慮過就一定會輸。

必須有一個即使結婚受到反對，家人還是能夠認同的戰略。

這時吉兒想起某件事。

在薩威爾家，就算結婚受到反對，也還是有能夠強行通過的古老習俗。那是條試煉的道路，現在大多用來提高自己的身價。聽說父母也為了提高身價而挑戰過。如果能與哈迪斯一起以最快的速度穿過它，就算原本想反對，也不會有人說什麼。

於是吉兒在進入克雷托斯王國之前，將行李交付給卡米拉與齊克，拉著哈迪斯開始登山。

在那裡，她再次確認了一件事。

「陛下果然很強大呢！」

她眼神發亮地往上看，營火照著哈迪斯的雙頰染紅了。

「是、是這樣嗎……」

「對！那樣的魔獸一次就確實擊倒的那個踢擊……！而且我第一次在野宿時喝到那麼美味的豬肉番茄湯！」

哈迪斯總是攜帶的行李當中，裝了許多方便旅行的工具。像是有繃帶、消毒水之類整套的急救工具，小鍋與刀子、杯子和湯匙，甚至還不會忘記帶調味料，讓人感到佩服。他準備周全的習慣，卡米拉說那是因為他「習慣被放逐的日子」，但是吉兒把這件事想成他很可靠。那麼想比較不會難過。

「在克雷托斯，不管在哪裡都能取得食材，不用煩惱沒東西吃。」

如此說道的哈迪斯重新添滿吉兒的杯子。吉兒對著冒出熱氣的馬鈴薯不斷吹氣。

巨大樹木的樹底部，因為樹的葉子重疊起來，就像屋頂一樣，加上大樹的樹根正好長得像椅子，讓這空間有如一個祕密基地。拉維坐在哈迪斯旁邊的原木上，環視周圍後嘆口氣。

「儘管是半山腰，在拉奇亞山脈看到長著蔥、番茄和馬鈴薯非常震撼啊……種植這些的是薩威爾家嗎？」

「這一帶是我家管理的沒錯，應該只是種子掉在這裡後自己生長的吧。」

克雷托斯王國與拉維帝國的土地之間雖然只隔了一座拉奇亞山脈，但兩地的土地與氣候卻南轅北轍。這是源於愛與大地的女神克雷托斯，以及真理與天空的龍神拉維的庇護造成的差異。

「但是這些食材能變成那麼美味的湯，都拜陛下的手藝所賜！」

「多虧有妳獵捕到豬肉，甚至漂亮地處理好了……」

「我很擅長這種事！請交給我！」

順帶一提，哈迪斯用胡椒鹽調味後烤得香酥的烤豬肉串，已經進入吉兒的胃袋。

「現在的距離大概到哪裡了？」

「我想大概走了一半。雖然不知道在這之後會出現什麼，不過應該會在明天或後天抵達。只要這樣，就會同意我們結婚了！」

「是、是嗎……那我準備了伴手禮和嫁妝的意義是……」

「別想了，哈迪斯。形式很重要。」

「至少要在抵達宅邸前，找個地方打理一下。」

哈迪斯一邊拍掉衣襬上的髒汙一邊嘆氣。營火閃爍出非現實的光影中，哈迪斯帶著憂鬱的神情非常美麗。吉兒啜飲溫暖的熱湯，偷偷地看著那張臉孔。

「無論陛下是什麼模樣，我想我父母都不會介意……」

「但是我很介意。而且不只那樣，我還一直很煩惱自己該以什麼樣的立場面對妳的父母。」

「這話是什麼意思？」

吉兒有不好的預感而皺起眉頭，哈迪斯表情彆扭地回答：

「因為妳想想，我和妳在龍的世界已經是夫妻，在拉維帝國也訂婚了，然而還沒向妳的父母打過招呼，對他們而言就不同吧？無論說我們是夫妻或是未婚夫妻都很突兀，會不會被罵自視甚高呢？」

「嗯～我想他們不會介意喔。更何況陛下不就是在他們面前把我帶走的嗎？現在才擔心這種事……」

「是沒錯啦！但我希望可以稍微留點好印象。」

當身高比自己高的哈迪斯露出低姿態的眼神，吉兒便沒抵抗力，不禁想摸摸頭讓他撒嬌。為了隱藏這樣的衝動，她乾咳後還是想了想。

與一個十九歲男性既不是夫妻、也不是未婚夫妻的關係。十一歲的自己要說出情侶這個詞似乎年紀還太小，聽起來會像扮家家酒。
「那麼……男朋友呢？」
「男朋友？」
吉兒不經意地詢問，哈迪斯卻提高音量驚喊。接著眼神便四處遊竄，突然用放在一旁等著睡覺時用的大被子，從頭上蓋住自己。
「男、男朋、男、男男男男、男朋友……！我、我居然是妳的男朋友嗎？」
「如果不喜歡……」
「沒有不喜歡！」
哈迪斯的臉猛力轉向吉兒，全力否定。但臉色立刻轉為通紅，開始喃喃說道：
「沒、沒有不喜歡，是那個……還、還沒做好心理準備！」
「明明為了訂婚要去打招呼了耶？」
「那件事跟這件事不一樣啊！說到男、男朋、男朋友，就是要跟妳牽手、去約會之類的吧？就是情侶了吧！」
「我覺得未婚夫妻也會那麼做……」
「完全不一樣啦！」
因為他強力地主張，吉兒不禁詢問正在打呵欠的拉維：
「不一樣嗎？」
「在這傢伙心裡認為不一樣吧……我要去睡了……」

「因、因為、訂婚是個契約啊。但男朋友不一樣呀，是彼此喜歡的對象呀！明明沒有任何權利或義務只因為喜歡就與對方牽手或約會耶！」

這個人究竟在說什麼呢？難道到了這種時候，他還沒相信吉兒的心意嗎？

吉兒無奈地半閉起眼睛，哈迪斯用雙手摀住臉，苦悶地說著：

「我居然、居然是妳的男朋友……」

「如果不喜歡……」

「沒有不喜歡！」

「唉……」吉兒摻雜著嘆氣回應。總之暫時明白在哈迪斯的心中，「男朋友」這詞彙充滿許多夢想。

（需要那麼害羞嗎？我現在就算被說是陛下的女朋友，也不……）

吉兒原本準備喝完最後的湯，想到這裡卻閉上嘴，為了不要嗆到，把杯子從嘴邊拿開。臉頰似乎變熱了，一定是因為一直坐在營火前面的關係。

「……那個，吉兒。」

「什、什麼事？」

哈迪斯不知何時雙手抱膝坐著看過來，當與反應過度的吉兒對到眼時立刻別開臉龐，但還是一邊偷瞄她一邊開口：

「既、既然我是男朋友，那可以打情罵俏嗎？」

「什麼？」

「會、會冷嗎？很冷吧？」
這裡位於拉奇亞山脈高處，氣溫的確比山腳低又是夜晚，但現在是夏天。
（陛下真是得意忘形。）
然而他坐立難安的模樣，就像是一隻等在美食前的狗一樣，讓人無法斥責。拉維不知何時已經消失蹤影，應該是回到哈迪斯的體內睡了。
吉兒端著杯子站起身，來到臉色忽然亮起的哈迪斯面前——在他的雙膝間坐下來。
「我先說好，我們得加緊腳步才行喔。」
吉兒叮嚀道，心情大好的哈迪斯伸出雙手輕輕攬住她。
「我知道了。」
「這都是為了讓我父母能接受我們結婚。」
「關於這點我有點懷疑。妳是不是有點樂在其中？」
「不可以嗎？」
她感覺到哈迪斯在肩膀附近歪了頭。吉兒噘起嘴說道：
「我希望家族的人可以看到陛下最帥氣的地方啊。」
自己說完才覺得不好意思，便把幾乎空了的杯子靠在嘴邊低下頭。其實即使不那麼做，哈迪斯也看不見她的臉。
「這樣啊。」
哈迪斯簡短地答道。聲音聽起來冷靜多了，剛才明明還因為「男朋友」這個詞心情動搖到慌亂不已。

「那麼，我會努力。」

「真的嗎？」

「嗯，所以現在要充電。」

耳朵上方傳來「啾」地一聲，他的嘴唇落下。果然得意忘形了。轉過頭正準備罵他時，哈迪斯笑著說道：

「在妳父母面前就不能做這種事了吧？」

話說得並沒有錯，但未免太不莊重了。不過他緊緊擁抱的手臂力道非常溫柔，吉兒決定不反駁。的確不能讓家人看到自己這樣的表情。

為了結婚受到認同的試煉道路，最後的關卡聽說是鐘。雖然並不了解其中意思，但吉兒抵達後看著那幅光景。

莊嚴的鐘聲響徹在草原斜坡上，音色與結婚典禮上會響起的鐘聲相同。出口的門可能象徵著教會的出口。

時間正好是日正當中。鐘聲在看得到薩威爾家的本邸、牧草地、水路、風車的位置響起。這是他們從入口進入後第四天，也就是表示……

「更新最快紀錄！陛下，我們辦到了！」

吉兒舉起雙手跳向哈迪斯。哈迪斯踉蹌地接住她，沾滿髒汙的雙頰露出乾笑。

「是、是嗎……太好了……雖然搞不清楚最後發生了什麼事……」

「我也打算準備變成天劍進行剷除了。」

「太好了～這下就能結婚了，陛下！」

「真、真的是這樣嗎……那麼容易通過……？」

「老天爺，這不是吉兒公主嗎？」

當吉兒雙手掛在哈迪斯的脖子上時，有人過來搭話。原來是聽到鐘聲到這裡集合的領民們。他們穿著務農用的工作服，或放牧家畜用的工作服，也有巡邏的警備服，雖然打扮不同，都是熟悉的面孔。

吉兒露出笑容，從哈迪斯身上離開。

「對！好久不見了，大家都好嗎？」

「我們都好喲。好久沒見到妳了，公主。聽說妳獨自攻入拉維帝國，戰果怎麼樣啦？」

「咦？是那樣嗎？偶聽說她是為了尋找龍的肉踏上美食之旅的啊。」

「不不不，是去搶回拉迪亞厲害的武器啦。」

領民們肆無忌憚地說著，讓吉兒的笑臉有點僵硬。

「全都不是。」

「那是把諾以特拉爾龍騎士團毀滅了嗎？」

「不是先打萊勒薩茨嗎？只要襲擊那裡，諾以特拉爾的防守就會變薄弱。」

「不不不，先把斐亞拉特的軍船搜刮一空才對喲。」

哈迪斯明明正在聽，而這些人都在說些什麼啊。吉兒大聲怒喝道：

「全都不對！真是的！這個鐘聲在響了耶！而且有個男人跟我一起出現耶！你們應該懂吧？」

她直直指著後方的哈迪斯。

所有人愣在原地，大概是因為哈迪斯的外表而目不轉睛吧。居住在本邸附近的領民雖然大多是從最前線退役的高齡者，但都是擁有強大魔力的老手。若非如此，是無法在拉奇亞山脈半山腰生活的。這就表示，他們一眼就能看出哈迪斯有多強大。

「老天爺，是個非常好的男人呢！」

果不其然，其中一人佩服地喊道。吉兒雙手抱胸得意地挺起胸膛。

「對吧？我要跟這個人結婚，所以要向父母打招呼——」

「你怎麼了？難道是受吉兒公主威脅？真可憐，水給你。」

「你通過試煉道路了啊。全身被打得亂七八糟的……你從哪裡來的呀？」

「咦？那個，我從拉維帝國……」

「公主，難道妳從拉維帝國綁架男人回來？」

「咦？」哈迪斯愣住了。吉兒慌忙喊道：

「不是那樣，他是我的——」

「儘管強大的男人是很好啦……原來這就是肉食女子啊，好可怕呀。」

「被公主盯上是逃不掉的喲。她外表嬌小但是個怪獸呢。」

「以前曾經花了三天追著不小心迷路而來的龍啊。」

「喂——大事不妙，吉兒公主綁架男人回來啦！是個美男子呀！」

「那可真是不妙啦！得通知老爺才行。」

「也得通知夫人呀，不然他那個身體和魔力可能回不去。」

在吉兒一點都沒有訂正的餘地下，傳話遊戲便一直把消息傳了出去。

「為、為什……為什麼？我只不過是把陛下帶來而已……」

吉兒站在原地，拳頭顫抖著，哈迪斯用莫名開朗的聲音開口：

「吉、吉兒故鄉的各位，真是爽快又開朗的人們呢！」

「……」

「……那、那個，吉兒。我、我呢，就是、一點都不在意……」

「……不好意思，陛下。我真是不應該，看來我在拉維帝國打擾的期間，有很多事情怠惰了。」

若從六年後回溯那時開始計算，自己已經離開故鄉相當久的時間。

看著將拳頭按出聲響的吉兒，哈迪斯戰慄不已。吉兒一點也不在意，接著單手舉起旁邊的巨大岩石。

這裡是薩威爾家。

力量就是一切的，吉兒出生的老家。

「給我聽人說話，都說我要結婚了————————！」

「吉、吉兒！冷靜啊吉兒！那個、各位請快逃——」

「吉兒公主生氣啦，今天的隊長是誰呀？」

「第三部隊，架設防衛線——」

「目標是吉兒公主，要擊落她喲！」

「要、要應戰嗎？她不是公主嗎？」

哈迪斯的吐槽被爆炸消弭。吉兒扔出的岩石遭到魔力子彈擊落，爆炸聲與爆炸波同時捲起，吉兒揚起嘴角。

不愧是住在薩威爾家本邸的領民。吉兒就是在這些老手的帶領下鍛鍊長大的。吉兒升到上空，魔力發出啪擦啪擦的聲音延展到全身施予威壓。

「好大的膽子，我要讓你們知道我變得多強。」

「吉、吉兒，等等！我跟不上這個發展——唔！」

哈迪斯不知所措地從地面往上看著吉兒，卻被隱藏氣息的老婆婆從背後抓住，轉眼間就用魔力的繩索綑綁他的上半身，接著順勢畫了半圓，把他投入敵營當中。

「陛下！要把他當人質嗎？太卑鄙了！」

「呵呵呵，守不住自己的男人，會有損薩威爾家公主的名聲喔。」

「把公主從上空打下來！」

「給我住手，吵死人了！」

一個灌注魔力的大聲喝斥，連空氣也振動起來。在上空施展出的魔法陣全都消失了。
吉兒趁那瞬間來到哈迪斯身邊。
「陛下，沒事吧？他們沒做奇怪的事吧？」
「嗯、嗯……奇怪的事是什麼？」
「請不要大意，這裡是戰場。」
「我是在哪裡被做了什麼帶過來的？不過，現在又是誰阻止……」
「大家在做什麼？害我都不能清閒健身了。」
從宅邸方向有一名體型圓潤的紳士出現，但裸著上半身。吉兒從人群中看見那身影喊道：
「父親大人！」
肩上掛著毛巾睜圓了眼睛的是吉兒的父親——比利．薩威爾。所有人為薩威爾家的當家讓出一條路。
「原來是吉兒！妳怎麼在這裡？距離預計回到家的時間不是還早嗎？而且我聽說妳會到山腳下的宅邸才對……難道是我弄錯了嗎？」
「不，並沒有錯。那邊另外會有人到，我和那批人走不同路線來的。」
「剛剛的鐘聲就是因為妳嗎？這麼說來——沒想到是妳。那位是誰？」
父親的眼光落到哈迪斯的身上，他瞬間挺直了背。
「啊，是、是的！那個、我、這個嘛……」
不知所措的哈迪斯讓吉兒的手心也冒出汗來。既然都來到這裡，希望他能有帥氣表現。

「陛、陛下陛下，加油。」

「嗯、嗯嗯嗯、嗯！那個、初、初次見面！我是吉兒的——男、男朋友！」

滿臉通紅的哈迪斯原地摀住臉苦惱起來。

「咻！」地一股冷風在所有人之間吹起。吉兒在心裡祈禱，希望哈迪斯沒有發現這件事。

即使事態變得混亂，父親還是表現出貴族的應對。他對哈迪斯說「真是太失禮了」並彬彬有禮地向他低頭，接著帶領他們前往宅邸。在路途中，領民之間紛紛再次出現「公主抓龍帝來當人質了」或是「那真的是龍帝？」之類的臆測，父親則一一糾正「他不是人質，是客人」、「這個人確實是龍帝」。父親在傑拉爾德的生日派對上見過以皇帝身分受邀出席的哈迪斯，總之要先讓領民們理解哈迪斯是龍帝，也不是吉兒綁架來的。

只不過，「既然是皇帝，應該美女隨便挑，怎麼會挑還是個孩子的公主？」或「對公主來說可能是好的經驗」或「結婚詐欺」，甚至最後「難道吉兒公主她……」之類的失禮眼光還是沒有改變。

（傑拉爾德大人那時候，大家明明都說我找到一個好丈夫，態度居然差那麼多。我帶人回來那麼奇怪嗎！）

雖然不甘心，但這就是傑拉爾德斡旋能力的差別。哈迪斯似乎因為安撫生氣的吉兒所以被認為是好人，不知為何收到了高麗菜作為道歉。吉兒難以釋懷，不過敵國皇帝能收到來自領民贈送的物品是個好的開始。應該是。就當作是好事吧。

「抱歉，這麼遲才來打招呼。重新自我介紹，我是哈迪斯・提歐斯・拉維，希望能與你們的女兒結婚，前來這裡徵求兩位同意。」

站在那裡的是洗過熱水澡並換好衣服，手放在胸前向雙親行禮的哈迪斯，無論從哪個角度看都是完美的好男人。帶著光澤的黑髮與修長睫毛裝飾的金色眼眸、俐落的臉龐線條、纖瘦的體態、舉止優雅美麗。父親比利坐在對面座位，眼睛瞪得圓滾滾的，母親——夏洛特．薩威爾也一副心花怒放的模樣。為了服侍主人而在接待室的所有女性僕人，眼裡都閃著光芒紅著臉。

哼哼，吉兒非常得意。

「當然了，我們並非現在立刻就要結婚。兩位的女兒現在才十一歲，也還需要準備，不過為了表示我的真心誠意，已經準備了契約書。草稿應該在詢問是否方便拜訪的時候一起送過來了。」

「我們一起通過試煉道路了喔！從南邊的港口來到這裡的。」

「試煉道路？從南邊……哎呀真是的，老公，怎麼辦才好？」

「而且我們只花了四天就抵達這裡喔！是新紀錄呢。請同意我和陛下的結婚！」

「……吉兒，很遺憾啊，不是那裡的路。」

「咦？」

看著驚訝的吉兒，穿著正裝的比利面有難色地回答。

「那條試煉道路啊，照理要南北兩邊輪流使用才對。因為若不那麼做，陷阱和路況就會立刻傳出去而變得容易攻略了，對吧？上次是我與妳母親從南邊進入，所以下一次的挑戰，應該要換成由北邊進入。」

「我、我沒聽說過那種事！因、因為聽父親大人你們說是從南邊入口進去的……為什麼不告訴我呢？」

「妳問為什麼……因為妳的姊姊或哥哥會使用的可能性比較高，我們根本沒有預想到妳在什麼時機會使用。」

「那、那我跟陛下結婚的事呢？」

比利與夏洛特困擾地互相看了彼此一眼，看見這情景便知道答案了。

「怎、怎麼這樣……我、我好不容易和陛下一起創下最快紀錄……」

「因為妳事前沒有好好確認啊，吉兒。妳來的信中也都只寫料理很好吃而已。」

「那、那是因為、不能寫的事情也很多、的關係。」

「別說謊了，妳老是寫那些美味的菜單，我看完都飽了呢。」

「而且還把皇帝陛下牽連進來，妳啊……」

雙親的指責讓吉兒垂下肩膀。不但無法反駁，甚至愧疚得無法看坐在旁邊的哈迪斯的臉。

「對不起，陛下……都那麼努力了。」

「不、不要介意，吉兒。沒關係的。該怎麼說呢……嗯，因為連續的衝擊，不管發生什麼事我都不會驚訝了喔……」

「真的非常抱歉，皇帝陛下。讓您來到這種偏遠宅邸這件事本身，本來就非常不敬了。」

父親與母親深深低下頭，他們的身影讓吉兒感到更無地自容。硬是將哈迪斯帶到這裡的人，正是吉兒本人。

「請兩位抬起頭。我才該道歉，在沒有預約的狀況下強行前來拜訪，實在非常抱歉。」

「不不不，是吉兒提出無禮的要求吧？照理說，應該由我們家在南邊港口的長女——這孩子的姊姊去迎接才對，若能在那裡好好討論過就好了。」

「……因為我想艾比姊姊可能會生氣。」

吉兒的大姊與一名以薩威爾家南邊港口為據點的商人結婚，而且即使生了孩子，還是親自四處取締海賊，是一名商人兼軍人，甚至有傳聞說她本人就是海賊的女中豪傑。假如拉維皇帝要從南邊前往薩威爾家拜訪，會前往迎接的就會是大姊艾比。另外，不知道是否看著行事溫吞的雙親，讓艾比在焦躁的心境中長大，因此對於政情之類的事相當嚴謹。聽到吉兒說要與拉維帝國的皇帝結婚，必定會先說教一頓，接著會要求她寫對於作戰攻略方面有利的報告書。

雙親同時嘆了氣，哈迪斯毫無所知地溫柔說道：

「妳的姊姊會來啊，我很想見見她呢。」

「咦？不可以喔！艾比姊姊是個外貌協會！因為陛下比入贅來的姊夫還要美型！」

「咦、咦咦……但、但是，如果可以，我希望可以向妳所有家人打聲招呼……」

「對了，克里斯哥哥怎麼樣了？瑪蒂達姊姊還是老樣子行蹤不明嗎？」

「行蹤不明？」

放著驚訝的哈迪斯不管，父親點點頭。

「我已經把北邊的領地和宅邸交給克里斯管理，只是他還是一樣足不出戶呢。妳的事我已經轉達過，也叫他到山下的宅邸去了，不過他只有傳話：『見到龍帝就會殺了他。』我完全不知道他打算怎麼做。」

「咦？那個、那是什麼意思……」

「原來如此。不過真是太好了。克里斯哥哥還會跟人說話呢……」

哈迪斯的表情僵硬沉默了。雙手抱在胸前的父親看向天花板。

「瑪蒂達則完全聯絡不上。她到底在哪裡做什麼啊……這個二女兒啊，只有在必要時才會有聯絡呢。她是個狙擊高手，很擅長暗殺。」

暗殺，哈迪斯神情嚴肅地喃喃複誦，母親眉開眼笑地說：

「說不定正意外地在拉維帝國工作呢，老公。」

「如果是這樣就好了。」

「那瑞克和安迪，還有凱薩琳呢？」

聽到吉兒提起雙胞胎弟弟們以及妹妹的名字，父親想起什麼似的點點頭。

「因為凱瑟琳滿六歲了呢，正在師傅那裡進行特訓，應該在拉奇亞山脈的某個地方吧。」

「那就無法聯絡上呢。瑞克和安迪呢？」

「啊啊，他們現在好像去了哪裡玩，應該很快就會回來。他們才剛結束克雷托斯王國一周的武者修行回來。」

哈迪斯只能複誦「武者修行」這個詞彙，吉兒解釋：

「我們家的小孩在年滿八歲後，會進行環繞克雷托斯王國一周的旅行！靠當傭兵賺錢。我也做過，真令人懷念。」

「是、是喔……感覺、各方面……很、很驚人呢。」

「我們家比較特殊。」

那方面是有自覺的。吉兒面向前方。

「那現在能見到的人只有瑞克他們嘍？」

「應該是，如果想叫克里斯來也是可以……」

「不、不用了，是我貿然來打擾，不必特別安排。」

哈迪斯用力搖著頭，父親則低下了頭。

「真不敢當。其實，我們正在準備前往山下的宅邸，沒辦法好好招待您。」

「有吉兒在，食物可能會不夠呢。」

母親感慨不已地說著，讓吉兒很著急。

「母親大人！我才沒吃那麼多！」

「您才剛來到這裡，實在非常抱歉，不過我們預計明天出發前往山下的宅邸。請問您想怎麼做呢？如果想提早前往山下的宅邸，我立刻為您準備。」

「……陛下要怎麼做？」

吉兒計劃的事已經大半付諸流水，只能交給哈迪斯決定了。

哈迪斯重新坐正。

「如果可以，請讓我們與兩位同行前往。那麼做也能省去安排護衛的麻煩。只是在出發前要打擾兩位，非常不好意思。」

「不，請別那麼說。這裡什麼都沒有，可能會讓您感到無趣就是了。」
「不會。我非常想看看她長大的地方。」
哈迪斯笑咪咪的表情使周圍的人都看得入迷，吉兒卻感到坐立難安。總覺得剛剛聽到了什麼很讓人害臊的事情。
「要麻煩兩位照顧了，能允許我們留在這裡真是高興。首先，希望兩位與故鄉的各位能夠更加了解我。如果不會感到困擾，現在我並不是皇帝，只是她的求婚者──或乾脆直接把我當成女婿來對待，我會很高興。」
「這個嘛……假如皇帝陛下願意那麼做，我想，我們自然沒意見。夏洛特妳認為呢？」
母親在擺動圓潤身體的父親身邊，沉穩地歪了歪頭。
「有那麼完美的人要成為女婿，當然非常歡迎，但真的可以嗎……」
「當然了，岳母大人。」
聽到這聲禮貌的稱謂，夏洛特紅著臉發出一聲：「哎呀！」
「真不錯呢，我們家都沒有看起來這麼有氣質又溫柔的兒子。對吧，老公？」
「嗯、嗯。既然妳都那麼說了……這、這麼做真的沒問題嗎？」
「是的，因為我已經決定要服從妻子。」
哈迪斯往這邊看了一眼，吉兒慌忙低下頭。總覺得從剛剛開始就害臊得不得了，沒辦法看向雙親的臉。
「既然如此，在抵達山腳下的宅邸前，請容許我們這麼做。」

「非常感謝。那麼**正經八百的事**就之後再談。」

依然低著頭的吉兒眨眨眼，發現雙親的笑臉上好像閃過一絲緊張。沒想到哈迪斯接下來說的話讓她吃驚不已。

「如果方便，請務必告訴我她以前的事。」

「咦？不、不行！」

「哎呀哎呀，那些事當然沒問題。」

母親的眼睛都亮了，吉兒只有不好的預感。

「真是非常感慨呀。沒想到吉兒居然會帶那麼完美的男性回來，而且還是正式來求婚的對象呢。真是太好了呢，老公。」

「嗯，嗯。說實話我覺得還太早，年紀差距也是……」

「哎呀，當初吉兒說：『我要跟在廚房工作的廚師結婚！』的時候，你也說了一樣的話。」

「母親大人！」

吉兒臉色鐵青，身旁的哈迪斯露出亮度調到最高的笑臉。

「喔？廚師！真可愛呢，會讓人吃醋呢。」

「陛、陛、陛下，那都是我還小的事了。」

「哎呀，吉兒現在也還小啊。」

母親又多嘴了。哈迪斯邊聽邊露出笑臉點著頭。當然了，他的眼神並沒有笑。

「就是說呀。那是幾年前呢？——請詳細告訴我……」

「陛陛陛陛陛、陛下！我來為您介紹宅邸或外面環境吧！好嗎？」

她拚命扯哈迪斯的衣襬，哈迪斯才看了她一眼。

「那麼，妳的房間。」

「咦？」

這下她因為其他原因愣住了。雖然不知道自己應該從何處挖出記憶才對，但有一件事情是確定的。

無論是以前還是現在，她對整理都很不拿手。

吉兒不在家的期間，應該有僕人為她打掃房間，不過房間的狀態究竟能不能讓哈迪斯看呢？應該會有一些有的沒的東西放在某些地方吧。

「這、這個……因、因為房間很亂……」

「難道有什麼不希望我看見的東西嗎？例如廚師的東西之類的！」

「才、才沒有啦！只、只是，會覺得不好意思啊……」

「吉兒，想蒙混過去也沒用，我不會被騙的。」

「什麼？」

吉兒一臉火大地抬起頭，哈迪斯篤定地說道：

「我至今整理過多少妳的東西了？現在還有不好意思的必要嗎？」

雖然說得沒錯，但有必要在雙親面前說嗎？這下父親震驚得連瞳孔都在顫動，而母親則興致勃勃地看著這邊的狀況。真是場好戲。

所以按照憤怒的少女心行動一定是正確的。

「那……那是因為陛下都從早到晚緊緊黏著我啊！」

「妳、妳在父母面前不要用那種，會讓人對我產生誤會的說法好嗎？」

「哪裡有誤會嗎？我說的是事實啊，陛下大笨蛋！」

老家裡埋有地雷。

然而吉兒察覺到那個真相的時機，是在挖出全部地雷並且盛大地引爆，把一切燒成一片焦土之後。

當家裡為哈迪斯準備住宿用的房間時，吉兒為他介紹本邸周邊的環境。

首先是田地。克雷托斯王國因為受到女神庇護，任何作物都能種植，從穀物到藥草，種類繁多。當然也因為原本的土地與氣候不同，作物的成品有所差異，但包含草莓的酸甜程度都讓她感到既懷念又美味。

介紹的同時，也負責尋找晚餐的食材，因為要由哈迪斯製作晚餐。吉兒希望這件事的功勞，是由於自己不斷在書信上熱切地寫了對於哈迪斯的料理感想。

（要讓大家明白陛下有很多優點！）

一開始的作戰雖以失敗告終，不過吉兒認為哈迪斯的真本事是臉蛋、魔力與肌肉，另外還有料理手藝。於是機會難得，她請求不要在宅邸內吃制式的晚餐，而是在外面大家一起享用餐點。

畢竟哈迪斯曾在龍騎士團擔任主廚，也待過麵包店。雙親雖然很擔心，但住在本邸周遭的領民不過百人左右，只要能借助在薩威爾家的廚房工作的廚師們幫忙，就不會有問題。

「要做什麼好呢？人數多可以煮咖哩，除了已經有辛香料，材料也容易取得……」

「咖哩！那需要馬鈴薯、紅蘿蔔、洋蔥，還有肉吧！交給我，首先要去那裡的田地！」

吉兒抱著大木箱跑出去，哈迪斯一邊說著：「慢慢來，不用急。」一邊跟了上去。

「這一帶的作物，全都是由薩威爾家管理嗎？」

「沒有錯，住在本邸附近的領民，全都由我家僱用。每個月會給薪水，不過生活在這種地方，所有人就像一個大家庭的感覺。」

大家有各自的家，工作內容也各有專門與擅長的領域，不過作物與家畜都宛如共有財產。孩子們也經常互相照看，幾乎自給自足填飽肚子。

「山腳下是比較有規模的城市，和其他領地的交流也較多，從人口到各方面情況都跟這裡不同就是了。」

「這裡的年輕人看起來很少，防衛之類的沒問題嗎？」

「當這裡的人牽制住敵人時，會由山腳下派來的軍隊進行包圍並殲滅。相反地，若敵人從山腳下進攻，則會由這裡展開游擊殲滅敵人！」

「不管哪個方式，最終目標都是殲滅對方啊……」

「話說回來，陛下，拉維大人呢？自從我們抵達這裡就沒有看過祂的身影，該不會正勉強祂做些什麼吧……？」

當魔力剛封印之後不見拉維身影是不得已的，現在祂似乎已經能夠離開哈迪斯一段距離活動了，但應該還是不能過於勉強。對於吉兒的擔憂，哈迪斯不是很明確地笑道：

「沒有勉強祂做什麼事，畢竟狀態還沒完全恢復。好像正在睡覺。」

「這樣啊……我原本想，可以讓這裡的人看看拉維大人的模樣。」

「拉維不喜歡被到處追著跑。」

原來如此，吉兒理解了。

「請陛下也要小心，不能輕易接受別人的挑戰喔。不然大家都會靠過來，會沒完沒了的。」

「嗯，我開始了解那不是單純的威脅……」

「沒錯喔。不好意思——！我們想要馬鈴薯、紅蘿蔔和洋蔥——！」

吉兒從路邊往田地另一頭高聲喊道，有人回應後，有好幾個興致勃勃的面孔探出頭。

「吉兒公主，妳真的回來啦，我就覺得那股魔力應該是妳沒錯。」

「就是說呀！那個人就是抓住公主胃袋的對象嘍？」

「哦，他就是夫人說每天做一桌好菜的人？難怪啊……」

「那也是沒辦法的嘛，公主以前說過想和廚師結婚啊。」

「別、別說了，請給我蔬菜！」

「咦？但我很想聽這件事。」

背後傳來哈迪斯低沉的聲音，吉兒回過頭。

「真是的，都說那是五歲左右的事了！陛下真是壞心眼……我明明那麼喜歡陛下……」

她噘起嘴垂下視線，卻遲遲沒得到回應。接著吉兒感到不妙。

果不其然，哈迪斯靜靜倒下了。

「陛下！最近身體狀況明明不錯，又不行了嗎……？」

「不、不是……我原本預期承受妳的話語或表情其中的一個，沒想到是兩個一起出現……」

「我不明白您在說什麼，但如果對您來說太過勉強，我們還是回宅邸吧。」

「不、不用，沒關係。嗯。」

真的嗎？哈迪斯誇張地做著深呼吸，吉兒正安撫著他的背，目瞪口呆地看著這一幕的領民高聲說道：

「哎呀，原來龍帝大人身體虛弱是真的呢，想著吉兒公主不會挑身體虛弱的男人，原來是因為魔力太強大啊。和經過鍛鍊到達這種程度應該是不一樣的呀。」

「也就是說，只要進入持久戰讓他出現疲憊就好啦。可以設置消耗魔力的陷阱……」

「你們在討論什麼啊？我可是要和陛下結婚耶！想要打倒陛下就是要跟我打架的意思喔！」

「喔喔真可怕。」

「吉兒公主，妳得好好保護他呢。」

即使瞪著他們阻止他們續續說下去，領民們還是戲謔地笑著。她鼓起臉，哈迪斯便從後面戳了戳她鼓鼓的臉頰。

「吉兒，不需要那麼氣。我不要緊的。」

「可是，陛下……」

「準備蔬菜比較重要。如果可以，讓我幫忙採收吧。」

看到哈迪斯捲起襯衫袖口，領民們驚訝地睜大眼睛，趕忙搖頭阻止他。

「聽說晚餐要由你做好料吧？不能什麼都交給你來做。」

「在這裡等著，我拿好的蔬菜過來。」

「大家不必客氣，因為我是吉兒的男朋友。」

他臉色充滿光采地說道。看來他很喜歡這個角色，吉兒暗自心想。

「這個嘛，要說你是哪個角色，倒像是吉兒公主的妻子唄。」

「沒有錯，那樣比較符合呢。」

「咦？吉兒是我的妻子……」

「我們不會害你，就讓公主保護你吧。公主很強的唷。」

「沒錯沒錯，只要不讓她餓著肚子就足夠咧。」

「那、那是當然的，我是男朋友……」

「反正你在這裡等，我們馬上幫你準備好。喂——！快分一些蔬菜給公主的妻子啊！」

這話便在所有人之間傳出去了。哈迪斯嚴肅地喃喃自語：

「吉兒不是我的妻子，我才是吉兒的妻子……？」

「哪個都無所謂吧？」

「不行啊……不對，又好像沒問題……這樣……沒問題嗎……？」

當哈迪斯陷入苦思的同時，大家已經按照他們的要求找齊了蔬菜。就在吉兒正準備搬起裝滿蔬菜的沉重木箱時，哈迪斯從一旁單手抱起木箱。

「還有肉呢。」

他似乎是為了空出手，吉兒點頭後伸出手，他便回握住。他們最近像這樣牽著手走在一起的時候變多了。吉兒認為比抱起她好多了。

「公主和男人牽著手走路，是真的嗎？這是要發生天災地變的前兆！」

「應該不可能是美人計，太勉強了……！」

領民看到他們牽著手走路的感想，聽了讓人火大。因為跟他們計較，他們反而會更起勁地打趣，所以她決定沉默地繼續走，沒想到身邊的哈迪斯卻笑了出來。吉兒便狠狠地瞪他。

「陛下，請問有什麼好笑的？」

「居然說成是妳誘騙我，真是太有趣了。一般都是相反吧？」

「才不有趣呢！那麼說對我或對陛下都太沒禮貌了！我不要跟您牽手了！」

「咦，別這樣，吉兒。等等——」

當吉兒甩開手踏出步伐的瞬間，哈迪斯往前撲倒在地。吉兒先是愣在原地，才對著從後方踢了哈迪斯的人大喊：

「瑞克，你怎麼突然踢陛下啊！」

「不是，因為我以為他能躲開……奇怪？」

出腳踢人的本人歪著頭，一副不在意的模樣。

頭上的一頭金髮有如蓬鬆貓毛般歪向一邊，弟弟瑞克雙手抱胸皺著眉。看他的視線高度要比吉兒更低。

「他是龍帝吧？為什麼會被踢到啊？身體不舒服嗎？還是其實很弱？」

「也有可能是假的。」

從瑞克身後出現的，是雙胞胎弟弟安迪。

他的輪廓與瑞克一模一樣，只有頭髮分線不同邊，並且戴著眼鏡。說話的音質也一模一樣，但是口吻比較冷靜。

「吉兒姊姊不是帶人質而是男朋友回來，這件事本身就很奇怪啊。」

「果然是那樣啊！哎呀～差點就被騙了。早知道就不急著趕回來。」

「什麼果然啦！而且不准突然踢人！陛下，沒事吧？」

她趕忙跑到保護裝著蔬菜的木箱倒下的哈迪斯身邊，哈迪斯緩慢地起身。

「嗯、嗯。我沒有事……瑞克是誰？」

「是，是我的雙胞胎弟弟。瀏海往右分的是瑞克、往左分又戴著無鏡片眼鏡的是安迪。你們兩個快點打招呼！」

雖然「欸——」了一聲又噘起嘴，但先重新站好面向他們的是活潑的瑞克。

「我是瑞克．薩威爾，算是家裡的次男，我跟這傢伙是雙胞胎。」

「我是安迪，是三男。姊姊受您照顧了。」

「啊，你們好……」

受了禮貌的安迪影響，哈迪斯低頭回應。但有件事吉兒並沒有忘記。

「還有道歉！瑞克和安迪都是。」
「為什麼我也要道歉？踢人的是瑞克耶，吉兒姊姊。」
「因為你沒阻止他啊。不如說，是你慫恿瑞克的吧？」
「答對了！」
安迪瞪了笑嘻嘻的瑞克，但遲了一步。善於心計的安迪率先低下頭。
「真是非常抱歉。我們想知道姊姊帶回來的男性是什麼樣的人，於是忍不住做了確認。」
「對不起啊，我沒想太多就出手了，哥哥沒事吧？」
容易和人混熟的瑞克向哈迪斯伸出手。哈迪斯小心翼翼握著九歲小孩的手站起來。瑞克在哈迪斯身邊繞了一圈。
「哥哥你長得好帥喔。我問你，怎麼讓那個吉兒姊姊閉嘴的？」
「您是不是被吉兒姊姊騙了？沒有問題嗎？可以找我商量喔，現在可以不收錢。」
「這、這個……吉兒，我該、怎麼辦才……」
「喔喔，不能呼叫吉兒姊姊啦～這是男人之間的對話喔！」
「沒有錯，難得有這樣的機會。」
被不知天高地厚的少年包圍，哈迪斯感到很困惑。這情景彷彿是遭到不良少年恐嚇取財似的，吉兒揮揮手趕走弟弟們。
「不要靠近陛下，不要玩弄他。」
「嗚哇，真過分～算了，龍帝原來是這樣的人啊，哼嗯～」

「正所謂百聞不如一見呢，我們見識到了。你們在搬蔬菜啊？讓瑞克幫忙吧。」

「居然是我？」

瑞克回嘴的同時也笑了出來，並輕鬆地舉起裝著蔬菜的木箱。他使用了魔力所以輕而易舉。

哈迪斯慌忙說：

「不、不必啦。我來拿吧，畢竟我是大人，那個、也是你們姊姊的男朋友！倒是我還沒有自我介紹——」

「咦，這很麻煩就不必了。」

「同感。反正等一下應該會正式介紹，等那時再說就好吧？」

遭到兩人拒絕的哈迪斯，露出明顯受傷的表情。不過，瑞克立刻向哈迪斯伸出手。

「再說哥哥你好像很不可靠，東西不如讓我拿還安全一點。接著要去哪？」

「咦……想要去拿肉。」

「那就是往這邊。好了，要走嘍，快跟上吧！只要有我在，就不會被奇怪的人纏上。」

瑞克抓住一臉困惑的哈迪斯的手邁開步伐。他是個喜歡惡作劇，其實很會照顧人的好哥哥。

哈迪斯一邊被拉著走一邊回過頭，吉兒提高音量對他說：

「陛下，就讓他幫忙吧。」

「可、可以嗎？」

「我都說可以了嘛～這樣你還不要嗎？哇，真傷人。」

「沒、沒有那回事！」

「我說，你的料理真的很好吃嗎？吉兒姊姊信上寫的菜單，看了讓我非常羨慕呢～我聽說過咖哩，是什麼樣的料理？」

可能是被笑著問話，哈迪斯終於從緊張中解放，開始向他說明咖哩。

看來放著他們兩人沒問題了。

「安迪，你要怎麼辦？」

「要向父親大人報告事情……不過瑞克既然說要去就不會聽別人的，陪你們一起再回去吧。不過真是想不到……」

「關於我跟陛下的事，你也有想說的嗎？」

吉兒將拳頭反覆握緊又鬆開並帶著笑臉詢問之後，安迪卻還以白眼。

「在沒有護衛之類的情況下，妳居然帶著龍帝來到這種地方呢。」

「沒有關係吧，現在又沒有開戰。」

「吉兒姊姊，妳還是一樣想得太容易。不阻止瑞克沒關係嗎？拉維帝國的機密會被問到一點都不剩也不奇怪喔。」

聽到安迪的忠告，吉兒苦笑出來。

「你在為我擔心啊。」

「那是因為、妳犯花痴的可能性很高啊。」

走在前面的哈迪斯與瑞克有說有笑的，瑞克一邊回應一邊開玩笑，利用說話技巧誘導對話。而對吉兒發出警告的安迪，某種意義上可能正與吉兒進行檯面下的交涉。

至於其中原因，是因為瑞克與安迪兩人雖然才這麼小的年紀，已經接到類似間諜的工作。現在武者修行順利結束後，正式開始從事這項工作了。

因此既然有事情要向父親報告，表示他們應該獲得了某些情報。

「那只要進行確認，就可以知道我是不是被沖昏頭了。」

「……妳有自信嗎？」

「當然了。你們一定會對陛下五體投地喔。」

善於心計的安迪，在此時結束這段對話。

然而，吉兒的宣示就在當天實現了。

對於第一次品嘗到的咖哩，無論是瑞克或安迪，都因其美味程度感動得痛哭流涕。

一開始的計畫雖然失敗了，但為了與領民們加深交流而製做的咖哩效果非常好。所有人都對哈迪斯誇讚有加。儘管「如果是公主，當然會立刻被收服」這種感想令人不服氣，不過看來今晚可以高枕無憂了。心情大好的吉兒帶領哈迪斯來到客房。

「非常成功呢，陛下！」

「嗯，大家都很開心，真是太好了。」

「我想，這樣大家就不會夜襲陛下了！可以安心睡個好覺喔。」

「咦？原來妳在擔心那個？」

看見哈迪斯一點危機感都沒有，吉兒不禁板起臉。

「陛下，這裡好歹是假想敵國啊。是假想敵營。」

「嗯……但這裡也是妳的故鄉，我不想變成那種狀態。」

「聽您那麼說，我當然很高興……啊，在這裡！這裡是陛下的房間。」

薩威爾家本邸以中庭為中心圍繞在四周，他們正位於本邸西北方，走過從二樓延伸出去的走廊底部的一座塔。吉兒的房間離這裡並不遠。

「……有設置鐵欄杆呢。」

哈迪斯看見出入口後嘀咕道，吉兒點點頭回答：

「因為這裡是非得保護的貴賓使用的房間。」

與一樓完全隔離開，二樓與三樓的部分連接的這座塔，是薩威爾家其中一間客房。是特別為了絕對不能受傷的客人而準備的房間。

「外觀看起來雖然是那樣，但裡面很舒適喔，我也確認過了。」

「是、是嗎？那就好……只是外觀看起來好像監獄……」

「那當然是因為我要求絕對要保護陛下！房間已經設下各種魔法，就算從裡面也沒辦法出來。」

「那不就叫做監禁嗎？」

「不做到那種程度不行！聽好了，陛下。除了我以外，不管是誰來都絕——對不能開門喔！我剛剛也說過了，這裡是——」

哈迪斯的食指突然抵在她的嘴唇上。哈迪斯在吉兒面前蹲下，再次說道：

「是妳的故鄉喔。」

原本想反駁的話全消失，接著心裡浮現不安。安迪雖然對她說了那些話，那是忠告不會錯。

「即使只停留短暫的時間，但能來這裡太好了。明天我們就會前往山下的宅邸了吧？妳應該也累了，早點休息吧。」

哈迪斯站起來。從眼神到表情，全都對吉兒展現著溫柔。

畢竟是哈迪斯，不需要吉兒的警告，大概也有認知這地方是敵營。然而他仍然想來到這裡。

應該要回應那份心意的人，是吉兒才對。

「那個、陛下。」

「嗯？」

「請不要放棄我，因為我也不會放棄陛下的。」

哈迪斯像是眼花般搖搖晃晃地往後退了一步、兩步，接著抓著心臟的位置喊道：

「那、那種話，能不能別在人前說啊？」

「哦，確實有人正在偷聽呢。真麻煩……」

「啊，妳明明發現了還是說出口啊……妳還是一樣，心臟可真強。」

「若不是那樣，我沒辦法當陛下的妻子。好了，陛下，這是房間的鑰匙。」

想說的話都說了，該做的事也都做了。

「聽好，明天在我來迎接之前，絕——對不能開門喔。」

她再三強調後，哈迪斯有點鬧彆扭地收下鑰匙。

「要是那麼擔心，讓我睡在妳房間不就好了嗎？」

「這話會傳到我父母耳裡的。」

「現在是因為妳太過冷靜，我才忍不住捉弄妳！沒有不懷好意！」

「這是在對誰解釋呢？……明天會讓你進去的。」

哈迪斯「咦？」地抬起臉。她為了隱藏害羞而移開視線。

「只能一下下喔！」

感到氣氛變得尷尬的吉兒回過身離開了。哈迪斯沒有追上去，也沒有叫住她。

她直接回到房間。搖搖頭後，環視開了燈的房間，感到喪失動力。房間跟想像的一樣，不，比想像的狀況還要雜亂。但只能動手整理了。

總之把散落各處的物品塞進衣櫃裡，多少會像樣一點。吉兒如此相信著，並捲起了袖子。

這裡是保護重要客人的貴賓室。自己稱之為監禁，大致上是正確的。

記住與可愛妻子的約定，哈迪斯安分地進入塔中環視四周。當他走進房間的瞬間，設置成雙重出入口的鐵欄杆與巨大的門便自動上鎖了。並非只有物理性的門鎖，而是有魔法的，八成是為了監視出入狀況。其他像是窗戶等等各處，都有魔法的氣息。當然也設置了竊聽器吧。

（為了護衛啊，這說法真是方便呢。）

不過房間的天花板有兩層樓高，看起來相當舒適。裡面有豪華的接待用沙發與冬天應該會派上用場的暖爐，深處還有飲水處。靠近牆邊有一座螺旋階梯，沿著階梯往上走，除了有床鋪，甚至還有類似書房的空間，窗戶也能完全敞開。哈迪斯在窗邊坐下後，拉維從他的胸口「咻！」地出現。

「終於起來啦。」

「沒辦法吧，這裡是克雷托斯，與平時不一樣，不引人注意才是上上策啊，畢竟可能有人看得見我呢。那麼，今天過得如何？」

「大家很歡迎我喔，吃了咖哩也很高興。」

「咖哩？居然讓你動手做，真是太有膽量了。」

「我個人也打算儘量表現出友好態度。」

料理是由哈迪斯製做的。即使在這裡下毒，也會當成是龍帝無心的過錯視而不見——薩威爾家應該是表明那樣的意思。結果並沒有引發那樣的騷動，可見薩威爾家的指導力相當有成效。

拉維戲謔地笑道：

「想到這裡是小姑娘的老家，也有可能單純是食欲勝過一切啊～」

「……不過，果然很有邊境伯爵的作風不好對付呢。」

要求不以皇帝身分而是以女兒的求婚者來接待自己，是哈迪斯的讓步。背後意思是，以皇帝的立場將會展現另外一種態度，薩威爾邊境伯爵夫妻也確實察覺並接受了。靜觀其變、蒐集情報、爭取時間——雖然考慮了許多可能原因，但能夠在預期之外款待假想敵國的皇帝卻不造成任何問題，正是因為他們在克雷托斯王國內建立起這般地位才做得到。

關於這次的拜訪也是，維賽爾透過吉兒，故意向薩威爾家而非克雷托斯王國進行詢問。然而回覆並不顯得遲疑，速度也不慢，並且信件是以薩威爾家的封蠟直接寄回給哈迪斯。態度如同與拉維帝國對等交涉一樣。

能夠那麼做，表示應該要視為他們背後有克雷托斯王家。

「守護國境不是表面做做而已啊。他們反對婚約嗎？」

「我們已經有克雷托斯王國承認吉兒是龍妃的口頭約定，只要在山下的宅邸進行契約書用印就完成了。」

「但是，不可能只有這樣就結束對吧。說得也是啊……」

拉維與他一起望向窗外。所見的點點燈光都是人們生活的痕跡。在黑暗中浮現的那幅景象，看了讓人欣慰。

這裡就是吉兒的故鄉。

「雖然超乎想像，這裡是個好地方呢。應該說大家都和小姑娘的氣質很像嗎？」

「大家都很親切呢。無論是切蔬菜還是切肉，都幫了我的忙，也津津有味地享用了料理。吉兒的雙親和弟弟們也對我說了許多有趣的事，非常開心喔。」

與拉維一起眺望的不只是吉兒的故鄉或一個國家。

而是在那背後的女神。

「只希望小姑娘不會哭泣。」

以往女神都直接找上哈迪斯，但既然有了龍妃，做法也會有所不同吧。

祂一定會做些什麼，好從哈迪斯身邊奪走龍妃。而龍妃的弱點就是**這裡**。

「所以，來得及嗎？」

「嗯。有羅在那裡，傳達效率果然不同呢。雖然牠對於自己被當成傳話中繼站很生氣……」

「那就好，能做的事都做了。差不多該睡了。」

「說得也是。你現在是個自言自語的怪人呢，偷聽的人一定覺得很可怕。」

哈迪斯笑了。他們應該多少從克雷托斯王家聽過龍神真實存在的事。薩威爾家會服從王家是無可厚非的，只要他們對奪取龍妃的事沒有過度積極參與，某種程度上就睜一隻眼閉一隻眼。若所有事都以杞人憂天告終，哈迪斯也會讓步吧。

他盡可能不做讓吉兒傷心的事。那份心意並不虛假。

（……我不會放棄喔，吉兒。）

但是妳可能會放棄。

在這麼幸福的地方以及溫暖家庭中成長的妳。

他將不安的預測隨著窗上的百葉窗板一起關上。拉維一溜煙地爬到他的脖子上繞著。那個無論何時都在一起養育自己長大的龍神，比有所期待時來得冷漠，卻又比預期的來得溫暖。

薩威爾家本邸與山下的別邸之間的往來方式有兩種。

第一種不是使用馬或魔獸，就是物理上實際徒步攀登。後者只有薩威爾領民才會那麼做，但並非因為比利用馬或魔獸的速度快，而是因為拉奇亞山脈愈往上爬，魔力的濃度就愈不穩定，倘若遇到那種狀況，沒有經歷過一定程度訓練的馬或魔獸就會逃走。

能夠靠自己的力量輕鬆登山的領民倒無所謂，但不可能讓客人那麼做，於是設計出第二種移動方式，設置轉移魔法的裝置。

一如魔法大國之名，克雷托斯到處都配置了轉移裝置並順便做為檢查站。只有克雷托斯王族能夠在確定目的地後，自由使用這些裝置。其餘的人則需支付通行費並取得許可證才能夠使用，雖然從人數限制到轉移地點都嚴格管理，每個領地還是會設有一個轉移裝置，再依據領地大小與需求增加數量。

在這樣的條件下，薩威爾家的領地內有四個裝置。

拉奇亞山脈為縱軸，距離王都最近的北方、正中央的山腳別邸、南方的港口城市，以及位於拉奇亞山脈山腰間的本邸各一個。以本邸為頂點形成三角形。事實上好像還有數個只有王族與當家夫妻才知道的轉移裝置，以國防考量而言是理所當然的。

因此，只要使用轉移裝置，移動到山下的宅邸原本只是轉眼之間的事，然而……

「不好意思啊，哈迪斯。轉移裝置突然故障了，但是用魔獸移動也相當不錯吧！」

「哈、哈啊……我怎麼覺得不久前才看過這頭魔獸……」

「沒有看錯喔，陛下。牠被揍的地方還有腫包。」

魔獸被調教過，只要使用一定的魔力就能呼喚牠為自己的差遣，基本上在薩威爾家都放養。即使有施展魔法讓牠們不會離開拉奇亞山脈，但這些魔獸們在被呼喚之前都自由地昂首闊步，沒有差遣時便與一般猛獸無異。吉兒他們在試煉道路上碰巧遇到對戰的魔獸混在其中也不奇怪。

「咦？真的有見過牠？沒問題嗎？牠會不會在生氣？」

「沒問題的，哈迪斯哥。要好好抓緊牠！」

「不要太亂來，瑞克，陛下的身體很虛弱——」

「來～吧，轉一圈～」

才剛說完的同時，瑞克在旁邊操作起轡繩，讓載著哈迪斯的虎型魔獸做了一個後空翻。吉兒一邊操作其他魔獸的轡繩，一邊嘆氣。不知道抵達山下的宅邸時，哈迪斯能不能撐住沒暈倒。

（果然應該和陛下一起乘坐的。）

虎型的魔獸有三頭，彷彿競賽般穿過小河、跳過低矮樹叢往山下奔馳而去。魔獸是結合動物與魔法的合成獸，比原本的體型大上好幾倍。這次安排每頭各載兩個人。首先是為了帶路而領頭的父親與安迪，接著是哈迪斯與不知為何一心想照顧哈迪斯的瑞克，最後是吉兒與母親。

「看起來很有趣呢，吉兒也要試試嗎？」

「不必了！萬一陛下摔落我得去接住他。」

「哎呀，你們不是在妳的房間裡吵架了嗎？」

坐在後面的母親說出啟程前哈迪斯與吉兒之間微妙的氣氛，讓吉兒一陣慌張。

「才、才沒有呢！那是因為……出發時間都已經快到了，陛下還慢吞吞的。」

「呵呵，真的是這樣嗎？哈迪斯雖然看起來那樣，好像是個能夠掌握時間的人呢。」

原本的確還有時間，不必著急也沒關係。如果那個暫時把東西先塞進去的衣櫃沒有從裡面爆裂，原本應該沒有問題的。

不過哈迪斯一邊說著：「這就是吉兒的房間啊。」一邊毫不在意地往床鋪上坐，看到他那個模樣的瞬間，吉兒的羞恥心一股腦地沸騰起來，立刻就想把他趕出房間。雖然主張自己才剛進入房裡的哈迪斯一點也沒說錯。

但是那情景對心臟非常不好。即使不知道要怎麼表達才好，就是沒辦法。

「——我跟陛下之間有很多事啦！」

「妳很喜歡他呢。」

母親彷彿看透一切般用這一句話總結。吉兒不禁鼓起臉頰。

「不行嗎？」

「非常美好呀，我也每天都對妳父親感到愛戀呢。」

「是這樣嗎……話說回來，聽說我和傑拉爾德王子的婚約之前就內定好，這件事情是真的嗎？」

在母親開始曬恩愛之前，吉兒把話題轉移到無關緊要的地方。母親沉穩地點點頭。

「這麼說來，是有那麼一回事呢。但是傑拉爾德大人表示想由自己先求婚，我們也覺得那麼做比較好，所以沒有說出這件事……不過真是嚇了我一跳呀，沒想到妳會對拉維皇帝陛下求婚。那時候如果被以不敬罪處決也不奇怪呢！」

吉兒的喉頭一緊，說起藉口：

「陛、陛下他、很溫柔的……」

「呵呵，但我也想問問妳呢，吉兒。為什麼傑拉爾德王子不行呢？」

背後的氣息忽然變得沉重。那不是殺氣，也不是敵意，是單純地威壓。

吉兒挺直背脊。這大概就是前哨戰。母親已經察覺吉兒是從傑拉爾德的求婚中逃走的。

「母親大人認為選擇傑拉爾德王子比較好嗎？」

「那是當然的，他是一位完美的王子殿下啊。因為他很優秀，雖然不像哈迪斯一樣可愛。」

「應該就是因為那樣。」

如果哈迪斯是個像傑拉爾德一樣，會利用完吉兒就毫不猶豫捨棄的人物，吉兒早就不會留在哈迪斯的身邊了。他若像傑拉爾德那麼優秀，自己也不會那麼拚命。

（……怎麼覺得好像只是因為陛下不夠可靠……）

因為他實在太不可靠，無法不盯著他。那就是不必離開那個人的藉口的隱情。

「因為喜歡上他了，沒辦法啊。」

「和我一樣呢。感覺好高興啊，沒想到吉兒說出這種話的一天會來臨。」

「妳在說什麼啦，討厭，連母親大人都要取笑我嗎？大家好像都覺得我很奇怪……」

為了掩飾害臊往前看，發現已經看得見山腳下的宅邸。她握住韁繩，放慢魔獸的速度後，魔獸便在宅邸旁的牧草地漂亮地落地。

「他是個很好的人呢。要加油喔，吉兒。」

「妳會支持我嗎？」

穩重沉靜又內斂的母親若能站在自己這邊，沒有比這更讓人安心的事了。

「我是站在妳父親大人那邊的喔。」

從魔獸身上一躍而下的母親笑咪咪地回答。接著又說「但是妳要加油」這些話，聽起來沒有打算提出不必要的反對。

同時也是間接告知，接下來會有事情發生。

目送著完成工作飛奔而去的魔獸，吉兒扶著臉色微微發青的哈迪斯，朝別邸的房子走去。別邸比起本邸更常用來招待客人，所以與其說這裡是居住的房子，倒比較像是城館（註：兼具軍事設施與住處或政府機關的複合設施）。

從入口的前庭進入後，能看見通往大門的半圓形階梯。當她抬頭後看見階梯上方的人影，驚訝得眼珠都要掉出來。

「勞倫斯？」

視線輕輕瞥向她的勞倫斯，眨起一隻眼睛並將食指放在嘴唇前。正當她還處在震驚中的同時，另一個人經過勞倫斯身旁走出來。

迎向前的父親與母親還有弟弟們，一起單膝跪下。

「我們帶哈迪斯．提歐斯．拉維皇帝陛下過來了。」

「啊啊，辛苦了。」

只有克雷托斯王族才能使用的藍色斗篷掀開之後，從眼鏡後方俯視他們的，是這個國家的王太子。

低著頭的雙親一行人並不驚訝。原來被蒙在鼓裡的只有自己而已。

在察覺到這件事時，吉兒驚愕不已。

「歡迎來到我們國家，拉維皇帝陛下。吉兒公主也是，妳看起來很好，真是太好了。」

當吉兒在短時間內還沒反應過來時，一隻大手靠上來扶著吉兒的背。那是哈迪斯的手。直到剛才還發青的臉色已消失無蹤，他氣定神閒地笑著回答：

「感謝你特意前來迎接，傑拉爾德王子。」

直到抵達山腳下的宅邸為止。按照說好的那個期限，哈迪斯已經恢復皇帝的神情。

「薩威爾伯爵，能請你為我介紹宅邸環境嗎？我與我的妻子經過長途旅程感到疲累了。」

對於哈迪斯的語氣轉變，家人並沒有出現驚訝的模樣。

「真是有失周到，房間已經為您準備好，就由我兒子為您帶路吧。瑞克，帶皇帝陛下到房間。吉兒，妳知道自己的房間在哪吧？」

「我、我要和陛下在一起！」

吉兒因為慌張提高了音量。現在本隊還沒有會合，能護衛哈迪斯的只有吉兒一個人。

「不可以啊，吉兒。妳是年輕女孩子，不能安排在一起。」

穩重的母親出聲制止了。雖然沒有斥責自己說了沒有常識的話，但對這樣的安排實在無法照單全收。安迪評斷自己考慮不周的話語，現在更加刺入心中。

「……不必那麼擔心，吉兒公主，我並沒有任何傷害他的意思。」

傑拉爾德客氣地對她開口。當她抬頭看過去，傑拉爾德像是躲開視線般將臉轉開，看向她的母親。

「夏洛特夫人，妳身為母親當然會感到擔心，不過公主也只是擔心皇帝陛下而已。在他們的部下抵達之前，就讓她自由決定吧？」

沒想到傑拉爾德居然為她做了台階。看看愣住的吉兒與冷靜的傑拉爾德後，母親嘆氣道：

「既然傑拉爾德王子都那麼說了……」

「啊，但是皇帝陛下，非常不好意思，能占用一點時間嗎？關於婚前契約書，我也準備用印了，想針對內容進行審查以及確認手續，國璽也準備好了。」

「國璽？在你手上？」

看著哈迪斯如此驚訝，傑拉爾德理直氣壯地點頭。

「克雷托斯國王的代理就是我。你們的訂婚與結婚，都由我負責處理，薩威爾家已同意這點。不過，國王陛下非常忙碌，如果對這樣的安排不滿意，可能就會花上許多時間……」

國王陛下——被貶稱為南國王且沉溺於淫蕩與享樂之中的克雷托斯國王——魯弗斯，把政務全都丟給兒子傑拉爾德處理，所以這麼安排並不奇怪。不如說若讓魯弗斯高調出頭，事情反倒更麻煩。

「這樣安排我並不介意，只是現在是吹了什麼風呢？」

「為了將長年的紛爭畫下休止符，這是難能可貴的機會啊。我想貴國也是如此判斷才來交涉的。」

「沒有錯。但是沒想到你們會突然那麼積極地來到這裡，會吃驚也是理所當然的吧？畢竟在此之前發生了很多事啊。」

哈迪斯的語氣相當溫和，卻帶著挑釁的笑容。不過傑拉爾德無論何時都相當冷靜。

「彼此彼此。以我的立場，若沒有南國王，應該不會考慮和平談判吧。」

「啊！」吉兒小聲地叫出一聲。那是因為她在另一個未來中一直看著傑拉爾德，才能夠理解其中緣由。

傑拉爾德會不斷造成拉維帝國混亂，就是為了在承接現任國王之位來臨的時刻，不會受到算計。現任國王——父親與傑拉爾德的對立狀態根深蒂固。他在拉迪亞切割父親一事也看得出來這層關係。

「最近倒是很安分，似乎是因為龍妃的存在受到不必要的刺激。我想趁你們暴走之前，儘快把事情談定。」

有視線稍微瞥向自己。但沒有出現辯駁。在拉迪亞發生的事件雖然是由許多因素疊加在一起造成的，不過魯弗斯的目的確實是去確認龍妃。

「在那層意義上，我判斷我們聯手有好處，並不奇怪吧？」

也就是說，傑拉爾德將對付的對象由拉維帝國改為國王，只是切換重點而已。

「我們這裡的內情，貴國也有所掌握吧？你的異父哥哥實在非常優秀。」

而且傑拉爾德沒打算隱瞞自己已經掌握拉維皇族的血統關係相關的事，以及與維賽爾有往來。都坦承以告。

「敵人的敵人就是盟友，是這麼回事吧。」

「很符合道理吧？這是真理的龍神最擅長的事。」

雖然以諷刺的方式回答，但表示答案是盟友。哈迪斯像在檢視什麼似的瞇細眼睛。

「居然會由愛之女神的末裔對我說明道理啊。」

「如果你感到不滿我可以修正，但保護國家的行為也是源自於愛。」

「放棄吉兒也是？」

這是個直球且唐突的私人問題。是該在這裡問的事嗎？變成話題目標的吉兒感到心驚膽顫。

原本以為會因此愣住的傑拉爾德，只是先閉上嘴後，謹慎地回答：

「……我認為她對我國而言是必要的人才，這點到現在還是沒變。」

哈迪斯在感到困惑的吉兒身邊嗤之以鼻地笑道：

「畢竟王太子曾經特地到拉維帝國接她嘛。」

「即使那麼做也還是失敗了。既然如此，我只能退出了吧。」

不知是否對這番話感到吃驚，哈迪斯閉上了嘴。

吉兒忐忑不安地向上看傑拉爾德。有那麼一瞬間，視線與他交會了。但傑拉爾德立刻將眼鏡往上推，把視線從吉兒身上移開。

「只要她過得幸福便足夠，所以我才會在這裡。而且我也對薩威爾伯爵傳達過這個想法了。」

「要我相信這說法嗎？」

「只能請你相信了，這是為了實現和平。」

傑拉爾德堅決地說完，那個表情吉兒非常熟悉，因此感到更加困惑。

「再次歡迎你們，龍帝陛下、龍妃殿下。歡迎來到克雷托斯王國。」

那是下定決心的、王太子的神情。她看過很多年，所以一看就明白。

（傑拉爾德大人是認真的。）

傑拉爾德轉身，在勞倫斯的陪伴下進入宅邸中，雙親深深地低下頭。

若往後國王與王太子之間的紛爭變得劇烈，守護國境的薩威爾家也非得掌握情勢不可。而雙親應該打算支持傑拉爾德。

「陛下……我想他說的全都不是謊言。」

國王與王太子不合的事人人皆知，是克雷托斯的地雷。吉兒在旁邊小聲地給出建議後，哈迪斯以冷淡語氣喃喃自語：

「……走這一步啊。」

「咦？」

「沒什麼事喔，吉兒……嗯，說得也是，他們似乎也有很多問題呢。」

「是的。至於要不要相信，可以等試探內情後再判斷也不遲。」

那會成為邁向結婚與和平的一步吧。哈迪斯則再次回答「說得也是」後點了點頭。

勞倫斯為了說明婚前契約書的內容，出現在哈迪斯與吉兒面前。

原本以為絕對是傑拉爾德會來而感到緊張的吉兒放鬆了下來。

「看到不是傑拉爾德王子來感到安心了？」

哈迪斯與吉兒在貓腳狀椅腳的矮沙發上並肩而坐，勞倫斯一邊在他們面前攤開文件，一邊看穿她心思似的說道。吉兒感到慌張。再怎麼說，此時肯定這件事非常不敬。

「並沒有、那回事。」

「放心吧，即使傑拉爾德王子對原因一點頭緒都沒有，還是有自覺被妳討厭了。」

經他那麼一說倒尷尬起來了。看吉兒沉默著，勞倫斯輕聲笑了。

「哦，我不是要責備妳。我認為不知道原因這點，就是那個王子不行的地方……」

「你……明明是傑拉爾德王子的部下。」

「那麼能對我說明原因嗎？身為部下，非常希望主人能夠儘早改善缺點。」

被那麼一問也很困擾。因為**現在的**傑拉爾德並沒有對吉兒做過什麼。

雖然發生過貝魯堡與格奧爾格的事件，不過那些都是國家政策上的關係對拉維帝國用計，並非針對吉兒個人找麻煩。站在傑拉爾德的角度，自然想不透為什麼吉兒討厭他。

話雖如此，她重啟人生後因為沒有辦法忘記以前發生的種種，情感上的拿捏非常困難。

「……請當作我就是跟他天性不合。」

「原來如此，沒有原因。看來沒有任何一點希望呢，那麼選擇退出是正確的。」

退出。那個王子殿下嗎——一想像起來，是個讓人感到坐立難安的詞彙。這樣不如讓他捨棄可能還好一點。

「傑拉爾德王子已經放棄我的妻子，還有知道原因的必要性嗎？」

哈迪斯輕描淡寫地從旁邊插話，勞倫斯乾咳了一聲。

「是我失禮了。那麼開始說明。我方由收到的草稿為基礎，並在聽取薩威爾家的意願後，增加了幾個項目。舉例而言，吉兒小姐要完全放棄薩威爾伯爵的繼承權，其子輩、孫輩，也永遠無法繼承薩威爾伯爵之位。」

要嫁入拉維帝國，這是當然的事。再說以現狀而言，繼承權要輪到吉兒身上的可能性極其低。然而一旦正式聽到說明，為什麼會有一種彷彿要被趕出故鄉的心情呢？

「這是當然的，我沒有問題喔。」

「當這份契約書簽署完成後，吉兒小姐就會正式成為皇帝陛下的未婚妻，以後，當吉兒小姐要進入克雷托斯，也需要與拉維帝民一樣，進行相同的審查與許可申請，即使入國目的只是返鄉也是如此。沒有問題吧？」

「沒……有。」

在勞倫斯的催促下，吉兒點了頭。哈迪斯也爽快地點頭回應。

說明逐一往下進行。都是些艱難的內容。但不管哪一項，都讓她想起稍早那個不知道傑拉爾德來這裡拜訪的自己。

（……那種事情會愈來愈多吧。）

對於勞倫斯的說明，哈迪斯一一點頭。應該都是必要的事情吧。

「接著是關於手續，在古代文獻中曾有前例。約在三百年前，曾有克雷托斯的女性嫁給拉維皇帝，是否要按照當時的形式進行？」

「……連國璽都帶過來就是因為這樣嗎？不過，那次應該是因為兼有休戰條約的作用吧，這次有需要做到那種程度嗎？」

「這次也是類似的情況吧。」

哈迪斯以嘆氣代替回答。看來是不反對。如果能蓋國璽，確實對契約而言有多一層加強的保障，是令人高興的事。不過……

「……那個……陛下有帶國璽過來嗎？」

假如要帶那麼重要的東西出來，里斯提亞德一定會在出發時再三耳提面命不斷提醒，但是自己卻沒有那種記憶。然而，哈迪斯點點頭。

「有喔，我帶著。」

「也是呢，龍帝陛下絕對有真品才對。」

勞倫斯意味深長的說法，讓她靈光乍現。

「難道是天劍嗎？」

「沒錯，平常看不見，但劍柄底部有個刻印會對龍帝的血起反應。國璽的樣式就是從那上面取下的，所以我隨時帶著國璽。但是傑拉爾德王子應該不同吧？」

「我想應該是一樣的，平時使用的是相同樣式的印章。畢竟需要蓋國璽的文件多得不得了，不可能總是拿出武器來蓋章啊。」

「那麼說來，克雷托斯的國璽樣式是在聖槍上嘍？」

勞倫斯對吉兒的疑問搖了搖頭。

「是在國王陛下所持的劍上，因為那是由女神克雷托斯授予的護劍。」

是指假天劍嗎？看見吉兒皺起眉頭，勞倫斯繼續說道：

「那應該是模仿天劍打造的吧。和拉維的國璽樣式當然不同——也就是說，傑拉爾德殿下有真正的國璽喔。請皇帝陛下放心。」

「無所謂，用國璽蓋印確實不用擔心遭到事後反悔。只是所有事情設想周到的程度讓人感到不快而已。」

「不然，要向南國王進行交涉嗎？」

勞倫斯笑著反問，哈迪斯沉默了。經過拉迪亞那次的事件，連吉兒也明白那個人無法溝通。

「我並沒有要求相信我們，但是表現出感謝之意才是上策喔。不然夾在中間的薩威爾家會感到困擾吧？」

「啊！」吉兒不禁發出聲音。

「那麼我先告退。等文件修正完畢後會再拿過來，屆時請再次確認。如果沒有問題，用印會安排在明天。」

「……辦事效率真的非常好。」

哈迪斯以不感興趣的語調說道。

「因為是傑拉爾德王子安排的，那個人的工作效率很高呢。對了，另外也有安排晚宴，要怎麼辦？你們要缺席嗎？」

家人與傑拉爾德應該都會出席吧，是個類似事前交流的場合。

「吉兒想怎麼做？」

正等著哈迪斯回答時，他倒先詢問了意見。吉兒驚訝地看著哈迪斯，他只是對吉兒微笑。

她有種被試探的感覺，於是把背挺直。

「我要出席——要是不參加未免太失禮了……」

「她那麼說，太好了呢。」

被擺一道的勞倫斯動了動眉毛，但臉上立刻恢復笑容。

「那麼，我去轉達你們會出席。藉由這個機會能夠增進一些交流，我們也會非常高興的。」

「就是呢，真令人期待。代我向傑拉爾德王子問好。」

收拾好桌面上的文件後，勞倫斯站了起來。

「話說回來，龍妃殿下，你們的本隊應該差不多要抵達了吧？卡米拉與齊克都在本隊裡嗎？」

「啊，沒錯，他們應該都在。」

「是嗎？那麼我去打個招呼好了。那麼，皇帝陛下，我失陪了。」

「等、等等！」

吉兒忍不住站起身。

「我、我也想在晚宴之前和家人說說話……請問，我可以、隨意走動嗎？」

因為不知道自己該站在哪個立場發言，吉兒的語氣變得有點奇怪。勞倫斯感到訝異之後立刻浮現苦笑。

「請自由活動。這裡是妳的老家不是嗎？不必有所顧慮。」

「話、話是沒錯，但是……我擔心之後會不會被說什麼奇怪的話。」

「原來如此啊。不過，就克雷托斯這方而言沒有問題，傑拉爾德王子也已經那麼說過了喔。其餘就看妳與皇帝陛下如何判斷了。」

勞倫斯意味深長地看向哈迪斯。吉兒也順著他的視線往哈迪斯的方向看去，接著因為立刻與哈迪斯的視線交會吃了一驚。他似乎一直盯著吉兒。

（咦？這是……為什麼？果然還是不想去晚宴嗎？）

是不是自己做了什麼奇怪的事呢？被吉兒回看的哈迪斯，長長的睫毛稍稍垂下，露出夢幻的微笑。

「妳去吧。」

「沒、沒關係嗎……？」

「嗯，我在房間裡休息……其實現在因為乘坐魔獸的暈眩又出現了……」

「哪裡沒關係啦！」

沒想到他是為了扮演皇帝的樣子而強忍著。

吉兒讓臉上再度失去血色的哈迪斯躺到床鋪上。他笑著說：「看來要缺席晚宴了。」也請勞倫斯幫忙照料的準備。

傍晚左右，龍妃騎士騎馬前來通知本隊預計抵達的時間，他們看見躺在床上呻吟的哈迪斯後說道：

「……是有預想到會這樣啦，畢竟是陛下嘛。」

「為了求婚來到對方家卻倒下，真是非常有膽識。」

佩服與傻眼各半的卡米拉與齊克，他們作為護衛非常值得信任。

這麼一來，吉兒就不必完全緊跟在哈迪斯身邊了。

「陛下能交給你們嗎？聽說等一下有晚宴……陛下這樣看來沒辦法參加了，我想就算只有我，還是去參加比較好，因為傑拉爾德大人也會到場。」

「啊？那個戴眼鏡的王子嗎？真的假的啊？」

「吉兒，那樣沒問題嗎？」

眼神中突然露出不安的兩人，曾在貝魯堡與傑拉爾德對峙過。他們表示事情若在這裡重演會很困擾，吉兒慌忙說道：

「沒、沒有問題的。老家這裡也沒小題大作，為了讓我與陛下能夠結婚好像做了許多準備，沒有感覺到敵意。事情看起來和南國王有關係。」

「……那個把拉迪亞搞到半毀的人啊？」

齊克皺起眉頭，吉兒則是點點頭。

「應該是為了對付他，所以判斷要和我們聯手吧。對我們的待遇好到讓人感到困惑，但目前看起來沒有問題。」

「那就好，懷疑過度也會很累人呢。」

「當然了，我有保持警戒。而且勞倫斯也在。」

傑拉爾德會帶勞倫斯來，是因為他的身分並不會太高，又是可以任意使喚的部下。然而傑拉爾德重用他也是事實。曾經有一段時間與勞倫斯一起行動的兩個人，聽吉兒那麼說應該明白其中意思。

卡米拉意味深長地撇了嘴角。

「那個狸貓少爺呀，得去跟他打聲招呼。」

「……他也想要向你們打招呼呢。但請不要去吵架喔。」

「狀況我們明白，總之現在沒有問題。那麼我們的工作就和平時沒兩樣，照顧皇帝陛下。」

即使說得很精簡，仍抓住事情重點的齊克，一屁股坐在椅子上。卡米拉浮現苦笑。

「我們是騎士才對呢。不過吉兒，晚宴要做的準備沒問題嗎？」

「那不是一板一眼的場合，不要緊。這裡的人手不夠吧？畢竟本隊還沒有抵達……」

話說回來，齊克與卡米拉抵達的時間比預定的要早很多。因為傑拉爾德的安排，讓他們使用了轉移裝置的關係。只是聽說因為行李的關係，也為了做抵達的事前通知，才讓他們比本隊先來到這裡。

「沒問題啦，這裡是我的老家。」

她像是強調般說完，卡米拉的食指靠在臉頰上思考。

「這樣……真的好嗎？感覺可能會挨蘇菲亞罵呢。」

「唔。畢竟事態緊急，只能請她睜一隻眼閉一隻眼……」

「吉兒……」

哈迪斯扭動著，從被子裡探出發青的臉。看來是醒過來了。
「陛下，身體還好嗎？」
「不行……現在我只要想起那些山路或陷阱等等的事，就覺得……！」
「那不是幾乎都是隊長害的嗎？」
「所以我們不是早說了嗎？吉兒，不能太過勉強陛下呀。」
「——看來累積了很多疲勞呀！請好好休息！我去稍微進行偵查！」
重新用被子蓋住哈迪斯的臉之後，吉兒離開了房間。似乎聽到「真過分」，但關上門就聽不到了。
當她準備在走廊上跨出步伐時，門隨即打開，卡米拉從裡面出來。
「等一下，吉兒。我也要一起去喔。」
「這樣沒問題嗎？只留齊克一個人照顧陛下……」
「別看齊克那樣，他非常會照顧陛下呢。再說，他那張臉到處走動，只會讓別人有壓力而已吧？這叫做適材適用。我想去跟吉兒的家人打招呼——而且，妳是龍妃呀。」
不經意提起這個事實，吉兒聽到後沉默下來。敏銳的卡米拉立刻察覺到了。
「哎呀真是的，我說了奇怪的話嗎？」
「不是……我只是想著『我真的是龍妃了啊』，雖然都這種時候了……」
「咦？什麼意思？妳想拋棄陛下了？」
「為什麼突然那麼說？真不吉利！不是啦……因為傑拉爾德大人來到這裡的事，沒有人告訴我。」
瑞克與安迪的工作，恐怕就是為傑拉爾德傳令的角色。因此吉兒他們比本隊還早抵達這裡時，傑拉爾德得以來接應。先發制人非常重要。
「忍不住想著自己已經不是薩威爾家的女兒了……」
「那是因為妳要嫁的地方是拉維帝國啊，吉兒姊姊。」
聲音從樓梯上方傳來。往上看去的卡米拉眨眨眼。
「……雙胞胎？」
「他們是我的弟弟。瀏海分右邊的是瑞克，戴著眼鏡的是安迪。」
「喔，難道是傳聞中龍妃的騎士？」
瑞克跳過階梯扶手落到走廊上。轉眼間已經主動抓著卡米拉的手上下揮動。
「初次見面，姊姊受你照顧了～你是大姊姊？還是大哥哥？」
瑞克笑著問道，因事發突然而愣住的卡米拉立刻重新回過神來。
「叫我卡米拉姊姊吧。兩人真的一模一樣呢。」
「我才不想跟這傢伙一樣呢。我叫做安迪，粗魯的姊姊受你照顧了。」
「誰粗魯啊！」
「吉兒姊姊呀。」
從階梯上走下來的安迪毫不猶豫地斷言。
「聽說皇帝陛下倒下了。一定是因為吉兒姊姊逼他走試煉道路的關係吧？」

「那、那是因為……不對，我想原因不只是那個！在異國感到疲憊……」

「而且還聽說因為搞錯順序造成試煉無效。不確認眼前的狀況就一頭栽下去做的習慣，真的要改掉比較好啊。機動性很重要的。像是會安排晚宴這類的事，妳一定都沒設想到吧？母親大人叫妳過去，說要幫妳準備。」

「咦？」吉兒退後了一步。

「我、我聽說不是一板一眼的場合耶。」

「妳按常理想啊，王太子殿下會在場耶，薩威爾家的立場怎麼可能隨便。我們也是被要求穿得跟綁粽子一樣。」

「沒錯沒錯，所以吉兒姊姊也要好好打扮一番喔。不能只有弟弟穿正裝，姊姊卻可以逃過一劫。」

薩威爾家的千金小姐。姊姊。這些耳熟的身分，忽然讓她心情感到輕鬆不少。安迪與瑞克也露出熟悉的弟弟笑臉。

「而且妳可是把王太子殿下的求婚甩一邊，甚至國王陛下都盯上妳的人呢。多少體諒一下母親大人和父親大人啊。」

「就是說啊～吉兒姊姊為什麼會那麼受歡迎啊？難道妳練成了什麼奇怪的魔法嗎？」

「你們真的說個不停耶……知道了，我去當母親大人的洋娃娃就是了。」

母親喜歡可愛的事物，八成準備好裝飾有緞帶與蕾絲並且看起來相當沉重的洋裝等著她吧。滔滔不絕的弟弟們咯咯笑著說：「那麼做比較好。」附和她。

「我原本猜測著吉兒你們是怎麼樣的家庭，感情真好呢。」
卡米拉輕輕笑著說道。瑞克聽到後回過頭。
「對了，大姊姊晚宴要怎麼辦？我想吉兒姊姊不需要護衛耶。」
「瑞克，你如果要吵架我會奉陪喔。」
「嗯～該怎麼辦才好，一家團圓的場合去打擾會不會太不識相？」
「咦？卡米拉，只有你一個人嗎？」
這回換成走廊遠處出現勞倫斯的面孔。卡米拉轉過身去揮揮手。
「好久不見～狸貓少爺。」
「……那個綽號看來不會換了吧。齊克呢？」
「他在做陛下的護衛。哎呀天啊，你長高了？是成長期呢。」
卡米拉親切地笑著，伸手在勞倫斯的頭頂上拍啊拍，勞倫斯一邊笑一邊揮開他的手。
「遇見你正好，我想跟你商量皇帝陛下的晚餐要怎麼處理。送到房間比較好嗎？」
「啊～說得也是……」
連開始討論的兩人，看了都感到懷念起來。吉兒握住弟弟們剛剛下樓的階梯扶手。
「麻煩你和勞倫斯討論，卡米拉。我要去母親大人那裡。出席晚宴的只有家人和傑拉爾德大人而已，你們不必掛心我的事，一起去吃晚餐吧。」
「是嗎？那就找齊克一起和勞倫斯好好聚聚吧。」
「哈哈哈我拒絕。」

「陛下就拜託你們照顧了。」

說完那句話，她便走上階梯。聽著熱鬧的聲音從階梯下方傳來，在不知不覺間逐漸笑了。

不只有勞倫斯，卡米拉與齊克在曾經發生過的未來中，也與弟弟們彼此見過。只是現在他們以不同形式重新再見面了，命運真是難以捉摸。

（如果能一直保持像現在這樣就好了。）

她還清楚記得別邸的構造。沒問題，龍妃、薩威爾家的千金小姐、敵國、故鄉，只是因為各自的立場不同，自己有點不習慣才感到混亂而已。那麼一想後，腳步感到輕快不少。

在她前進的方向上，忽然出現一個人影。

「啊……」

吉兒不禁發出了聲音，與她擦肩而過的人物這時才抬起頭。

是傑拉爾德。他正在看文件所以原本沒有發現吉兒，表情看起來顯得有些驚訝，但隨即低下頭移開視線。

接著他做出以眼神致意般的動作，打算與吉兒錯身而過。

——他有自覺被妳討厭了。

勞倫斯說過的話響起。這樣就夠了。對吉兒而言，確實有討厭的理由。

然而並非是對**現在的**傑拉爾德。那麼一想的瞬間，她便開口：

「那個，傑拉爾德大人！」

他沒有回應，但停下了腳步。黑曜石的眼眸緩緩地看過來。

一種苦澀又懷念的感覺湧上心頭。

他是個永遠保持冷靜的人。肩負國王代理的重任，卻從不抱怨喊苦。能讓他展露甜美笑容的，只有他溺愛的妹妹而已。

即使如此，偶爾會對吉兒露出不知該如何是好，如同在拿捏分量般困惑的神情。現在的神情正與那種時候相同。

「您應該正在忙，不好意思。如果您願意，要不要去散步呢？」

「……散步？為了什麼？」

「我想向您道謝。」

因此吉兒也為了不讓他感到困擾，對他露出笑容。

隨意從書架上抽出來看的書，內容是寫給小孩閱讀的聖典。在龍帝休息的房裡擺放教導女神教誨的書，真是相當設想周到。這種地方就能透露出敵意與真實想法。齊克一邊將聖典擺回床邊的書架上，一邊詢問：

「所以你是為了什麼事而裝病？」

猜測哈迪斯醒著的預感猜中了。一個聲音從被窩裡傳出回答：

「我才不是裝病，心情糟糕透頂了。我不想起床，也什麼都不想做。」

「所以才把自己關在房裡啊，遇到什麼討厭的事嗎？」

「沒有，大家都很親切。不過是預測中最糟糕的發展，完全不是我的理想情況……」

看來是因為這個壓力讓身體不適呢，齊克如此判斷。

「到妻子的老家拜訪打招呼，大概就是這樣吧。」

「我明明準備了很多伴手禮，也想了很多要打招呼的事。好想早點回到拉維，一樣要應付人，應付囉嗦的皇兄們輕鬆多了啊……」

「再忍耐一下吧，這裡是隊長的老家啊。」

「我當然知道……已經體會到想回家和感到安心的心情了……」

在拉維帝國裡的兄姊們聽到這話可能會哭出來。

翻過身面向自己的哈迪斯，抬眼看著齊克。

「別說那些了，有順利會合嗎？」

「嗯，應該差不多要抵達了。但為什麼又要做這種像是偷襲的事情？」

「不確定因素愈多愈好。因為這裡無論如何都是對對方有利的戰場，不發動奇襲就會輸。」

可以理解這個方針，只不過完全不知道具體而言會做些什麼。

「如果能趕上晚宴就好了。」

「話說，身為重要人物的皇帝缺席晚宴真的沒關係嗎？」

他詢問的同時，忽然發現窗外的兩個人影，嚇得瞪大雙眼。偏偏哈迪斯在這時倏地坐起身。

「這個嘛，要依狀況而定，但要換裝非常麻煩……怎麼了？」

齊克粗魯地拉上窗簾，吃了一驚後回頭。

「沒有，太陽的光線好像有點強。」

「……外面有什麼嗎？」

哈迪斯如此笑著問道。明白沒辦法蒙混過去。有了覺悟的齊克，重新拉開剛剛拉上的窗簾，先提醒道：

「先不要擅自下定論就生氣喔，都是大人了。」

站起身的哈迪斯來到窗邊。

在這種時候，反而表情一點變化也沒有，這點正是這個皇帝的可怕之處。完全不知道心裡在想什麼。

「……如果是大人，不會擅自下定論而生氣？」

「沒錯，畢竟不知道真實情況啊。吸氣、吐氣，先冷靜下來……」

「不然就會被討厭？……剛剛好。」

「——喂！啊啊真是的！」

哈迪斯轉過身快步離開房間，齊克慌忙追了上去。偏偏這種時候，負責安撫人的夥伴不在。

而且齊克認為這次，不太能對吉兒有所期待。

因為這裡是她的故鄉，即使再怎麼告訴她要把這裡當敵營也辦不到。若要聯手結盟，首先要談的應該就是恢復龍帝與龍妃的魔力，然而現狀卻沒有提起這件事，連齊克都能發現的明顯矛盾之處，吉兒反而沒有察覺。明明平時的她一定會察覺這種事。

而且龍妃的內心不穩定，連帶增加了龍帝的不穩定性。知道會被討厭還是衝過去，擺明就是想要做沒意義的事。

敞開的窗簾另一邊，在窗戶下的，是敬愛的隊長與自己認為是敵人的王子，他們正悠閒地散著步。

吉兒比較熟悉宅邸的構造。從與過來時不同的階梯上走下去，繞到後門，是沒有人煙又安靜的地方。只是他們還是沿著宅邸走，畢竟若自己受到懷疑要進行暗殺，可就跳到黃河也洗不清。

傑拉爾德只是靜靜地跟著她。

不知道是何時聽過有關他「在社交方面的說明非常流利，但對閒聊方面不是很擅長」的評價。是以前的這個時期嗎？還是再更久以後？

「這次非常感謝您做了各種安排。」

「……不是什麼需要道謝的事。」

就是這樣，對話才容易中斷。這點和以前一樣。

「為什麼要為我們做那麼多呢？」

「妳不需要在意這些事——」

「我對傑拉爾德大人的態度相當失禮。在第一次見面時就逃走……」

她在樹蔭篩過的日光下稍微回過頭看去，傑拉爾德嘆了氣。

「……果然是在逃離我啊。」

比起感到受傷，他的表情反倒像得到能接受的答案似的。
「那麼我想問妳，為什麼要逃走……妳聽到什麼不好的傳聞嗎？」
「有關原因，請當作是我們天性不合吧。」
「天性……」
看著重複皺眉的王子，吉兒認真地向他點頭。她沒有傻到在這裡說出「因為我知道你們之間禁斷的關係」這句話。更何況，吉兒並不知道他們是從何時開始變成那種關係，也不想知道。
「那是指……生理上無法接受的意思？」
他繃著臉，詢問敏感的話題。「嗯——」吉兒沉思起來。
「並不是那樣……這麼說吧，傑拉爾德大人已經有菲莉絲王女大人了吧。聽說兩位的感情很好。」
「……不會吧，妳對這件事不滿嗎？」
「沒有錯喔，我是個忌妒心很強的女人。」
把事情說成那樣感覺可以和平解決。傑拉爾德聽到這理由應該也不會再追問下去才對。事實上，他不知道該如何回答。
（再加上這個反應……看來傑拉爾德大人並沒有從菲莉絲大人那裡聽說我的事。）
吉兒重啟的人生中，以及以前曾是這個人的未婚妻的事。
「我並不喜歡菲莉絲王女。」
「菲莉絲嗎……？」

看到他以無法置信的表情看著自己，不知為何心裡感到得意。她挺起胸膛點點頭。

「是的。坦白說就是討厭她，我認為她是敵人。看，天性不合吧？」

傑拉爾德彷彿是盯著令人無法置信的事物般看著她好一段時間——緊接著，出乎意料地輕輕笑了。

那舉動倒讓吉兒吃了一驚。

「能把那種事情明目張膽地說出口，妳真有膽量。」

他放鬆下來的臉頰，出現與十五歲這年齡相符的純真。

「謝謝妳，特地向我說明。讓妳費心了。」

「咦？不會，也沒有、那回事……」

「無論怎麼說，我明白事情就和勞倫斯說的一樣了。」

這個人原來會這樣笑啊。以前都不知道呢。

吉兒尚未從那個震撼中脫離，傑拉爾德已經以溫柔的語調往下詢問：

「妳有因為是克雷托斯出身的身分，在拉維帝國遭受什麼不合理的對待嗎？」

「並、並沒有那種事喔。」

「這樣嗎？那就好。」

她原本做了心理準備等著接受對方反駁，沒想到他卻乾脆地接受，反而讓人亂了步調。她慌忙別開臉，先往前邁開步伐。

「總之，請不必太過在意我。讓您那麼費心，那個……好像會有些尷尬……」

「會造成困擾吧？」

「不是，沒那麼嚴重！只是該說太過費心嗎……因為克雷托斯也不是第一次有人嫁去拉維對吧？我剛剛聽說了，三百年前也有發生過這樣的狀況。」

在後方慢慢跟著走的傑拉爾德停下了腳步。吉兒回過頭。

「那是聽勞倫斯說的？」

當她點頭，傑拉爾德瞇起眼睛。

「真多嘴。」

「……怎麼了？發生什麼事嗎？」

吉兒在問出口的同時察覺到……

三百年前。

那是拉維帝國中，天劍消失的時間點。龍神的血統可能就是在那時候從拉維皇族之中消失——她曾聽過這樣的推測。

「……那不是聽起來會覺得有趣的事情。」

這簡直等同在說曾經發生過什麼事，反而更讓人在意了。

「沒有關係，請告訴我。」

傑拉爾德嘆氣的同時垂下了肩膀，直視著吉兒。

「三百年前，為了象徵和平，當時的克雷托斯國王將王女嫁給了拉維皇帝……龍帝。」

「克雷托斯王族的公主嫁給龍帝嗎？」

「對，據說王女還不到十歲，而龍帝已經二十歲左右，也娶了龍妃。那是名副其實的政治婚姻。不過，結婚生活撐不到十年就與王女離婚，同時休戰條約也廢除了。」

那就是前例啊。

（勞倫斯那傢伙是故意提起那件事的。）

吉兒的表情變得猙獰，傑拉爾德尷尬地補充道：

「所以我說了，不是聽了會覺得有趣的事情。」

「我明白，是我追問的。不過，那個……」

沒想到女神居然允許呢，原本想那麼說的吉兒改變了主意。那名王女可能就是女神，而且那是三百年前的事，和現在的狀況應該不同。

「……因為不是發生在我們這裡的事，所以沒有留下詳細紀錄，不過對於克雷托斯的王女而言，在拉維帝國的生活似乎不是很幸福的樣子。」

傑拉爾德有如接著吉兒含糊說一半的話往下說完。吉兒終於理解了他真正想說的事。

「所以才擔心我是不是受到不好的待遇啊。」

「妳的立場就算被懷疑是克雷托斯的間諜也不奇怪吧。」

「沒有問題的，我會一腳踢開那種傢伙。」

「……這麼說來，妳可是能折斷聖槍的少女呢。」

傑拉爾德推了推眼鏡，雖然有點猶豫，還是把話說完了。

「不過我要提醒一件事，妳要理解家人有多麼擔心妳。」

他嚴肅的口吻，讓吉兒稍稍退縮了。是個沒辦法笑著說「太誇張了」的氣氛。

「三百年前，出嫁的克雷托斯王女雖然年紀還小，但魔力相當強大。而且她甚至有比妳更堅強的後盾，事情仍然不順利。」

「……狀況不一樣，我是以龍妃的身分嫁過去的。」

「龍妃也因為離婚的種種紛爭死了。嫁給龍帝的女性，大多都會變得不幸。」

「那、那是克雷托斯這裡的迷信吧？」

聽了無法不在意的吉兒瞪著他。

傑拉爾德的臉上忽然出現自嘲的表情，輕輕搖了搖頭。

「……我真是糟糕啊，明明說要退出，還是忍不住說太多了。」

「咦……」

「還放不下啊。」

傑拉爾德喃喃自語後，從吉兒的身邊走過。

「妳不必在意那些事，為了不再讓類似三百年前的事重演，有我在。記住這件事就夠了。」

傑拉爾德在篩過日光的樹蔭下重新跨出步伐。

沒能好好抗議，不上不下的感覺有點尷尬。吉兒跟在他的身後說道：

「那是我要說的話。我絕對不會讓三百年前的事再次發生。」

「那麼我們的目的相同。然後呢？妳要說的說完了？」

「……國王陛下的動靜，真的嚴重到要與龍帝聯手的地步嗎？」

現在她想獲得的情報是這個。「對。」傑拉爾德背對著她回答：

「有情報說他正在聚集武器與兵力。」

「難道他要引發叛亂嗎？」

「國王嗎？在自己的國家裡？」

他帶點嘲笑語氣問吉兒，讓吉兒皺起眉頭。的確，國王不該是叛亂的那一方。

「那麼，難道是想要與拉維帝國開戰……」

「有這個可能性，但不能斷定。妳在拉迪亞曾與他交手過，應該知道吧？那個人的目的總是為了自己享樂，只要自己能開心就好。不能因為那種人把國民牽扯進來。」

傑拉爾德說著那些話的背影，是她熟悉的樣貌。那走路身影訴說著自己會從父親、龍神、龍帝手中保護這個國家。

而在吉兒所知曾經的未來中，傑拉爾德親手討伐了自己的父親。

（……那是更久之後的事，但薩威爾家不能說與那件事無關……）

因為在那場內亂發生不久前，雙親便戰死了。

那是發生在與拉維帝國的戰爭最劇烈的時候，吉兒聽說是南國王殺死他們的。反對魯莽作戰計畫的薩威爾當家，在受到拉維帝國進攻的時候，被南國王從背後斬殺遺棄了，那是個連拉維帝國軍也感到驚愕不已的暴行。並且，為了讓部隊從南國王凶殘的刀刃下逃走，上前阻擋的當家夫人也在那個戰場上遭到斬殺。是由勞倫斯向吉兒說明事情經過的。

守護國境的當家主人被殺——國家在那瞬間因為「應該要討伐南國王」而團結在一起。

戰場上的生命不值錢。自從與拉維帝國開戰以來，人會在哪裡死去都不奇怪。所以對於人們如何死去這件事，不能摻雜私情。能夠那麼做的，只有不懂戰場的外行人。接受這種教育方式成長的吉兒，將父母過世視為戰場上的死亡而接受，哥哥也不得已繼承薩威爾家一家之主的位置。她多少還是會感到悲傷，然而雙親到最後都是對主君盡忠並且守護部下的軍人，所以也為此感到驕傲。

所以即使現在，雙親若要踏上戰場與南國王對戰，她也不會以「你們可能會被南國王殺掉」這種理由阻止雙親。只要在戰場上，殺人與被殺都是理所當然的，並沒有意義。

但是——如果戰爭根本不會發生，雙親至少就可以不必上戰場了。

（假如能建立和平的狀態，克雷托斯的內亂也未必不會發生……要是傑拉爾德大人能牽制住南國王，或者是……）

吉兒緊握起拳頭回答道：

「……我想要避免戰爭。」

吉兒從傑拉爾德身後追上去，來到他旁邊。

她已經不認為自己跟在傑拉爾德後面才是對的。

「如果是為了這件事，我可以幫忙。」

「拉維帝國的龍妃要幫忙？」

「不過，我畢竟是克雷托斯出身的。」

傑拉爾德稍微看了一眼吉兒後，帶點苦笑說道：

「雖然不能跟我結婚，但為了避免戰爭可以幫忙。一般都是相反才對。」

「……關於那件事都說是天性了。」

「我明白。菲莉絲聽到應該會笑我吧。」

吉兒聽著傑拉爾德沉穩地笑聲感到猶豫。

（女神的事……要攤開來說說看、嗎？）

只要走錯一步，可能就是毀滅和平的毒藥。

不過，當初即將處決吉兒的時候，也並不知道傑拉爾德心裡是怎麼想的。終究沒打算原諒他，但不管何時，女神的存在都會時不時地出現。

究竟他當時的**對象**，是哪一個呢？

「……菲莉絲大人還好嗎？」

首先從無關痛癢的話題開始。傑拉爾德似乎想起來而皺起眉頭。

「她現在正在避暑地。只要天氣太熱就沒有食欲，身體狀況經常不好。」

「啊啊，那麼說來……」

「那麼說來……？」

「我父母提過這件事！他們說過菲莉絲王女夏天會在避暑地生活！」

吉兒慌張地掩飾過去。傑拉爾德只點點頭說：「這樣啊。」並沒有追問下去。

「她還是個孩子，魔力在身體裡還不穩定吧，如果長大點就會好一些——」

傑拉爾德不自然地閉上嘴，像是細細省思般說道：

「我就是這點不行嗎？」

「什麼？」

「沒有，就是剛剛妳說和我溺愛妹妹這部分感到不合的事。」

「吉兒。」

有個意想不到的聲音傳過來。

在思考是誰之前，背後先顫抖起來。身體有如肌膚在夏天時吹到一股溫熱的風似的，全身豎起雞皮疙瘩。

「陛、陛下……」

「你們好像很開心呢，在聊什麼？」

哈迪斯帶著笑容輕快地詢問，語氣與平時問她：「猜猜今天晚餐是什麼？」沒什麼兩樣。

「不、不是什麼重要的事……陛下，齊克去哪裡了？」

「走到外面時發現本隊抵達了，所以我讓他去那邊幫忙。妳也是，卡米拉呢？」

「因為我們遇到勞倫斯，他去那邊了……啊，是我要他過去的，因為判斷沒有什麼危險。」

他回應的「喔～」當中的語調，總覺得有種冷冷的感覺。是錯覺嗎？

「不過陛下，您不是身體不舒服……」

「就是說啊，所以我在想，聽到『退出』的事可能是幻聽。」

「不是幻聽。」

彷彿護著吉兒般，傑拉爾德插了話。哈迪斯仍然輕輕笑著，將眼光看向他。明明只穿著簡單的襯衫與黑色長褲，因為神情展現恰到好處而有威嚴。然而傑拉爾德並不退縮。

「讓你產生誤會是我的問題。我向你道歉，吉兒公主並沒有錯。」

「咦？那個，我沒有關——」

「這樣啊，只是誤會就太好了。能請你過來一下嗎？」

哈迪斯說完立刻轉過身背對他們。

傑拉爾德皺著眉頭跟了上去。如此一來，吉兒也不得不一起過去。

有種很奇怪的感覺。說到一半就停住的對話，很讓人焦躁。

「你也是有事找我嗎？」

「哦，是吉兒找你說話的啊。」

「……那倒是沒錯。」

「我只是確認事實而已，別在意。別說這些了，你看那裡。」

哈迪斯停下腳步，像是為了不遮住視線往旁邊移開。

是房子正面玄關前的圓形廣場。裝載於本隊的馬車上，要送給雙親的伴手禮以及各種物品，正被搬運到屋子裡。當中特別引人注目的，是由四匹馬所拉的豪華馬車，齊克正站在它前面。

他伸出攙扶的手掌上，有一隻女性纖細的手搭了上去。

馬車上有金色雕飾的拉維皇族徽章，本來是為了哈迪斯與吉兒準備的。反過來說，不可能有吉兒與哈迪斯以外的人乘坐，除了拉維皇族以外。

（不會吧。）

吉兒還在眨眼的時候，一名女性單手扶著齊克的手從馬車上走了下來。

一頭稻穗般金黃的髮絲飄動。齊克似乎向她說了什麼，於是那雙彷彿照映出夏日晴空的藍色眼眸往這裡看之後笑了。

她身穿沒有裝飾但以上好絲綢製成的洋裝，在優雅地理好裙襬後，筆直朝哈迪斯的方向走過來。她是拉維皇族，乘坐在馬車上一點問題也沒有。

「哈迪斯哥哥，抱歉我來遲了。」

「娜塔莉，妳來得正是時候。」

「那真是太好了呢。」

娜塔莉發出清亮笑聲後，看向傑拉爾德。傑拉爾德轉開臉避開她的視線，語氣僵硬地詢問哈迪斯：

「……她是哪位？看起來是娜塔莉皇女……」

「我有自己從你手上搶走吉兒的自覺啊，這是當作賠罪。」

傑拉爾德的臉色變得凶狠。娜塔莉則朝著他拉開裙襬，放低重心。

「初次見面，傑拉爾德・迪亞・克雷托斯王太子殿下。我的名字是娜塔莉・提歐斯・拉維，非常榮幸能夠見到您。」

這是個無可挑剔、完美的淑女之禮。

傑拉爾德的視線冰冷，就像是沒看到一樣，娜塔莉只是對著他微笑。

「傑拉爾德王子，晚宴前能請你為妹妹介紹這裡嗎？」

「……」

「希望你們能夠相觸融洽，也是為了和平的第一步。」

傑拉爾德收起表情，也收起下顎，向娜塔莉伸出手。哈迪斯則是帶著勝利的得意表情看著這一幕。

第四章　龍妃，脫離戰線

吉兒的忍耐力只撐到回到哈迪斯客房裡那一刻。

「陛下，這是怎麼回事啊！」

「什麼事？」

真的把娜塔莉交給傑拉爾德的哈迪斯，坐在床邊脫掉室內鞋。

「之前說過，娜塔莉皇女和傑拉爾德大人的婚約，會等到和平交涉成立之後才進行吧？為什麼現在娜塔莉殿下會來到克雷托斯啊！」

當吉兒問齊克時，他說只是按照哈迪斯的指示，安排娜塔莉在吉兒他們之後不久也入國。為了隱瞞娜塔莉入國，來到這裡前的路程只有齊克與卡米拉擔任護衛，當他們聽到運送要委託相信馬車裡只有行李的克雷托斯那方時，可傷透了腦筋。那安排就與過去只憑格奧爾格一個人的意思送娜塔莉過來時一樣。

以前，娜塔莉行蹤不明時是在離開薩威爾領地之後，狀況與現在不同。但是在當時，並不知道是什麼人、又是什麼目的才對娜塔莉下手，這次又怎麼能說不會發生相同的事呢？

即使明白哈迪斯不知道過去的事，她的口氣還是變得很強硬。

「順序全亂了套！我家也是非常震驚啊，什麼準備都沒有做！為什麼要故意做出這種會讓人反感的事情啊？」

「**我家**啊。」

小聲地反駁後，哈迪斯懶散地坐到床上。

「只要能夠讓和平交涉成立，這件事早一點或晚一點進行都一樣。而且那麼做不是正式詢問意願，只是讓他們打個照面啊。只是想看看對方的反應而已。」

「但要是發生什麼事該怎麼辦？」

「妳說的是什麼事？是指我和妳受到傑拉爾德王子或妳的老家反對而不能訂婚嗎？」

「都、都已經進行到現在，我想不會有這種事……」

「哦，那就好了啊，沒問題。要是娜塔莉發生什麼事，就真的要開戰了。」

一笑置之的哈迪斯，讓吉兒的拳頭緊緊握了起來。

齊克正受命跟著娜塔莉，所以不在這裡。而卡米拉還沒有回來，因此只有他們兩人獨處。能阻止自己的人不在場。所以她告訴自己要冷靜。

「……我沒有聽說這件事，不知道娜塔莉皇女會來。」

「沒錯，因為不知道事情會變得怎麼樣。」

「騙人，是故意不告訴我吧！維賽爾殿下也是、里斯提亞德殿下也是，應該連艾琳西雅殿下也知道這件事才對！要不是這樣，事情怎麼會那麼順利！」

然而對於哈迪斯的打馬虎眼，煩躁還是勝過一切。

「請向我說明，為什麼什麼都不告訴我呢？」

「我倒想問問，為什麼妳那麼反對呢？」

被冷靜地反問後，吉兒說不出話。在關係到和平的關鍵時刻，「其實娜塔莉皇女接下來可能會遭到綁架」這種話，她不可能說得出口。

不知道哈迪斯對她的反應怎麼想，他的嘴角上揚。

「妳對傑拉爾德王子要結婚那麼反感嗎？」

「什麼？為什麼會那麼說？有什麼誤會——」

「不過，會感到心情複雜也很正常，畢竟是初戀對象。」

吉兒語塞。但哈迪斯發出嗤之以鼻的笑聲，使她感到火大。

「現在沒有在談那件事吧？」

「那妳和傑拉爾德王子都說了些什麼？」

「只是問了他有關三百年前的事情而已！」

她一股作氣地說出口之後，才察覺好像不該說。然而已經太遲了。

「三百年前的……龍妃的事嗎？他對妳提出警告？」

哈迪斯用幾乎讓人毛骨悚然地冷淡眼神笑了。

「真有一套，一點也沒大意和破綻。」

「……我、我說了為了不要讓像那樣的事再發生，所以……」

「像那樣的事？妳相信對方所說的話啊。於是就和初戀的王子殿下感情融洽地散步啊。」

「——從剛剛開始到底在說什麼啊，那種忌妒一點都不可愛！」

「我可不記得自己有變成可愛的男人喔。我是個大人，能夠好好接受事實。」

他那一聲「哈」的冷嘲熱諷，模樣非常傲慢又不可愛。現在立刻就想給他的腹部重重一拳，將他擊倒在床上。吉兒的臉頰顫抖，全力忍著靜靜地說道：

「真沒想到陛下會有宣稱自己是大人的一天來臨。」

「這表示我也有所成長吧。」

「如果是這樣，倒是往相當討人厭的方向長大啊！」

「怎麼？難道妳認為我會哭著哀求妳不要拋下我嗎？明明是妳差點外遇，為什麼是我低聲下氣？」

「我才沒有外遇！那是因為他為我著想，做了很多……」

「沒有人拜託他。」

哈迪斯簡短地丟下這句話，便鑽進被窩裡。

「妳就去好好享受我沒出席的晚宴吧！」

真沒想到自己的血管居然撐得住沒爆裂。

「我會那麼做的，陛下這笨蛋！就一輩子在那裡賭氣吧！」

她大力地關門，力道之大，連牆壁都發出震動的聲響。然而那股憤怒仍無法平復。

（陛下每次都這樣！每次都做些像是在試探我的事……！）

這種時候就是要吃肉。只有大口啃肉能解決。

看來能盡情享受沒有哈迪斯在的晚餐。

老家的料理，味道既簡樸又讓人懷念。更重要的是重量不重質，這點非常令人感激。帶骨的雞肉、以鹽巴調味的厚切羊肉排、腹部填滿香草與蔬菜的整隻烤豬、不同種類的烤肉串，不論尺寸大小，她從頭到尾一個都不放過，不斷往上堆放清空的盤子。

「……那個……」

看著在乾杯後開始狼吞虎嚥地進食的吉兒，傑拉爾德困惑地開口：

「那樣吃對身體不好……」

「不用擔心喔，傑拉爾德王子，吉兒一直都是這樣。」

母親在細長的長方形餐桌對面沉穩地回答。

晚餐座位的上座是傑拉爾德，他的左邊是吉兒與娜塔莉，右邊是吉兒的家人並肩而坐。坐在母親隔壁的瑞克一邊撕著麵包一邊答道：

「不，還是阻止她比較好吧……不然家裡的儲備糧食會吃完的。」

「難道拉維帝國是來切斷我們的補給線嗎？」

安迪的問題讓隔壁的娜塔莉表情僵住。

「我、我們有帶各地的名產製品來到這裡。」

「沒、沒有錯呢！我們收到了許多東西，得向皇帝陛下道謝……」

隨著父親說出的詞彙，一支叉子直直地戳在肉上。所有人吞著口水的同時，吉兒冷眼確認。

「這道烤牛肉上淋的醬汁也是伴手禮吧？」
「沒、沒有錯，吉兒，那個醬汁怎麼了嗎……」
「這個，是陛下親手做的喔。真讓人火大……」
非常美味。
吉兒將烤牛肉沾上大量醬汁塞入口中，在來回清空三盤左右的分量後，終於放下刀叉。
「暫時先吃這樣吧。」
「暫時……？」
傑拉爾德望著高高堆起的餐盤喃喃複誦。在吉兒擦擦嘴角後，僕人們特別搬了升降機台過來，開始收拾餐盤。
咳咳，娜塔莉做作地乾咳了一下後笑咪咪地說：
「料理真的非常美味，完全能理解龍妃殿下會吃那麼多的心情啊。」
回應的是主辦晚宴的父親。
「這是我們的光榮，娜塔莉皇女殿下。不好意思，讓您顧慮這麼多……那個，請問會不會感到困擾呢？主要想了解貴國的廚房狀況，會不會因為小女的關係……」
「陛下才不讓我吃那麼多呢！他禁止我暴飲暴食！可惡，我要再吃多一點！」
「拜託妳不要再吃了，吉兒姊姊，看得我們也覺得害怕……」
「那個，皇帝陛下送了慰問品，要給吉兒小姐的。」
一個僕人從餐廳入口處走了進來。吉兒正準備拿取擺在餐桌正中間的烤鴨肉，聽到後睜圓眼睛，臉微微變紅。

「是、是什麼慰問品啊？他打算拿東西收買我嗎？想道歉得直接道歉才行，我不會縱容他的。」

「是、是這個。」

不知是否因為是來自皇帝的物品，所以特意放在銀製托盤上端出來，是個包裝得非常可愛的小瓶子。所有人都在注視，不在這裡收下就太小孩子氣了。

噘著嘴收下小瓶子的吉兒，看了上面的標籤。

——「腸胃藥」。

似乎聽見「多保重」的幻聽，她的血管幾乎要氣爆了。到底是誰害的，自己才會憤而大吃一頓啊。

「好大的膽子，那個笨蛋丈夫！」

「——吉兒，要適可而止。」

聽到母親語氣強硬的提醒，吉兒抬起頭。

為了晚宴幫她換裝時什麼話都沒說的母親，這時板起了臉孔。

「好不容易穿上的可愛洋裝都浪費了，我可是為了今天準備的呢。因為能夠像這樣輕鬆地一起吃飯，說不定是最後一次。」

「什麼最後一次，太誇張了。」

「妳真的能夠肩負起龍妃的責任嗎？」

吉兒無話可說。確實，自己現在這副模樣，無法說能夠配得上龍妃這稱謂。

「算了算了，夏洛特。這裡是吉兒的家嘛，沒關係的。」

父親稍稍苦笑出面圓場，弟弟們接著說道：

「就是呀，母親大人。龍帝又不在這裡，一家團圓吃飯很好啊。」

「就算妳不是龍妃，以薩威爾家千金而言，在王太子殿下面前那種樣子我也認為不是很好喔。」

「沒有比吉兒小姐更適合當龍妃的女性了喔。」

一個與現場持不同意見的聲音凜然響起，是娜塔莉。

「在拉維帝國裡，期待哥哥與吉兒小姐結婚的聲音日漸增長，這證明了吉兒小姐成功勝任龍妃這個職責。所以哥哥才會決定把晚宴的現場交給她。」

「不是，只是因為我們吵架而已——」

娜塔莉在桌下踩了她一腳。

「妳是指你們的感情好到可以彼此吵架吧？身為妹妹看了心情很複雜呢。」

優雅的笑容中帶著從上方施加的高壓，吉兒屈服在這個高度技巧下，附和地點點頭。

「是、是的，我們這樣吵架是家常便飯！」

「……我記得皇帝陛下今年二十歲吧？」

安迪冷淡的語調，總算讓吉兒察覺娜塔莉想要補救的問題點。是為了維護與十一歲的自己正面衝突的哈迪斯的尊嚴。

「因、因為我們是夫妻！」

她說出的是這樣的話。

「我、我知道你們認為我們現在還沒訂婚！但是陛下和我已經是夫妻了，多少會吵架。也有對陛下造成困擾，但我決定要讓陛下過得幸福——」

「……娜塔莉皇女。」

當她句尾的語氣開始變弱時，傑拉爾德站了起來。

「現在正好是賞月的好時機，我帶妳去宅邸附近的湖畔看看吧，聽說是薩威爾家賞景的好地方。」

「……哎呀，能受您邀請真讓人高興。但要留著吉兒小姐……」

「總是為哥哥善後應該很累人吧？」

娜塔莉仍保持著笑容，傑拉爾德也冷靜地繼續說道：

「最快在明天，吉兒公主就會正式成為龍帝的未婚妻了。難道妳反對這段龍帝為公主與她的家人保留的時間嗎？」

「並沒有那種事，哥哥很信任吉兒小姐。」

「那麼，我們走吧。這麼做對妳而言也正好吧？」

最後一句話明顯地帶著刺。不過娜塔莉以輕快地笑容回答：

「我很樂意。」

「娜、娜塔莉殿下……沒有問題嗎？」

吉兒小聲地問娜塔莉，她只是以平時說話的語調回答：

「當然啊。他這樣就像夏天撲火的飛蛾，是個好機會。首先我要把他那張面無表情的臉崩解掉。」

父親正在與僕人說話，她們這樣的音量周圍應該沒有聽到。

「至少讓卡米拉去保護妳。」

走出餐廳後有個休息空間，勞倫斯正與卡米拉一起在那裡。齊克正在哈迪斯的房間擔任護衛，不能讓他離開。

「妳在說什麼？不能在這種時候調走妳的護衛啊。」

「我、我沒問題。我能夠自己戰鬥，而且這裡是我的老家。」

「不是那個問題。妳也該察覺了，正因為這裡是妳的老家啊。」

娜塔莉狠狠地瞪著她。

「也難怪哈迪斯哥哥會感到煩躁，關鍵的妳那麼不在狀況內……」

「什麼？為什麼會在這種時候提到陛下？」

「吉兒公主，我知道妳很擔心，但妳能相信我嗎？」

在吉兒的眉頭皺得更深時，為了帶路的傑拉爾德走過來。吉兒慌張起來，於是說了藉口。

「啊，不是。我沒有懷疑娜塔莉殿下會做什麼事。」

「是嗎。」傑拉爾德聽到後感到放心的樣子。娜塔莉隨即站在他們之間。

「那麼我們走吧，傑拉爾德殿下。」

傑拉爾德的眼神顯得有些冷淡可能也是沒辦法的，畢竟他就像被強迫推銷了新娘。倒是能若無其事般接受傑拉爾德視線卻不介意的娜塔莉很了不起。

（感覺真不可思議，居然有能夠與傑拉爾德大人對等相處的女性。）

那是自己做不到的事。

「要是那麼戀戀不捨的目送他們，不如現在換過來吧？」

只是目送兩人走出門，瑞克卻說出驚人的話。

「為什麼會那麼說？」

「因為我們啊，都以為吉兒姊姊會和傑拉爾德王子訂婚。而且吉兒姊姊自己也很期待能見到王子殿下啊，眼睛都發亮了呢。」

那是在人生重啟之前——是夢見第一位王子殿下時的事。

「明明看起來也還不錯，而且傑拉爾德王子不需要受人照顧。」

「至少看起來精神方面比龍帝穩定得多。」

「陛、陛下他！個性確實很像小孩子，可是還是有很多優點……像是咖哩，很好吃吧？」

「啊～果然是用食物收買我們啊，我就知道。」

「吉兒姊姊，還是稍微用心規劃人生比較好喔。」

「你們、你們怎麼突然從剛剛開始就這樣？到底想說什麼？」

「吉兒，坐下來。」

稍微站起身的吉兒，聽到母親那麼說，默默地坐了下來。

「老公。」
「——嗯、嗯嗯？我嗎？」
「當然啊，你是一家之主呀。傑拉爾德王子都特意為我們著想了。」
「這、但是、這種事情還是由母親來說比較好吧？畢竟是女兒的事……要是、由我來說不就變得像是在忌妒一樣……？」
「啊～那就由我先說。吉兒姊姊，成為龍帝的妻子真的沒問題嗎？」
吉兒吃了一驚，瑞克使了個眼神給安迪，他將眼鏡往上推。
「再說吉兒姊姊知道龍妃是什麼樣的角色嗎？是龍帝的盾牌喔。」
「那、那件事我知道，是為了保護龍帝啊。」
「那樣不就等於是任意被對方利用嗎？」
平時總是傻里傻氣的瑞克，表情突然變得很嚴肅。
「……我們確實是那樣的家族。保護王族或保護國家這些事，做這些工作當然無所謂，不過結婚應該不一樣，單方面保護太奇怪了吧？」
「你說單方面，陛下有確實地對我……」
「現在，拉維帝國的動向怎麼樣吉兒姊姊知道嗎？」
安迪的提問讓她眨了眨眼。察覺到她不知道答案的安迪簡短地回答：
「帝國軍正在諾以特拉爾和萊勒薩茨集結。」
「那、那難道是叛亂？」

雙胞胎同時對慌張的吉兒皺起眉頭。在靜默後說出答案的人，是父親。

「不是的，吉兒。是為了牽制我們——克雷托斯王國。」

帶著苦笑的父親身旁，母親嘆氣道：

「牽制？那是威嚇吧。照那樣子看來，什麼時候會越過國境都不奇怪。」

「請……請等一下。陛下不是會做那種事的人——也、也有可能是皇太子的維賽爾殿下擔心陛下才這麼做的……」

「若是那樣也是個問題，表示他無法掌控國內。」

無法反駁。母親的視線凝視著慌亂的吉兒。

「吉兒果然不知道這些事啊。」

「是、的……我沒、聽說這些。但是陛下和我都不打算引發戰爭……那個，現在的狀況如何……」

「北邊由克里斯、南邊由艾比監視著。」

既然由大哥與大姊行動，代表情勢發展不容輕忽。

「究竟是什麼目的、又是什麼契機而這樣行動，我們無從得知……何況皇帝本人正在這裡，不知道是如何取得聯絡呢？」

是羅。如果是羅，就能接收哈迪斯的指示。只要指示能透過蕾亞傳達給維賽爾，哈迪斯的指示就能布達在拉維帝國中。

這就表示——反過來推論，能製造出現在狀況的人，只有哈迪斯辦得到。

這就是龍帝的力量。她感到不寒而慄。

（陛下為什麼……）

喉頭處有如被劍尖指著的感受。

「是不是有什麼暗號？只能確保沒有遺漏這個了。」

「……吉兒姊姊，妳有聽說些什麼嗎？」

「沒、有。」

還沒有確定是哈迪斯做的，於是她搖了搖頭。

「陛、陛下他、為了和我結婚而選擇了和平之路，所以一定有什麼誤會。不對，就算不是誤會，也絕對不會先進攻過來。一定是有什麼原因，所以，請相信我。」

為什麼呢？愈是辯駁愈深深感到只有自己什麼也不知道。母親體貼地說道：

「吉兒……我們當然也是不希望對方攻打過來啊。我也想相信妳，但是……」

「因為我什麼都沒聽說。」

她硬是抬起頭，然而瑞克尷尬地用手撐著臉頰。

「所以才說那很糟糕啊……實際的問題是，在認同你們的婚約後，他們真的會撤退嗎？」

「說實話，現在只會認為他們正在等某個藉口而已啊。看起來只要皇帝受到一點小傷，他們就會攻打過來了。」

「那種事情，陛下才……」

「不會做？吉兒妳能保證嗎？」

父親用有史以來最嚴厲的聲音打斷了她。

「妳對那個龍帝有那麼深入了解嗎？我們聽說死了很多人啊，他成為皇帝前不用說，成為皇帝後也是……」

「那些不是陛下的錯！」

「即使如此，妳也被捲入其中了吧？」

她無法以「我無所謂」回應。父親的眼神、母親的眼神，還有雙胞胎弟弟也是——都透露出對吉兒的擔心。

「——你們反對嗎？」

終於擠出來的，只有這句話。母親對她搖搖頭。

「吉兒，我們沒辦法反對喔。」

「這是妳所期望的事，國家也已經承認了現狀。傑拉爾德大人說如果反對就會交戰，但以大局而言，怎麼看這都是不利的一步。」

「也就是把吉兒姊姊交給龍帝以換取避免戰爭，說得比較難聽就是這樣。」

「以成本和效益而言實在很划算呢，只不過站在家人的立場，我們不是很想答應。」

「但是，如果這真的是妳決定的事情，大家就會認同。所以吉兒，告訴我們吧……」

他們沒有責備也沒有否定她。

只是，那擔憂的眼神和慈祥的聲音，擋在吉兒面前。

「妳偏偏選擇成為龍妃。不知道在拉維帝國怎麼流傳，我所聽到的是會成為龍帝的盾牌，而且最後都不會好死。」

「那是……因為發生過很多事情，但是……」

「妳能說他們沒有隱瞞對自己不利的事實嗎？妳真的知道？」

「因為那些都是以前的事，和現在的我跟陛下並沒有……」

「真的能打從心裡說和你們沒有關係嗎？妳什麼都不知道，光要我們放心、要我們相信妳……」

吉兒沉默了，父親則是喘口氣。母親心疼地看著這一幕，接著說道：

「吉兒，妳說妳發誓要讓哈迪斯過得幸福吧？」

「是……」

「那非常了不起喔。我感到非常驕傲，覺得不枉費把妳養育得那麼堅強。但是，吉兒，還有一件事需要妳想一想，這是家人的請求喔。」

宛如曾經聽過的搖籃曲般，家人溫柔地問道：

「妳那麼做，真的能得到幸福嗎？」

薩威爾家的別邸似乎是為了招待客人而建造，擁有許多值得一看的景點。其中一個，就是宅邸附近的湖畔。周圍打造出可以環繞湖面一圈的路徑，夜晚還有沿著道路點亮的路燈。

從宅邸後方的露台走過去，只需要幾分鐘。

克雷托斯的王子，看來因為這個狀況在意料之外，一句話也沒說。湖面的月亮也因為沒有一點波瀾而靜謐倒映。娜塔莉有些受夠了，這樣別說是氣氛，什麼也感覺不到。

當哥哥強硬地將自己推給他介紹這裡時也是，這個王子只有在必要時才開口說話。傳聞中聰明的王子，應該已經意會到娜塔莉為何而來，只是她並未正面詢問，王子也無從拒絕起。她能理解那份警戒與煩躁，不過這次是這個王子主動開口邀約的。

「多少要體貼一點啊，這個木頭人。」

「……您剛剛說什麼？」

「沒有。我以為您有話要對我說？」

幸好還有回應，於是她優雅地丟出疑問。

「他們一家人要討論事情，我和您在場只會礙事吧。」

然而，傑拉爾德沒有回過頭。如果他以為用冷淡的態度和那種說明就會讓自己退縮，實在太瞧不起人了。她從鼻子發出冷笑。

「這麼做只是想把我從龍妃身邊支開吧？因為不想讓我察覺到不必要的事。」

他的步調有些微被打亂，但仍然沒有回頭。

「怎麼會，難不成是龍帝還有其他擔憂？我並沒有要支開您，應該已經說明許多次，我對於她要嫁到拉維帝國這件事沒有異議。」

「聽說您退出了吧？哥哥告訴我的。您該不會正在憂傷難過吧？」

「您能夠理解真是太好了，但能顧慮我的感受就會更好了。」

也不會受到挑釁，真難對付。

「——如果，我現在跳入這座湖裡，宣稱差點被您殺死，不知道龍妃會相信誰呢？」

傑拉爾德停下腳步，看起來很訝異地看向這邊。

「妳說什麼？即使打算用誇大的言詞動搖我的心情，這可是最糟糕的方式。」

「不過你們打算設計龍妃的方式，不也是類似的事嗎？不是利用攻擊，而是利用擔心。人只要受到溫柔對待就會容易卸下心防。要是連薩威爾家都參與其中，對哥哥實在太不利了呢。」

傑拉爾德的雙眼終於清楚地從正面映照出娜塔莉。他正在警戒自己。是說中了嗎？

娜塔莉笑得更深了。龍帝——拉維皇族被小看可真讓人傷腦筋。

「您認為我是為了什麼目的到這裡來的？」

「——為了克雷托斯王太子妃的寶座。」

簡潔又準確。是個思考速度很快的人吧。

「先把話說清楚，我並沒有那個意思，因此建議您在丟臉前趕快回去。」

「您很沒有女人緣吧？」

「什麼？」

他挑起眉毛，帶著不悅的語調瞪著娜塔莉。

「妳能不能不要毫無脈絡突然改變話題？」

不使用敬語了。他的情感沸點意外地滿低的。

「哎呀，這是很重要的事呢。我放心了，看來只有會看頭銜與外表的女人會靠近你。」

「妳想吵架嗎？」

「所以你對於不會輕易順從自己的女性會感到在意吧？就像龍妃，還有現在的我一樣。」

傑拉爾德帶著點天真無邪的神情眨了眨眼。看來沒有自覺。說不定他也有可愛的地方，娜塔莉冷靜地分析。

擁有頭銜與地位、長相又好、能力又強的人很容易陷入那樣的狀態。這與一直被認定是派不上用場的皇女狀況相反。然而，非常容易懂，不管是別人或他自己，都只看到自己的外在條件。即使他們受到的待遇相反，根本的煩惱卻是相同的。

「另外，剛剛你的回答並不正確。我的目的不是為了成為克雷托斯的王太子妃喔。」

因此才能毫無遺漏地觀察傑拉爾德的反應。那應該能成為破口。

「我呢，是為了幫助笨拙的哥哥而來的。」

警戒一瞬間從傑拉爾德漆黑的雙眼中消失，他似乎單純地感到驚訝。

娜塔莉俏皮地聳了聳肩。

「這件事有需要那麼驚訝嗎？」

「……我聽說拉維皇族的手足之間，感情並不好。」

「之前我們只是毫不關心彼此喔。不過……是啊，如果不是龍妃，我們可能會繼續懷著對彼此的誤解，最後演變成悲慘的狀況吧。特別是我，之前對哈迪斯哥哥與維賽爾哥哥一直保持警戒。」

「那為什麼不再警戒他們了？」

比起探測內情，聽起來是個純粹的疑問。這是好的發展。這時候不是魯莽直搗核心的時機。娜塔莉在心裡冷靜地盤算，並老實回答：

「我們現在也不是感情很好。特別是維賽爾哥哥，所有言行都讓人感到火大，哈迪斯哥哥則是一樣不知道究竟在想什麼。但是我現在會認為他們是傷腦筋的哥哥們，只是這樣而已。」

「傷腦筋……難道妳認為他們需要妳的幫助嗎？」

「沒錯啊。」

聽到娜塔莉篤定地回答，傑拉爾德皺起眉頭。

「……恕我失禮，因為妳既沒有多少魔力也沒有家世後盾，我不明白妳能做什麼。」

「不能做和不做是不同的喔。」

「不會只是遭到利用而已嗎？」

「哎呀，我可是娜塔莉・提歐斯・拉維，龍帝哈迪斯・提歐斯・拉維的妹妹呢。妹妹想為哥哥做些事，根本談不上利用呀。」

宛如受到理直氣壯的娜塔莉壓制，傑拉爾德移開了視線。

「……不得不幫助無能的哥哥，真同情這樣的妹妹。」

他低聲的喃喃自語隨著夜晚的風吹過，彷彿要消失在其中。

這麼說起來，他也有個妹妹。

轉過身背對著自己，是發現說了太多話吧。決定抽身也很快。不過他並沒有無禮地單獨留娜塔莉在這裡。

娜塔莉像是心中放下一塊石頭似的輕輕嘆口氣，看來剛才相當緊張。

（……難怪那個哈迪斯哥哥要動用我來試探他真正的意圖呀。真難對付。）

他是愛之國家的王子，理所當然不會輕易表露自己。但無論是敬語或撲克臉都已經被自己攻破，這樣就夠了。將一切都顛覆般有如劇毒的愛過於危險，最重要的是不能失去理性。

不可因為愛而盲目。

因為自己是真理之國的皇女。

從餐廳走出來的吉兒，在陽台上發呆眺望著湖水。距離宅邸很近的那座湖，可以游泳、划船，當水面結冰時還可以滑冰，原本是孩子們的遊樂場，現在湖面只有浮現靜謐的月色。對面的岸邊隱約可見的人影，應該就是傑拉爾德與娜塔莉。或許應該感到擔心過去查看才對，她卻沒有那樣的心思。

心情上需要一個人靜一靜。

然而這裡卻有三個人影。

「你們為什麼在這裡？連卡米拉和勞倫斯都過來……」

「我是吉兒的護衛呀，當然要在吧？」

「我只是單純好奇而已。」

「啊——真是討厭，接近沉浸於煩憂當中的女孩子真是差勁呢。」

「難道你不能理解我無法直率說出自己擔心的這種男人心嗎？」
「不是因為居心不良嗎？」
「我沒想到會受到家人反對。」
吉兒的一句話，讓身後吵鬧的聲音靜了下來。吉兒很快地往後瞪一眼。
「這樣滿意了嗎？」
「……咦？真是討厭啦，吉兒，我是站在妳這邊的喔？」
「哪一邊的？」
「什麼哪一邊？」
「拉維帝國的……也就是皇帝陛下那邊，對嗎？不是龍妃故鄉的這邊。」
卡米拉感到尷尬地瞪著勞倫斯。
「我畢竟是龍妃的騎士，一定是那樣吧。」
「順帶一提，我是妳的故鄉這邊。假如對克雷托斯有利，我會幫妳的。」
「……拉維帝國軍正在集結的事是真的嗎？」
詢問勞倫斯這行為本身就是軟弱的證據。明明知道，卻無法不問。
「沒錯，這是事實。分別在諾以特拉爾與萊勒薩茨集結。真讓我吃驚呢，龍帝不知在何時開始居然能使喚三公爵了。」
「……艾琳西雅殿下和里斯提亞德殿下，甚至維賽爾殿下都是盟友了，這些事情也就辦得到了。」

「說得也是呢。妳幫助龍帝讓拉維帝國變強大了。現在克雷托斯反倒因為南國王，無法團結在一起。要負責處理善後的，就是妳的老家。」

卡米拉踩出腳步聲，將身體重心靠向一邊。那是故意的。

「你那種說法太卑鄙了，你們有多少次把事情丟過來……」

「我說的是事實喔。」

「卡米拉……你有從陛下那裡聽說什麼事嗎？」

卡米拉有一瞬間抿住嘴唇。那就是答案。

「……我沒聽說。」

但他那麼回答，八成是哈迪斯下的命令吧。

看著吉兒的臉撒了顯而易懂的謊是他的誠意。看懂後，吉兒對他笑道：

「沒關係，我明白。陛下總是隱瞞許多事，也總是想試探我……」

不過，現在的表情不能讓部下看見，於是她轉過身。

「我認為不知道以前的事也無所謂，因為重要的是現在。」

「……會那麼想，感覺很不像妳的作風呢。」

勞倫斯的評語，使吉兒握緊了扶手。

「也未必喔，我其實很膽小。特別是有關戀愛的事，完全不行……」

現在很重要，所以有關以前的那些、無聊神話延續下來的恩怨與現在無關。自己是否拿來當作藉口了呢？是否假裝寬容原諒哈迪斯隱瞞事情的行為，事實上只是在逃避呢？

（……因為、很害怕啊。）

在發現喜歡的人藏有的祕密那瞬間所引發的事情，令人無法遺忘。

純真又閃耀的戀情會破碎至煙消雲散，原因正是不小心得知不需要知道的事情，這是她所學到的。

「現在還來得及喔。」

勞倫斯輕輕對她說道，那是既溫柔又擔憂的語氣。相反地，卡米拉的聲音很冷淡。

「狸貓少爺，你希望我對你拉弓嗎？」

「那不會對我造成威脅喔，因為再這樣下去我們遲早都會敵對。在娜塔莉皇女入國的同一時期，我們收到從拉維非法入侵克雷托斯的情報，不知道是間諜還是情報人員，但不管是什麼人，都與這次的皇帝來訪有關吧。」

「……那未必是陛下的指示。」

「妳真的那麼認為？」

「到此為止喔。」

看著卡米拉拿出為了削箭簇而隨身攜帶的短劍擺好架式，勞倫斯笑道：

「真不像你的作風。難道我說了什麼不該告訴她的話嗎？」

「我不認為自己能夠說得過你，才不會跟你辯論呢。」

「卡米拉，住手。」

「不行呀，吉兒。這傢伙為了讓妳懷疑陛下，正想辦法讓妳動搖。」

她其實知道。明明知道，卻還是忍不住問出口：

「——不過卡米拉你已經知道了吧？齊克一定也知道。只有我……」

什麼都不知道。最後面的話，消失在突然從湖中央向上噴起的水柱所響起的聲音當中。

卡米拉將探身出去看的吉兒往後拉。

「怎麼了？敵襲嗎？」

「怎麼可能，薩威爾家沒有會做出這種魯莽行為的傻子。」

「哎唷哎唷，好久不見了，小龍妃！」

在黑暗之中，一個開朗的聲音伴隨水花落下。

「是俊美的好男人！上次實在太狼狽，所以這次出場我特別設計過了，妳覺得怎麼樣？啊啊，居然還為我打光，真是感激不盡，太周到了啊。」

這裡是薩威爾家。因為立刻發現敵人而向湖面打了燈光，數名警備飛過來。轉眼間就包圍了湖面中心處。

然而那個入侵者卻帶著笑容輕輕揮手，一點也沒有感到威脅的模樣。

「歡迎來到克雷托斯。」

會那麼說也是當然的，因為他是這個國家的國王。

「南國王……」

「我很想念妳唷，小龍妃。」

站在搖曳的湖面中心，魯弗斯甩了甩在黑暗中更加顯眼的金色髮絲笑道。

環視湖畔一周後，魯弗斯聳了聳肩。

「都沒辦法和妳兩人單獨相處呢。」

「吉兒，妳退下。」

父親來到陽台。母親輕輕拉住吉兒肩膀，讓她退到後方。勞倫斯與卡米拉也一起退到後面。

「嗨，好久不見，薩威爾伯爵。你看起來很好呢，好到幾乎想跟你交手看看。」

「我們家沒有足以成為國王陛下對手的人。不知此次您是為了什麼事情來到這裡？是否有事先聯絡過呢？」

「你那麼說就不對了，注意你的言詞。我想在這個國家裡的哪裡出現是我的自由。」

父親並未對如野獸般瞪大的黑曜石眼睛感到退縮，將手放在胸口低下頭。

「——您說得完全沒錯，是我失禮了。」

「沒關係，是我的兒子不該使壞心眼。傑拉爾德，對吧？」

從湖畔另一邊與娜塔莉一起跑過來的傑拉爾德，看到父親瞥向自己，露出凶狠的表情。

「……你來做什麼？」

「為了讓你歸還這個。」

魯弗斯像變魔術般伸出攤開的手掌。他的手上拿著一個以黃金做成、閃閃發亮的東西。

（那是什麼……）

同時間，從背後傳來瑞克與安迪跑過來並大喊的聲音。
「父親大人，明天用印要使用的大廳遭到破壞了！」
「封印的魔法全都亂七八糟的，吉兒姊姊的婚約這下就……」
雙胞胎發現湖面上飄浮的國王身影後，倒抽一口氣。
勞倫斯咂嘴後低聲說道：
「——是國璽啊。」
吉兒的雙眼瞪得老大。魯弗斯高聲笑了起來：
「我聽說要承認小龍妃和龍帝小弟結婚啊。這麼有趣的儀式，我也想摻一腳啊！」
「已經決定會將吉兒．薩威爾小姐嫁給拉維皇帝了。」
傑拉爾德語氣嚴厲地說道，魯弗斯一邊用指尖把玩黃金國璽，一邊斜眼看著他。
「喔？難不成要眼睜睜把龍妃送給龍帝嗎？你要退出啊，我的兒子真是沒出息。」
「總比讓你奪走吉兒小姐要好。」
吉兒吃驚得看著傑拉爾德。那句話比以往聽過的任何話語都衝擊她的心。
然而面對兒子真摯的叫喊，魯弗斯笑道：
「這樣啊。但很遺憾，我才是國王，兒子啊。如果你能說服我，我當然還是能蓋國璽——」
魯弗斯的笑容突然消失了。「轟隆！」一聲響起，吞噬所有雜音，從上空降下銀色魔力的暴風雨。魯弗斯翻了個身，在湖畔著地。
而取得上方位置的金色眼眸，有如星星般澄澈閃耀。

「陛下！」

他應該是察覺騷動而來的，齊克也正從另一個方向趕過來。

「鬧劇差不多演夠了吧？」

魯弗斯看著哈迪斯冷漠的雙眸，嘴唇斜向一邊。

「是龍帝小弟啊，改天再跟你會會，我的事辦完了。」

魯弗斯拿著國璽站起身，同時有魔力從他的腳底往上攀爬。他打算轉移。

（不行，國璽在他手上……！）

吉兒把腳踩在扶手上時，發現一個朝魯弗斯跑去的身影。

一個因為沒有任何魔力所以魯弗斯沒有發現的影子。

「那麼再見，很期待下次再——」

「娜塔莉！」

哈迪斯喊道。魯弗斯似乎也吃了一驚，但轉移已經開始。抓住魯弗斯手臂的娜塔莉，一起被魔力的漩渦吞沒。哈迪斯臉色大變，將手伸出去。是搆得到的距離。然而，娜塔莉回過頭看向哈迪斯，臉上帶著笑容。

「我相信你，哈迪斯哥哥。」

哈迪斯的動作停下來。看起來像是放棄救她一樣。

就在這個猶豫的瞬間，娜塔莉與魯弗斯一起消失得無影無蹤。

剩下的只有暴風雨過後的寧靜。

「……娜塔莉、殿下……」

吉兒目瞪口呆地呢喃後，立刻回過神來。

「——勞倫斯，南國王的居住地沒有變吧？」

「啊，沒錯。他應該在艾格勒半島的宮殿……」

「現在立刻去救娜塔莉殿下！也得拿回國璽——」

「沒那個必要。」

從稍微遠離這裡的地方，一個平靜的聲音響起。

所有人都以為自己聽錯，而轉往同一個方向看去。吉兒向聲音的主人確認道：

「……陛下？」

應該只是因為剛吵完架的關係吧。站在娜塔莉與魯弗斯消失地點的哈迪斯，看起來彷彿另一個人。

讓人有非常不好的預感。

哈迪斯緩慢地回過頭，帶著柔和的微笑。語氣宛如蠶絲纏繞在頸子上。

「吉兒，過來。」

「……咦？」

「我們回拉維吧。」

「什麼？您在說什麼啊？娜塔莉殿下被帶走了耶！也沒有國璽，這樣下去我和陛下的婚約就……」

「沒有錯，國王拒絕了我和妳的婚約，並抓走娜塔莉做為人質——這是克雷托斯的宣戰。」

原本打算繼續勸說的吉兒，倒抽了一口氣。從旁邊出聲的是父親。

「請稍等一下，皇帝陛下。您這個判斷還太早下定論了。」

「誰准許你發言了？」

哈迪斯冷漠地打斷他，非常像龍帝的作風。

「齊克、卡米拉，準備回國。」

還沒等到皺著眉頭的齊克回應，哈迪斯已經從湖畔朝著這裡走來。在他身後，傑拉爾德高聲問道：

「皇帝，這個玩笑一點也不好笑。你打算拋棄皇女嗎？」

「怎麼會？我一定會去救她，她可是我寶貝的妹妹。」

「那麼現在，你為什麼說要回國！還說宣戰……那確實是國王所做的事，如果你想要道歉，我會懲處他！但是，你應該也明白那不是正常的行為——」

傑拉爾德說到一半，像察覺了某件事停下腳步。哈迪斯仍繼續往前走。

「……難道你、打算利用娜塔莉皇女嗎？」

哈迪斯筆直地走去迎接吉兒。

「你打算利用妹妹做為開戰的理由嗎？——回答我，龍帝！」

「吉兒。」

哈迪斯就像聽不見背後的喊叫聲，來到吉兒面前向她伸出手。

「回去吧。雖然很遺憾，但我們已經沒有必要待在這裡。」

她緊盯著那隻手，勉強張開因為乾涸而緊閉的雙唇。

「……我們去帶回娜塔莉殿下和國璽吧？說是宣戰太小題大作了。」

是啊，太小題大作了。多希望他這樣笑著對自己說。

哈迪斯說的話是正確的。吉兒與哈迪斯的婚約作為象徵和平的一步，但克雷托斯國王出手阻礙，這件事意味著拒絕和平。不過還能挽回，一定可以。

「我們家也……父親大人和母親大人也會幫助我們，傑拉爾德大人也是！只要互相合作就可以了，沒有必要走到打仗這一步！所以——」

「意思是要我插手幫忙克雷托斯的內部紛爭？別開玩笑了。」

哈迪斯拋出這句話。她的耳邊響起紛擾不安的聲音，那是來自樹梢還是自己的心中？

「想鬥自己去鬥就好。跟我——拉維帝國並沒有關係，無論站在哪一邊，都不會有任何好處。反倒很感謝你們因為內部鬥爭出現疲態。」

「但……但是，我和、陛下的、結婚……」

「等到他們某一方贏了之後再來詢問就可以啊。吉兒，我不能再讓步了，而且還得確保娜塔莉的安全才行。」

「就是說啊！可是卻要為了救娜塔莉殿下動用軍隊——要是那麼做……」

就會演變成戰爭啊。不是要為了我選擇和平嗎？

——沒錯，不過哈迪斯是否已察覺到家人反對婚事了？只有自己什麼都沒發現，還不斷做著美夢。

一旦問出口就沒有退路了。吉兒握住拳頭抬起頭。

「我要去救人！就算只有我一個，也要去救娜塔莉殿下……然後把國璽拿回來，和陛下結婚！那樣應該就沒有問題了！沒錯吧？」

哈迪斯輕輕嘆了口氣。但並非像平時那種拿她沒轍的模樣。裡面隱含的是失望。接著他故作姿態地露出像考試官的笑容。

「──那是以龍妃的立場做的判斷？還是以吉兒・薩威爾的立場做的判斷？」

「兩個都是啊！兩種身分都是我，所以──」

「妳說謊。」

哈迪斯毫無情面地打斷她。

「在我與故鄉間，妳選擇了故鄉。我就知道會是這種結果。」

從那個漂亮的嘴角吐露的，是對她無法理解事態的焦躁以及侮蔑。

「要我成為了不起的皇帝的人是妳吧？」

那態度彷彿是在控訴：「對我有所期盼的人是妳，所以妳該負起責任。」

「所以我無法認同也不會允許妳身為龍妃，卻要插手這場內鬥。」

「……沒關係，無所謂！就算沒有陛下的允許也──」

「那麼，妳就不是龍妃了。」

他突如其來的宣示。就像是你一言我一語的回嘴。

然而只是這麼一句話，就讓她有腳底騰空的感覺。在她無法順利理解那句話的意思時，便已感到世界天翻地覆的暈眩。是不想理解。她顫抖著嘴唇，無法動彈。

但是，有某個東西擅自湧上眼眶——明明腦袋還沒理解話中的意思。

不需要比起龍帝先選擇保護故鄉的龍妃。

那是不言自明的道理。毫無愛的、真理。

（騙人，不是的。）

她發不出聲音，像是忘記怎麼呼吸的魚一樣。哈迪斯一定有察覺、會察覺到她的心情。他就是那樣的人。

即使如此相信，他仍然抽回伸出的手，連笑容也收起的哈迪斯，丟下這句話。

「妳不是我的未婚妻了，我們就在此分道揚鑣。」

「那個，剛剛開始聽起來都是你單方面的決定……你明明把吉兒姊姊牽扯進那麼多事裡！」

「既然知道要開戰，怎麼可能讓你離開！」

「瑞克、安迪！快住手！」

瑞克與安迪甩開父親的制止飛身而去，齊克與卡米拉上前制止他們。瑞克扔出的短劍擦過，在哈迪斯的臉頰上劃出一道血痕。

哈迪斯無精打采地垂下眼皮後，再重新張開。

「對我出手，就罪證確鑿了。」

雙胞胎弟弟們在轉眼間，就被龍帝的魔力擊沉在地。

接著以抬起下顎的哈迪斯為中心，出現魔力的沉重壓力。那是逼人下跪的壓倒性暴力。支配者的眼神之下，吉兒旁邊的雙親與勞倫斯，以及正朝這裡跑來的傑拉爾德，都直接跪倒在地。還站著的卡米拉與齊克看起來困惑地停下動作。

吉兒看著眼前一切的景象發生，無法動彈也無法眨眼。

好像作夢一樣，她想著。是曾經作過的夢。

以壓倒性的火力粉碎愛，並以真理守護龍神之國的皇帝。

「我會服從妻子。」

連這個聽過好幾次的台詞，都讓人懷疑是否是夢。

「不過，不會服從妻子以外的人──吉兒，最後一次機會……」

至今的一切可能都是個夢──若真如此，真是個殘酷的夢境。

「過來。」

喜歡的人對自己伸出手、對自己微笑，居然會那麼令人心痛。

「……我不能、過去。」

居然不得不拒絕他。

「受到這種像是威脅的對待，我怎麼能過去……！請立刻放開所有人，然後我們再彼此商量看看，陛下──拜託了！」

哈迪斯放下伸出的手，失笑出聲。

「齊克、卡米拉，我們走。在敵人包圍之前會合。」

「……陛下，我們兩個……」

「你們是龍妃的騎士，這裡可是敵國的正中間。如果不想死，建議你們回拉維帝國辭職比較好。」

「陛下，等等——」

「不可以，吉兒公主，不要去……龍妃都是……！」

傑拉爾德拉住她的手臂。力道很輕。她甩開後，卻看到傑拉爾德冒著汗拚命想阻止自己的表情，使她無法移開目光。

「歷代的龍妃，都是龍帝殺死的！」

轉過頭去的吉兒與哈迪斯對上了眼。試探地問道：「不會吧？」她懷疑了。

那應該就是決定性的失敗。

哈迪斯的眼中，明顯浮現失望的神色。

「再見了，擁有紫水晶眼瞳的小姑娘。」

帶著自嘲語氣說出這句話後，哈迪斯轉身離開。同時間，所有人的束縛都解開了。傑拉爾德跳起身喊道：

「薩威爾伯爵，不要讓龍帝離開！」

「安迪、瑞克，向薩威爾領地全面發布命令！抓住龍帝！」

「絕對不能讓他回到拉維帝國，會演變成戰爭的！」

雙親的指示讓齊克跑了起來，把朝著哈迪斯背後飛去的箭打落。卡米拉也咂嘴後從陽台跳出去，往哈迪斯的方向奔去，回過頭說：

「吉兒，我們啊——」

「別說了，隊長已經不是龍妃——再說下去太殘酷了。」

卡米拉像是用甩的別過臉。齊克以眼神致意後，站到哈迪斯身前。三人輕輕地飄浮起來。

「是轉移！」有人喊道。「應該跑不了太遠！」抑制著魔力的魔法在空中描繪著形狀。在怒吼聲與劍戟碰撞聲交織中，閃爍著魔力的光芒。

吉兒並沒有感到害怕，眼前也是習以為常的景象。

然而自己卻一步也動不了。彷彿被冰凍住，腳動也不動。

她只能用手按著胸口不斷呼吸著。自己就像個傻子。明明有許多該做的事、明明認為自己沒有做錯、明明有成堆的抱怨想說，卻因為一句再見而感到痛苦、難受又悲傷，胸口就像快要炸裂般，讓自己什麼也做不了。

（明明說好不要放棄的，明明只要遵守約定就好啊。）

這就是戀愛。

從不知戀愛那麼痛。好想回到不知戀愛為何物的時候。

重力突然施加在全身，娜塔莉一屁股重重摔落在地上。不過，因為有長毛的絨地毯做為緩衝，倒沒有那麼痛。

她小心翼翼地睜開因為衝擊而緊閉的眼睛。看到自己因為踩過湖畔稍微沾到泥土的皮鞋，以及修長的腳。

「——真沒想到妳會跟過來呢。」

聽起來一副吃驚又有些瞧不起人的聲音從頭上傳來。為了配合跌坐在地上的娜塔莉的視線，這個國家的國王正彎著腰看她。娜塔莉屏住呼吸。

克雷托斯的南國王，他的名號在拉維帝國也很出名。丟著政務不管，在克雷托斯王國南方的艾格勒半島上以黃金建造了後宮，是個無論男女老幼都姦淫的國王。從聽到的那些不堪入耳的傳聞中，實在難以想像他是個身型修長又擁有出眾相貌的人，唯獨留在黑色瞳孔之中的殘虐與傳聞無異。

「妳會害怕？那為什麼還跟過來呢？難道以為這麼做就能吸引我兒子的注意力？」

「……那是我想說的話，愛之國的國王。」

她鼓起全身勇氣反問道：

「你把國璽帶走，到底打算做什麼？」

「面對年長的人，而且是對國王所問的問題用另一個問題來回答，真是沒有禮貌啊。」

魯弗斯一邊笑，一邊踩住娜塔莉的洋裝裙襬。

「提問的人是我，假冒龍神皇女的小姑娘。」

「——哎呀。」

她忍耐著所有恐懼與不安，高傲地笑著。並且筆直地望向那雙深不見底的黑色眼瞳。

沒有用的皇女。因為一直被那麼稱呼而從中學習到這種虛張聲勢的方式，在拉維皇族中無人能及。

「我是龍帝的妹妹喔，父親大人。」

魯弗斯因為吃驚，挑起單邊眉毛反駁道：

「父親大人……居然這麼叫我啊。」

「畢竟你已經知道了吧？我是什麼人、又是為了什麼而來的。」

「知道啊，因為我可是這個國家的國王呢。」

「是啊，兒子也依賴你，是個有才華的人啊。」

這次魯弗斯的笑容明顯消失。面無表情就如冰塊般冰冷，跟那個沒禮貌的王子一模一樣。這麼一看，便知道他們是父子。

「如果殺了我，你們的計謀就會有變化吧？要是受到懷疑，就無法站在龍妃這一邊了呢。還請好好款待我喔。」

「真是特別的求饒方式呢。不過要決定這件事的——」

門上響起「叩」地敲門聲。「進來。」挺起上半身的魯弗斯說道。進門的人從頭上罩著斗篷把臉藏起來，是一名穿著巫女服的女性。

「魯弗斯大人，龍帝從薩威爾家的宅邸逃走了。」

娜塔莉慢慢地瞪大眼睛。魯弗斯看了門口一眼後笑著問：

「小龍妃也一起嗎？」

「沒有，吉兒・薩威爾留下來了。似乎是與龍帝決裂了。」

「哈哈哈，沒想到那麼快呢，真令人吃驚。那麼龍帝呢？垂頭喪氣地回國了？」

「為了出動拉維帝國軍，應該正在前往某個地方。薩威爾家正在追他。」

魯弗斯從鼻子哼了一聲。

「難道他打算開戰嗎？只為了報復小龍妃被搶走？沒想到是個小心眼的——」

魯弗斯突然像察覺什麼般轉向娜塔莉。

這個國王絕對不是個昏君，他和那個王子一樣，是個腦袋機靈的人，而且才華洋溢。最年長討人厭的哥哥說當他還是王太子時，便以神童之名享譽天下，第二個哥哥再三提醒娜塔莉絕對不能亂來。

而背負著國家責任的第三個哥哥對她說：「拜託妳了。」

無論如何都要想辦法問出克雷托斯真正的意圖。

「怎麼了？」

所以她若無其事地反問。魯弗斯喃喃說道：

「情勢未免對我們太有利了啊。難道你們是故意先與龍妃切割的？若是如此，又為什麼要這麼做？——身為龍帝的棋子，妳知道內情嗎？」

娜塔莉只是沉默地微笑，她不可能掌握哈迪斯的所有想法。

然而，自己正是為了這件事而投身來到這裡。要像宛如在平靜水面上引起波紋的小石子，好讓龍妃察覺深藏在水底的陰謀。雄辯勝於甜言蜜語。

那麼做一定能拯救身為龍帝的哥哥。

感到懷疑的魯弗斯清了清喉嚨。

「好吧，妳是陰錯陽差來到這裡的客人。如果讓妳在這裡變成人質或屍體，順了龍帝小弟的意思也讓人不快。」

「這是個明智的判斷，非常感謝您，國王陛下。」

「但是別忘了，妳會死。因為南國王的遷怒，不知道會發生什麼事呢。」

「計謀是那樣進行嗎？真是為兒子著想呢。」

聽到娜塔莉直率的感想，魯弗斯笑出聲來。

「一點也沒錯，就是那樣！這可是第一次有人了解呢——可惜啊，妳沒有機會喊我父親大人了。」

「哎呀，很難說呢，還不知道未來會如何吧？」

「不對，可以知道。龍妃已經不是保護龍帝的盾牌，而是教導龍帝愛的矛了。」

魯弗斯留下睜大眼睛的娜塔莉，轉身離開房間。在他的身影消失後，娜塔莉雙手扶在地板上。汗水浸濕她的背，事到如今終於開始發抖。

（……還有其他事，關於龍妃還有我們不知道的事……）

哥哥是因此下了賭注嗎？吉兒沒有問題吧？會不會察覺呢？

她無從得知，但不會有問題的。顫抖的手緊緊握在胸前。

「芙莉達、艾琳西雅姊姊、里斯提亞德哥哥……維賽爾哥哥、哈迪斯哥哥。」

不會等待王子殿下。因為已經約定好了。

要平安生還。一定會去救妳——因為手足間像這樣彼此發過誓了，所以娜塔莉現在在這裡奮戰著。

第五章 孤軍奮鬥，做出選擇吧

睜開眼醒來，一切都變了。明明是延續昨天的日子，卻彷彿至今為止的時間都消失了。

還是自己是從像作夢的時間回到現實中了呢？

「已經確認娜塔莉皇女在南國王的後宮裡了喔。今天傑拉爾德王子去謁見南國王，如果南國王能放了皇女，事情就能解決了……皇女的安危與所在地呢？」

「瑞克說再過不久就能夠找出來。」

「這樣啊。那我們先確認吧，這是最新的後宮平面圖。」

勞倫斯在大桌子的桌面上攤開平面圖。一道汗水從他的脖子上滑下。

克雷托斯南部的入口是個日照時間很長的地區，總之相當炎熱。現在正值夏天，偏偏靠魔法驅動的冷風裝置效果不彰，若能夠去設備更完整的高級旅社應該會更涼爽，但是吉兒他們是潛入者，比起舒適度，還是以能夠混入人群中為優先考量。

「依照傑拉爾德王子帶回的情報，行動方式會有所不同……不過，希望你們能記住潛入與逃脫的路線。還有保管國璽的地方也是。」

「咚！」勞倫斯敲下的地點，是位於後宮正中央的天井庭園。那裡沒有天花板，像屋頂般籠罩在上空的魔法陣，吉兒也有看到它。

安迪的表情不是很高興。

「瑞克已經確認過了，但這裡有偽裝的可能性吧？施展了那麼花俏的魔法，怎麼看都像個陷阱。」

「南國王喜歡花俏的東西，所以倒不奇怪，這是傑拉爾德王子的看法。另外，他也說那魔法陣雖然看得見，並不是那麼容易能破解喔。」

「……的確，因為它的核心是女神的護劍。」

假天劍——那把在拉維帝國給它這個貶稱的東西，看來在這裡被稱為護劍。之前都不知道它的存在。因為不但在儀式上沒有使用過，也完全沒有在檯面上看過它，因為女神的聖槍比較顯眼，連克雷托斯國內都鮮少有人知道那把劍吧。這與之前龍妃的神器狀況類似，是否真實存在都很曖昧。

不過，那把劍是由女神的聖槍製造的，威力與來源都足以保護女神，這是吉兒親身體驗過的事情。

「可能連傑拉爾德王子也無法對抗它的力量，如此一來——」

「龍妃的神器可以擊破它。」

吉兒的這句話，讓原本彼此互看的勞倫斯與安迪都轉過頭來。吉兒坐在椅子上，把手肘靠在桌面撐著臉頰繼續說道：

「天劍是由陛下持有，也就是說能夠擊破它的不是我就是陛下。是這樣沒錯吧？」

她的視線往下看向戴在左手的黃金戒指。

「戒指不知道什麼時候會被收回去，趁著龍妃的神器還能使用，趕快行動比較好。」

「……吉兒姊姊。」

安迪難得說不出話來。吉兒苦笑道：

「我的說法聽起來不太舒服呢，對不起。但這是事實……」

吉兒因為受到龍神拉維的祝福而成為龍妃。這是不需要吉兒的任何承諾，單方面給予她的稱號，反過來說，遭到單方面收回也不奇怪。

「……說實話，現在的我是不是龍妃仍無法確定，一切都要看陛下。」

「現在還沒找到龍帝，拉維帝國軍也沒有動靜。在軍隊出動之前，如果能與龍帝再談一次，按照當初約定讓妳和龍帝締結婚約，妳還是有可能回到拉維帝國。也可以等過一段時間再考慮這些。」

勞倫斯冷靜地說道。吉兒卻忍不住笑出來。

「要拖延啊，真難得……你真不會安慰人呢。」

「不要毀了我的體貼，我會很高興的。」

「但是陛下不會被抓到的，他非常擅長逃跑和躲藏喔。」

吉兒的回答，讓安迪與勞倫斯都露出不置可否的表情。那反倒有點奇怪。

現在，吉兒他們兵分兩路進行中。

雙親那方從哈迪斯消失蹤影的薩威爾家別邸展開搜索，大哥與大姊針對國境進出與動靜進行牽制。在這段時間裡傑拉爾德、吉兒和勞倫斯，由安迪與瑞克擔任聯絡管道，一起擬定對南國王的對策——奪回國璽。
只要能在哈迪斯與帝國軍接觸開啟戰端前，取回國璽並確保娜塔莉的安全，就是吉兒他們的勝利。這樣就能按照當初的約定締結婚約，恢復原本的狀態——真的嗎？
「……欸，吉兒姊姊。我想趁這時候問妳，先把南國王或開戰之類的問題放一邊，妳真的要跟龍帝結婚嗎？」
她沒有回答，安迪便看向一旁的勞倫斯問道：
「現在如果吉兒姊姊選擇回到克雷托斯，也不會被認為是背叛者吧？」
「當然了，傑拉爾德王子也沒有那種意思才是。以我的立場，非常希望妳能夠不當龍妃喔。和妳一起在傑拉爾德王子底下工作，應該會很開心吧。」
吉兒又再次看向金色戒指。
「就算我不想當，也沒辦法做什麼吧？……說不定陛下也沒辦法做什麼。」
那樣的假設感覺很合理，因為她被告知那是再也無法取下的戒指。
「龍神……是與真理之神訂下的契約嘛，說要作廢的確可能不會承認。」
「……吉兒，如果有方法能讓戒指消失，妳會怎麼做？」
這句話，吉兒聽起來像是透過一層厚厚的玻璃傳過來般模糊，她眨了眨眼。
不當龍妃的方法。是指取下金色戒指的方法，若要說真的有那種方法——
「女神克雷托斯嗎……？」
「應該算是女神的力量吧。正好現在的狀況非常適合——女神的聖槍與護劍。說不定能夠將名為真理的契約作廢。」

現在，正大張旗鼓封印住克雷托斯國璽的護劍，就近在眼前。

「在妳獲得龍妃的神器時，我針對龍妃的事進行了各種調查喔。三百年前的前例，也是在那時查到的……歷代龍妃的死法也是。」

「女神對龍妃的事還真在意啊。」

「吉兒姊姊，不要扯開話題比較好喔，這樣看起來很可憐。」

「這樣啊。」吉兒說完對弟弟笑了。

「我看起來很可憐啊。對不起，我不習慣面對這種事……」

「……發生那麼多事應該很累吧，吉兒姊姊。妳稍微休息一下比較好，等傑拉爾德王子或瑞克回來時，我再叫妳。」

「不然我幫妳準備些好吃的東西吧？也只有現在能放鬆度過了。」勞倫斯故作開朗地問道。吉兒點點頭，坦率地接受了他的體貼。

「能幫我準備就太好了。」

「難得來到南國，這裡的水果特別好吃呢。安迪，你有想吃的嗎？」

「什麼都可以喔，因為老實說，薩威爾家那邊的作物都不是長得很好。」

「哦，說得也是。拉奇亞山脈周圍原本就不適合當作農耕地，加上又有那樣的磁場。」

「……是這樣嗎？我都不知道。」

聽到吉兒的感想，安迪露出嫌棄的表情。

「居然說不知道……那是因為妳上課時都沒有仔細聽啊，吉兒姊姊。我們的領地能有那麼多綠地，是多虧女神的庇護。不然拉奇亞山脈的氣候變化，根本無法預測。」

「……因為在拉維帝國那邊，陛下都種得很好……」

「是說諾以特拉爾那裡嗎？因為那裡位於山腳下，季節也正是時候吧。」

聽見勞倫斯的說明，吉兒喃喃地說：「原來如此。」

「看來我還有很多事不懂呢，得好好學習才行……」

「……吉兒姊姊，妳真的沒事嗎？我實在難以想像妳對學習有興趣的樣子。」

「真沒禮貌。我就算看起來這樣，也還是有在反省。自己什麼都不知道就當龍妃……」

兩人忽然發現他們似乎在她身上劃新的傷口，於是表情嚴肅起來。

「我認為我的覺悟不夠。」

「那個……這種話由我來說也很奇怪，但是吉兒姊姊，妳才十一歲耶。那是當然的吧？不如說，我認為要求做到那種程度未免負擔太大了。大家也都那麼想喔。」

「我雖然不是妳的家人，但同意他說的話喔。而且——現在回來還來得及。」

「嗯，說得也是……還能回來。真的，我覺得自己好像懂，又好像不懂。」

吉兒輕輕抬起頭望向正方形的窗戶外面，是沒有龍飛翔的天空。

接著她像是逃避般移開視線，將兩隻腳縮到椅子上，抱膝坐著。

「陛下真是糟糕的男人啊。被他欺騙了，真不甘心。」

「吉兒姊姊……既然這樣……」

「反正不管怎麼樣，我要做的事還是一樣。為了拿回國璽，那個護劍的魔法陣就由我來擊破，也要保護娜塔莉殿下的安全。不管哪件事，都要比陛下先完成。」

她繼續抱著雙膝，專注地想著自己該做的事情。

「即使是我，也有自尊的……在那之後的事情，就等之後再說。」

在完成之前，不去考慮多餘的事。

兩人像是放心下來般點點頭。看來自己的笑容是成功的。看起來有如戀愛破滅正在傷心的少女。好像事不關己，她如此心想。

「——妳看起來待得很舒適，真是太好了。」

「託你的福。」

傑拉爾德諷刺的問候，娜塔莉輕描淡寫地帶過了。

他們位於南國王後宮的圖書室裡。這裡的藏書量非常多，整面牆直到天花板都擺得滿滿的，從休閒書到教科書，連經典等等都相當齊全。非常適合在這裡打發時間。

但她不是坐在椅子上，而是靠在絨毯上的抱枕，這姿勢讓她心裡有點抗拒。因為脫了鞋子，裙襬下的雙腳感覺空空的讓人不是很安心。雖然儀容不得體，不過這裡是南國王的後宮。況且這裡並非寢室，只是稍微被看到腳而已。若不抱持這想法，氣勢上就會輸。

再說，為了不看到絲絹長襪而別開視線的王子，讓人看了感覺不壞。

「我已經向南國王取得帶妳離開這裡的許可。」
「哎呀，是嗎？辛苦了。但是很抱歉，能等我看完這套書再走嗎？」
「……等妳看完再走？」
「這是女神克雷托斯的民俗故事集，是三十二集的大長篇呢。順道一提，我正在看第三集，內容是龍妃製作的魔法之盾的故事喔。故事裡不同的解讀真讓我大開眼見，裡面說龍神為了懲罰人類所以拒絕女神的祝福？我們的傳說是你們因為受到詛咒所以導致寸草不生呢。」
「妳明明知道現在的狀況，卻是這種態度嗎？」
「與拉維帝國軍被當成背叛者去當人質時比起來，這裡舒服多了呀。」
「當人質難道是妳的興趣嗎？」
看這個王子皺著眉頭的臉龐，好像會上癮。不過，當想到他漂亮的臉蛋，若有皺紋刻劃在眉間未免太可憐了，便合上書本。
「這種差異堆疊，就是所謂的歷史與恩怨吧。吉兒也真是辛苦呀。」
「妳如果那麼想，就趕快從這裡離開，讓她早點安心如何？」
「才不要呢，那麼做只會為你增加好感度而已。」
「……我沒有這樣的、打算。」
他語尾的語氣突然轉弱。不過能立刻深呼吸重新使自己打起精神，是這個王子的優點。
「她應該正在思考取回國璽的方法。妳並沒有待在這裡的理由，如果有，那就是為了想要開戰的龍帝，故意成為人質——也就是說，不得不判斷你們只是在演一場戲。」

「欸，我問你，為什麼你和父親大人的感情那麼差？」

「妳為什麼都、那麼忽然、隨興改變話題……！」

即使冒出青筋也立刻極力忍住，也讓人覺得很好。

「至少在我看來，你的父親非常重視你。」

然後很不可思議。忽然之間，他又像所有情感都消失般冷靜下來。

「……妳在說笑。」

在嘴角出現的嘲笑，還不知道對象是誰。

「我明白妳不想跟我走了。我會告訴吉兒公主，妳是與龍帝謀劃演出綁架的共犯。這樣可以吧？」

「請便。」

「——妳會後悔的。」

「那是輸家才說的話喔。能扶我一把嗎？我要回客房。」

她拍了拍裙襬站起來。王子皺著眉頭，沒有無視這個請求，為娜塔莉從絨毯另一邊拿她的鞋子過來，擺在地上，並從娜塔莉手上接過書放在地上。接著把自己的肩膀與手借給她，幫她穿上鞋子。一連串的動作既順暢又完美。

「謝謝。你真是個溫柔的**哥哥**呢。」

「為什麼忽然這麼說？」

「你很習慣做這些事啊。我對這些事不太習慣，幫了大忙呢。」

「我真是搞不懂妳這個人啊，明明有可能被殺呢。」
「被你嗎？」
為了開玩笑才說出的話卻讓她發抖，大概是因為他筆直地回看自己的關係。一股寒意從背上竄起。抑或是似曾相識的感受。
「我沒理由殺妳。」
這表示如果有理由，就會殺了自己吧。他的眼睛如同沒有光澤的黑色石頭，什麼也讀取不到，什麼也問不到。
傑拉爾德的腳步聲響起，先走出圖書室。
（──我可能快要因緊張而死了。）
隨後她將書緊緊抱在胸前，回到分配給自己的客房。她拒絕了茶水侍奉，但一定有人監視自己應該還不會被殺──即使心裡那麼想，在打開帶出來的書本時，還是繃緊神經。
正好讀到最早的龍妃死去的地方。
為了保護龍帝衝到聖槍前面，被自己護著的龍帝從背後用天劍刺穿。
遭到龍帝當成盾牌的可憐皇妃。附帶的解說寫到那是因為龍帝並不理解愛。
「……真是辛苦啊。」
一張紙片從書裡飛落。她小心控制，不讓自己的表情有過多不必要的變化，接著撿起紙片。一開始就不認為那是張書籤。
上面沒有文字，只有劃上記號的後宮平面圖與時間而已。是深夜。乍看以為是幽會用的訊息，不過紙片還很新。這是有人傳話。娜塔莉鬆了口氣，果然來救她了。

（……但偏偏是……南國王的個人寢室？）

為什麼要指定那種地方？難道認為對方沒想到會從近在眼前的地方救她？

忽然想起傑拉爾德在幫自己穿鞋時，有碰過這本書。

這不是救援的訊息，是陷阱。

「……居然來這招。」

若娜塔莉的屍體倒在南國王的個人寢室也不奇怪，他是那樣判斷的吧。

他說沒理由殺她，真沒想到居然說謊不打草稿。看來他非常警戒娜塔莉，認為不能放任她不管——這表示，龍妃還沒有落在他的手中。

（才不會讓你稱心如意呢！）

沒有問題，包含哈迪斯在內的哥哥們絕對會來救自己。於是她將紙片放在合上書後看得見的位置，代替書籤重新夾回書頁中放下。

事情很順利。布局沒有延滯。無法預料的事態也已經盤算在內，自己的工作就是一步一步慢慢逼近。

狹小的小巷深處有個石牆的建築物，裡面的房間有遮陰，也有施展魔法而吹進來的冷風，畢竟外面非常熱。脫下防曬用的斗篷喘了口氣，優秀的部下便從旁邊遞水。這棟狹長建築物的一樓空間是廚房與餐桌。

沒有其他人在場。他在毫無顧忌地喝了一口水後問道：

「吉兒公主呢？」

「應該在睡覺。她的弟弟正陪著，請您安心──有按照預定的計畫嗎？」

「有。」

他帶回了按照預定計畫的情報。傑拉爾德隱密地回應，勞倫斯拿了兩張椅子過來，在狹長餐桌的一角，兩人面對面開始確認。

「那麼，首先國璽由我們負責，娜塔莉皇女由您去救出，以這樣的方式進行。」

「就照這樣。我已經按照你的劇本處理好，雖然覺得太多細節了。」

「表演非常重要啊。如果龍妃以娜塔莉皇女優先該怎麼辦？」

「那是不可能的。她在薩威爾家長大，是個優秀的軍人。既然能有效對抗國璽封印的只有龍妃的神器，那麼她一定會往那裡去──難道她有說了不同的看法？還是有什麼懷疑？」

「不，那倒沒有。她本人也理解這件事，這倒是毫無疑問……」

勞倫斯吞吞吐吐的，傑拉爾德接上他沒說完的話：

「覺得太過順利嗎？」

「是，主要是多虧了龍帝。只是，要是這局面只是因為他順著我們的計策……」

「確實，感覺很不好呢。」

他們原本以為會需要花更多時間，不過因為龍帝對龍妃的切割過程，讓人感到不對勁。正因此，雖然結果按照預定進行，總覺得心裡不是很舒坦。

「失去龍帝的動向很不樂觀呢。連薩威爾家都還沒捕捉到他的動靜，已經回到拉維帝國的可能性也……」

「不，他還在國內。在魔力一半受到封印的狀態下，不可能無視拉奇亞山脈磁場進行轉移回到距離那麼遠的拉維。」

若是在狀態萬全的情況下，一個人要辦到這件事並非不可能，然而現在的龍帝身邊還帶著龍妃的騎士。既然龍帝要帶著那兩個人，應該就沒有打算利用轉移回拉維帝國。

「所以才要去迎接他。南方與北方同時入國的入侵者們，不可能與這件事情無關。龍帝一定會跟某一方接觸。」

「北方已經有回報快要可以抓到了。南方正利用船隻在海上四處逃，沒有上岸的跡象，而且似乎載了很大的貨物。」

「那如果不是障眼法，就是與龍帝接觸前會待在海上的作戰……不管怎麼說，薩威爾家的人手被分散開來才是個問題……吉兒公主知道些什麼嗎？」

「沒有，看來她確實什麼也不知道。」

想起吉兒憔悴的神情，傑拉爾德的心情也感到苦悶。

「那是龍帝會做的事。不了解龍妃的心情……不了解愛，還是老樣子。」

「我不是很想把那樣的概念作為依據，但現在就當作是這樣吧。實際上，龍帝的行動有與真理衝突的地方。」

由大局來看，為了象徵和平的一步而進行交涉，因為國王的妨礙，自然不會是和平狀態，而綁架皇女後要對方相信自己沒有敵意才比較奇怪。在這種狀況下，龍妃還相信自己的故鄉，龍帝會認為她不能用而捨棄也是正確的判斷。

然而，原本設想他會因為疼愛龍妃而緊抓他們的把柄在這裡撐到極限，如此就能利用這段時間讓兩人的關係惡化，直到沒有挽回的餘地，才是勞倫斯寫的劇本。沒想到龍帝卻早早就與龍妃做了切割。

「是因為在拉維接觸過那個皇帝的關係吧，他與我心中認為闡述真理的『龍帝形象』並不相同呢。當我試探吉兒的時候，他是發自內心瞪著我耶。」

「結婚或訂婚都是契約。會瞪著對自己的妃子出手的男人，非常合理吧？」

「啊——您是這樣解讀……嗯，我想不明白啊，愛與真理的差異。」

「話說回來，你在拉維對吉兒公主做了什麼？沒做什麼不檢點的行為吧？」

「咦？您這是愛嗎？」

遭到皺著眉回瞪後，勞倫斯嘆了氣：

「……我放棄，思考神的概念就輸了。我只是一介渺小的人類，只能處理眼前的情報而已。現狀而言，是往最好的方向進行中，只是仍然不要大意比較好。」

「說得也是……吉兒公主還是打算繼續當龍妃嗎？」

「她還很混亂，無法下決定的樣子，但我認為她會放棄喔。當然先不論是否會先被逼迫放棄。那就是所謂的真理吧？當遭到龍帝拒絕，就無法回去了。」

傑拉爾德點頭同意。

「那樣就足夠了。」

「啊啊，但是請您還是繼續保持當一個退出的男人喔，也不要說龍帝的壞話。讓她繼續沉浸在傷心中，這種事需要看時機的。」

「是那麼回事嗎？」

「是的，謹慎進行吧。不過，在說出龍妃都是龍帝殺死的時候，您的演技可真精湛！」

傑拉爾德的眉頭緊緊皺到極限，不知為何感到口中一陣苦澀。

「我只是說出事實而已。」

「……那麼，我就當作那樣，好的。」

「傑拉爾大人、勞倫斯大人！方便打擾嗎？」

一個人影靜悄悄地從窗戶跳進來。那是薩威爾家派來擔任傑拉爾德護衛的雙胞胎之一，瑞克。雖然他肩負著要回來報告「知道娜塔莉的所在地了」的責任，但距離預定時間還早。

「發生什麼事了？」

「薩威爾家好像有人來到這裡了呢，所以我來這裡看看……都沒有人來這裡嗎？」

在皺著眉的傑拉爾德開口反問前，出入口出現聲響並且門打開了。

「哎呀哎呀，瑞克，你果然發現我了啊。」

夏洛特．薩威爾對立刻擺出警戒架式的傑拉爾德他們笑咪咪地說道。傑拉爾德很吃驚，從椅子上站起來。

「妳應該正與薩威爾伯爵搜索龍帝，發生什麼事了嗎？」
「我想來這裡幫忙，畢竟沒有人為你們做飯吧？」
「做飯……」
這是距離現狀很遙遠的詞，讓人聽了不禁呆住。夏洛特滿臉笑容，把帶來的東西給他們看。
「我已經去採買完了呢，來做晚飯吧。」
瑞克往上抓起頭髮嘆了氣，勞倫斯的笑容僵在臉上。夏洛特已經在這個空檔將採買來的食品與雜貨放在廚房的桌上。傑拉爾德稍作停頓後咂了嘴。
「薩威爾夫人！這個狀況到底是怎麼回事？」
「這樣不行呢，傑拉爾德大人，您現在非常緊張吧？這樣可是會輸給龍帝喔。」
夏洛特一邊把食材擺在桌上，一邊沉穩地提醒。傑拉爾德的眉頭皺了起來。
「若妳是指娜塔莉皇女的事，沒有破綻。」
「我並不是說那個呢。看見吉兒受傷的模樣，您應該感到很心痛吧？」
這回傑拉爾德因為別的層面而感到困惑了。夏洛特看見後笑道：
「我在擔心是否不要太縱容吉兒。安迪和瑞克也是，甚至是比利也有那樣的想法。」
「……非常抱歉，我不明白妳說的意思。現在看了都知道她傷得很深……我和看到她的模樣沒有任何感受的龍帝可不一樣。」
勞倫斯把手放在傑拉爾德的胸口上，應該是要告訴他說得太多了吧。
雖然感到惱怒，但他也察覺自己說的話只是像藉口而停住。

「如果您有感到擔心的事，希望能告訴我們。」

勞倫斯把對話往有建設性的方向切入。夏洛特輕柔地笑了。

「困難的事情我不懂啊。好了，吉兒別躲著了，快點出來。安迪也是。」

夏洛特往階梯的方向丟出這句話，除了她以外的所有人都吃了一驚。安迪聳聳肩。

「才沒有躲起來呢。只是因為吉兒姊姊起來想到樓下，看到母親大人在這裡，還正在聊很複雜的話題，我們只是在等可以出聲的時機而已。」

「母親大人，妳怎麼在這裡？」

沒聽到什麼重要的對話。從階梯走下來的吉兒，也對夏洛特居然在這裡感到不可思議。

夏洛特對這些孩子們說道：

「現在是要用計騙過南國王的時候，只有你們在家會感到不安吧？再說我留在那裡好像也幫不上什麼忙。」

「但是，父親大人在追的人是陛下，如果有戰力比較……」

「對了對了，我忘記說了。掌握到龍帝的蹤跡了喔。」

吉兒睜大雙眼。傑拉爾德輕輕地握拳。

（真快。以為還有時間可以讓她再猶豫……不對，這樣正好嗎？）

本來想讓她花點時間蒐集放棄當龍妃的情報資訊，因為那麼做會使那個決心更加堅定，更重要的是，讓她習慣像現在這樣家人圍繞在身邊的情況。人在習慣面前是很脆弱的。

然而，她搖擺不定的現在，正是收尾的時候，也對戰略是有效的。

宛如看穿傑拉爾德的猶豫，夏洛特看向這邊。

「正確地說，應該是與龍帝接觸的其他部隊的蹤跡。是從北方來的入侵者呢。就算已經與龍帝有接觸也不奇怪，現在我的丈夫他們正準備進行包圍。」

「與其他部隊接觸……拉維帝國軍呢？」

「還沒有行動呢，別擔心。」

夏洛特緩緩撫摸吉兒的頭。吉兒鬆了一口氣。

「要跟時間決勝負了。傑拉爾德王子說找到娜塔莉皇女的所在地了呢。」

「真的嗎？那什麼時候執行？」

「是的。還需要確認，但假如是今晚——傑拉爾德王子認為如何？」

傑拉爾德皺著眉，在所有人的注視下嘆了氣。

至少夏洛特應該會認為早點行動比較好。他沒有贊成的理由，也沒有強力反對的理由。再說，如果這是發生在沒有私心的狀況下，自己就會行動。

那瞬間，他似乎明白夏洛特擔心的事了。她想說的是不要因為在意吉兒而偏離原有的主軸嗎？反正不會有正確答案。

「那麼，進行最後確認。當然需要警戒，然而如果發現龍帝更該如此，早點救出娜塔莉皇女比較好，不然因此成為開戰的理由會很麻煩。」

「傑拉爾德王子……非常謝謝您。」

「這不是需要道謝的事。」

自己認為回答得不帶情感，原本低著頭的吉兒抬起頭後，稍稍露出笑容。

「真像傑拉爾德大人的回答。」

他們之間似乎有某個東西稍稍地有了點交集。

不過夏洛特彷彿打斷一切般拍了手。

「好了好了，既然決定好，那就來填飽肚子吧。傑拉爾德大人、勞倫斯大人，請兩位擬定最終的作戰方案。在這段時間裡，安迪和瑞克來幫我做晚飯。吉兒要去哪都可以，但不要靠近廚房喔。」

「為什麼？」

「因為妳會偷吃啊。」

母親的回答，讓所有人都笑了。傑拉爾德重新繃緊不小心跟著鬆懈的臉頰，既然決定今晚要執行作戰，那麼要做的事可多得不得了。

（不知道哪一種方案才能取得她的歡心。）

當然沒有正確答案。就是這樣——一場愛情爭奪的劇碼。

只是為了以防萬一。薩威爾家的警戒網非常嚴密。不用說本來就很難突破，而且四處都有陷阱。更何況，在國內有人背叛也不奇怪。不過，拉維囉嗦地催促趕快去約定地點碰頭，齊克與卡米拉也理所當然地往那裡前進，而自己已經懶得思考，只是跟在後面走。

所以完全沒想過會是誰來到這裡。

「不出所料，你的臉色真差。」

這是里斯提亞德一見到哈迪斯後，開口說的第一句話。

長得蒼鬱密集的樹林，在涼爽的風吹過時搖曳。這個哥哥真是不可思議，他只是出現，空氣突然就變得輕盈起來，就連昏暗的山裡，似乎都變明亮了。

「看來我過來是對的，你們未免太狼狽了。有好好吃東西嗎？有休息嗎？」

「啊——里斯提亞德殿下看起來就像救世主呀……」

「就是啊……差點以為自己無法呼吸快死了，終於卸下肩膀上的重擔……」

一路上一直沒說話的卡米拉與齊克，終於發出聽起來疲憊的聲音。看著皺眉的里斯提亞德對他身後的部下——里斯提亞德的龍騎士團——下達準備休息的命令時，他才終於察覺……

從薩威爾家的宅邸逃出來開始，他們都沒有好好的進食與喝水。

感受體內傳來拉維放心的氣息。他眨眨眼，里斯提亞德在對面瞪著他。

「怎麼？戰況正如你預期的發展吧？你要更理直氣壯點。」

「……我沒聽說是皇兄要來……」

「要穿過瑞克．薩威爾布下的警備網，來迎接並輔助令人費心的你，那麼危險的工作，只有我才辦得到。」

聽到里斯提亞德要求他理直氣壯讓人感到煩躁，但沒辦法回嘴。大概是因為一直思考著自己該做些什麼吧。

「我又……沒有拜託你。」

「哼，那你為什麼低著頭？把臉抬起來啊。」

「……」

「……真是的，是你自己決定要做的吧？拿出自信來。這是你的缺點。」

「——我現在這樣，你居然還能那麼毫不留情地說話啊。」

他認為自己的話充滿不滿與諷刺。然而眼前的哥哥，表情卻絲毫不受影響。

「不要懷疑，你做的是正確的。」

哥哥的話，直接又銳利地切入。

「你沒有拿吉兒小姐當藉口去摻和克雷托斯的內鬥，也沒有因為想討龍妃歡心，打算把拉維帝國的人民性命賠進去。你沒有被愛沖昏頭而忘記理性，是個了不起的龍帝。」

「……但沒辦法照吉兒的期望去做啊。不動用軍隊，假裝什麼都沒發現，受傑拉爾德王子利用，讓南國王失勢……」

「然後成為一個因為想留住龍妃而被隨意利用的龍帝，因此受到屈辱比較好嗎？別開玩笑了，這種事不可能只發生這一次而已，一定會影響以後的發展。到時候發生的，肯定是比現在更慘烈的戰爭，那種時候吉兒小姐應該會更加痛苦吧，因為要夾在故鄉和你之間。」

「——全部都是假設的事吧？所有人都是敵人，這可能只是我的被害妄想……」

「少說傻話了，這些也是我和維賽爾皇兄擔心的事啊。絕對不會錯，南國王自然不用說，傑拉爾德王太子和薩威爾家也全都是我們的敵人。」

斬釘截鐵說出這些話的自信令人佩服。

「你沒有對吉兒小姐打模糊仗。故鄉或是你，被逼著只能選一個確實很殘酷，只是她既然是龍妃，必須有所選擇。要怎麼跟她的老家來往，要等她選擇之後才能決定。」

聽著那些高高在上的話，哈迪斯真的開始生氣了。

「只不過，就是……引燃戰火的你抽到下下籤而已。」

而且，還假裝自己很懂一樣感嘆著。

「很難受吧？你真的非常努力。」

最後，居然還伸出手摸摸他的頭。

「帳篷搭建完成了。」因為部下前來報告，里斯提亞德轉身背向哈迪斯。

「總之，今天先休息吧。對了，芙莉達說你的餅乾……啊好痛！」

「真氣人！一副了不起的樣子！明明不懂我的心情！」

哈迪斯用自己的頭猛力地往里斯提亞德背後撞，喊出心中的鬱悶。

「吉兒那個笨蛋！我都那麼努力了！她卻選擇家人！」

「事情還沒確定——很痛啊，不要遷怒在我身上啦哈迪斯！」

「少囉嗦！反正我沒有什麼家人不會懂啦！」

「你、你那麼對我說，我也很難反駁——」

「我不相信……」

哈迪斯用盡全力用頭撞哥哥的背，嘟囔道：

「我絕對不期待吉兒會追過來，或是理解我。她在我與故鄉間選擇了故鄉，而且懷疑我，用像是在問：『你騙了我嗎？』的眼神看我。真不可原諒。」

「……順便問一下，龍妃的神器……戒指怎麼樣了？」

「……」

「……我可是你的哥哥。就算勉強自己忍耐也沒用——好痛，知道了，不能相信吉兒小姐，我明白了！你不要再用頭一直撞同一個地方了！」

「龍妃的神器之後會有辦法的。反正是無法攻擊我的武器。」

那是由天劍製造出來，為了保護龍帝的武器。不可能容許有人利用龍妃的神器傷害龍帝的道理。如果她不明白這道理，傻到用龍妃的神器對付自己，到時就在她面前把神器打得粉碎就好。

她會露出怎麼樣的表情呢？會感到受傷，還是感到終於解放的喜悅呢？——哪一種似乎都無所謂。

因為自己如同她的期望，並沒有放棄她。

（那是玩弄我的報應。）

哈迪斯將額頭貼在哥哥的背上，自嘲地想著。

「我已經向羅發出指令了。如果吉兒無法救出娜塔莉，就由我們去救她。」

「回到拉維之後，要好好誇獎娜塔莉啊。倘若不是那孩子的行動，事態發展或許會愈來愈不利吧。」

「我知道啦。不然就不會花那麼多心力策劃，出動龍就可以了。」

「那也是最好的牽制方式啊，只要龍帝在，龍也能在克雷托斯的空中飛翔。」

沒錯，得讓克雷托斯知道這點才行。

拉維帝國內部已經不再分裂，只要對他們出手就會受到嚴厲制裁。

「真值得一看呢。宣示龍帝在這裡……喂，為何現在的對話又開始打我了？你對什麼感到不滿啦！」

「皇兄的存在本身。」

「真受不了，撒嬌也要有分寸——不要踢脛骨！」

他看向終於跪到地上的哥哥，從鼻子哼了一聲。

「要休息沒問題，但再過沒幾個小時我們就會被包圍，所以也要討論作戰計畫。要利用現有不多的人數正面突破薩威爾家的防衛網。」

「細節我明白，得讓娜塔莉他們逃離才行吧。」

「……你多少會怕我比較好，像吉兒一樣。」

「為什麼當哥哥的非得怕弟弟不可？」

聽到這若無其事的回答讓人感到心有不甘，於是又用力踢了哥哥的脛骨一腳。

把痛得淚水盈眶地斥責自己的哥哥放在一邊，他抬起頭看向沒有龍飛翔的天空。已經來到這裡了。

（全部都在我的掌握之中。）

會成功做給祢看。拉維在胸中「喔！」簡短回答——看吧，真理之神也說哈迪斯是正確的。

南國王為了自己享樂而打造的南方樂園，即使到了夜晚仍燈火通明。在鋪裝平整的道路上，以等距的間隔裝設有瓦斯燈，在夜裡營業的酒吧與賭場等店家屋簷下的煤油燈(Lamp)燈光相連，甚至延續到小巷中。

可能因為白天氣溫高的關係，來往的人流和白天一樣或甚至更多。因為晚上才正要開始熱鬧，也有擺滿路邊攤的道路。

是個日夜顛倒的不夜城。

（看不見星星呢。）

吉兒比預計時間還要早抵達勞倫斯計畫中的指定地點，在可以將城鎮一覽無遺的城牆上瞇著眼睛。

想要不引人注意，在氣溫高的白天行動比較好，不過因為夜晚不但有觀光客，還有不想在檯面上現身的商人們開始活動，只要混入這些人當中，就算是生面孔也不會遭到起疑。因為有很多人自己不想被盤查，所以不會去注意別人。而且即使是晚上的皇宮裡有許多人進進出出，只要能塞點錢給守衛就能進入，打著王太子殿下部下的名義，連要進入外廷也很簡單。

更重要的是，即使四處都有燈光，夜晚就是夜晚，特別是位於城鎮當中更加光明璀璨的宮殿，黑暗之處也會更顯黑。

「看到封印國璽的魔法陣了嗎？」
勞倫斯在瑞克與安迪的幫助下爬到會合地點的胸牆處後，開口問道。
宮殿的內廷有外牆圍著，但那不是普通的外牆，是由分別建立在東西南北四座圓塔當中的核所施展的魔法製造出來的魔法外牆。為了在有需要時，可以隨時施展對空魔術屏障而將圓塔建造在高處，可以從上面俯視宮殿。
宮殿以十字形狀建造，中央是沒有屋頂的天井中庭。而中庭似乎就是放置護劍的地點，從那個地方有一道筆直的光柱往天空直射上去，晚上看起來會誤以為是魔法的燈光。
然而，只要靠近看就會發現光柱上透出淡淡的魔法陣。
「那確實是封印的魔法陣。雖然不知道封印的是不是國璽，但能看出護劍就在中心位置……
傑拉爾德大人那邊狀況如何？」
「目前按照預定計畫，正與南國王進行父子對談中。具體而言是在答應我們的要求之前不會讓他從房間跨出一步地監視中。」
「沒想到南國王會願意聽傑拉爾德大人說話呢。」
「他心裡八成是期待能知道傑拉爾德大人在打什麼算盤才配合吧。」
「母親大人在做什麼？」
不知是否沒設想到吉兒會這麼問，安迪皺了眉。
「為了在需要時能行動，母親大人會按照自己的判斷行動。沒跟妳說嗎？」
「對啊對啊，這次讓母親大人在有萬一時再行動，所以沒把她列在戰力中。」

「難道妳對那個封印沒有把握？」

勞倫斯明確地提問確認，吉兒搖搖頭。

「並不是這樣，但是，問題現在才要開始吧？」

「說得沒錯，畢竟不是太困難的作戰……到目前為止。」

首先由進入宮殿的傑拉爾德指揮，將吉兒、勞倫斯、瑞克和安迪引導進去。那是目前為止的作戰。

而接下來，傑拉爾德會牽制著南國王的動靜，並救出娜塔莉。同時間，吉兒會在勞倫斯與弟弟們的輔助下，突破護劍的封印取回國璽。

吉兒摸了摸口袋。口袋中些微反映出的觸感是摺好的婚前契約書。

「逃脫的時候恐怕是最危險的，瑞克和安迪要保護勞倫斯逃走吧？能做到什麼程度？」

「什麼嘛，原來是想說我們不可靠啊……別忘了，我們已經完成旅行克雷托斯一周的武者修行，現在很普通地接受家裡派任的工作了喔。」

「母親大人可是交代我們照顧吉兒姊姊呢。這部分本來只需要瑞克一個人就夠了，現在連我都一起派過來，都是為了妳。」

聽到弟弟們不滿的抱怨，吉兒苦笑道：

「說得也是呢，是我太擔心了啊。不過對手可是那個南國王喔？」

「那只能把期待放在傑拉爾德王子身上了～」

「只是要逃脫而已，如果有什麼萬一，母親大人就會有所行動，會有辦法的啦。」

夏洛特在逃脫時最有可能進行戰鬥，並且能夠隨機應變。沒有人知道現在她究竟潛伏在哪裡。勞倫斯與弟弟們似乎沒有隱瞞的跡象。

（……果然，母親大人是最棘手的啊。）

勞倫斯看了懷錶一眼。

「時間差不多了。」

吉兒做了個深呼吸。

接著繞到勞倫斯背後用腳一掃，讓他跪到地上後扣住他的手臂。

「什……」

「吉兒姊姊？」

「太慢了。」

她看準弟弟的間距，已經超出他們能救勞倫斯的距離。他們可以預料到與吉兒之間的戰力差距，然而可能因為面對吉兒突然的行動大吃一驚，並沒有反抗的跡象。

連勞倫斯都屏住呼吸看向自己了，那是當然的。

吉兒心懷憐憫與悲哀的心情，嘴唇顫抖著。

「大家都太小看我了，傑拉爾德大人也是，你們也是——陛下也是。」

即便南國王再怎麼被謾罵為不正常的人，他的寢室也不可能是像自己這種普通人，能夠只靠躲在暗處前進，說句「真幸運」就抵達的地方，娜塔莉的性格可沒有那麼樂天。

南國王現在正為了逃離兒子的審問而進入離宮，那裡的出入口由王太子加強戒備，娜塔莉會聽到這樣的傳聞，也不可能是偶然。

話雖如此，自己能做到的事情就是踏入陷阱，以及頂多稍微錯開指定的時間而已。

進入南國王寢室的娜塔莉放心後鬆了口氣。雖然原本就認為到此為止不會發生什麼問題，但還是非常緊張。雖然也擔心過寢室可能是上鎖的，不過**非常完美地偶然**，打掃完寢室的僕人弄掉了鑰匙。這次策劃的人，非常注重細節安排。

早已過了日落時間。從大片窗戶外面照進來的是瓦斯燈與城鎮上傳來的燈光，但主人不在的寢室裡一片漆黑。要是扮演愚蠢的皇女在這裡點起燈，未免太過刻意了。自己應該要假裝潛伏在這裡等待友方到來。

叫娜塔莉來這裡的理由很簡單。

（間諜……救援會不會潛入呢？對方只是想確認我的反應而已。）

而且如果她死在南國王的寢室，就不會成為傑拉爾德王子的責任。

他們兩人感情不睦的事很有名，但應該不只是這樣吧。她也知道親子間的情感非常複雜。娜塔莉對於視自己為供品留在帝城後離去的母親與哥哥，情感上也一樣無法切割開來。

吉兒的心情一定也很複雜吧，她心想。因為在充滿愛的環境下成長，應該更感到如此。

她一邊想著，一邊避開有燈光照入的窗戶，躡手躡腳地走著。左手扶著牆面的觸感變了。是書的書背。似乎是擺滿整面牆的書架。

「……南國王的寢室裡，居然有那麼多書……」

「很意外嗎？」

有個聲音回應，讓她吃了一驚。因為過度驚慌地轉身，翻倒了身旁的椅子，腳步不穩地從背後猛力撞到書架上。所幸沒有書掉下，不過被她踢倒的椅子似乎撞到書桌，擺在上面的小冊子、時鐘等物品都滑落下來，文件四處飛舞。

「書是知識的寶庫，先人們的智慧。沒有不學習的道理——對真理之國的皇女說這些，好像太自不量力了？」

「……國王、陛下？」

深處的床鋪上有個人影動了，雖然看不見樣貌，但聲音是魯弗斯沒錯。

娜塔莉踢倒的椅子自己動了起來，輕輕降落在娜塔莉的跟前。

「請坐，不要站著說話。」

娜塔莉離開背靠著的書架，在椅子上坐下。

「妳會問什麼呢？我應該在兒子正在監視的離宮中，為什麼會在這裡？妳能看得出我**為兒子著想**，應該知道吧？」

「……國璽的騷動還有其他種種，都是你和兒子自導自演的吧。薩威爾家也是一夥的，所以不管你在哪裡，只要從龍妃的角度看起來不覺得矛盾就好。」

「既然妳知道那麼多了，那麼應該也知道那張紙片是陷阱，為什麼還會來呢？因為已經準備好救援？或者只是魯莽行事？」

「如果你是不明白而問的，那還真是光榮。表示我把克雷托斯國王和王太子玩弄於手掌之間呢。」

「真令我吃驚，都這種時候妳還在蒐集情報啊？真是優秀呢。聽說妳在拉維皇族中沒什麼用處，但出乎意料之外地有膽識。」

娜塔莉緊緊地握起放在腿上冒著冷汗的手。能得到這稱讚相當光榮，但她抱了必死決心。連魯弗斯坐在床上的影子只稍微一動，都讓她想逃出房間了。

「那麼，妳已經知道自己接下來會被殺吧。理由呢？」

「……因為我發現薩威爾家與克雷托斯王家和南國王串通自導自演，所以要趁我向龍妃揭穿這些事前處理掉比較安全。」

「那麼，至今為止都沒殺妳的理由呢？」

「因為我可能有收到行蹤不明的龍帝所下的指示，或是握有情報。我沒有魔力，就算稍微放著我不管，只要沒有接觸龍妃，都不會成為你們的負擔……也就是說，你們找到哈迪斯哥哥了吧。那麼龍妃現在要來救我嗎？但你們不會讓她成功。因為哈迪斯哥哥捨棄我，所以我死了——劇本是這樣寫的吧？」

魯弗斯緩慢地鼓起掌來。

「太完美了。沒錯，在角色分配上，只有妳是這次完全沒想到的變數。就算妳什麼也不做，我們都不得不小心警戒，也不得不變更劇本。加上龍妃非常想要救妳，事情就無法輕易收拾。因此讓龍妃感到混亂這件事本身，就是龍帝的目的，身為龍帝的替身，我是這麼想的。」

「替身……？」

她感覺魯弗斯點頭回應自己。

「沒錯，克雷托斯的國王全都是龍帝的替身。替身對本尊懷有什麼樣的情感，我想應該各有不同，但首先會對他感興趣吧？我也不例外。因此，我試著把自己當成龍帝，思考會怎麼讓妳行動。」

魯弗斯站起身並靠近她。從大片窗戶外斜射進房裡的燈光，照映出他秀麗的面孔。

「妳要被殺掉才能成為龍妃的誘餌，是個棄子。」

俯視她的瞳孔顏色雖然不同，但是閃爍在其中的危險光芒，以及用沉穩笑容說出那些話的模樣，確實讓她感到與哥哥非常相似。

「不為所動啊，已經做好覺悟了嗎？」

「也有像你那樣的解讀吧，但我應該說過了，我可是龍帝的妹妹呢。」

再說，魯弗斯與傑拉爾德都錯估哈迪斯了。

娜塔莉不是棄子，是試金石。把克雷托斯這方的劇本上沒有寫到的自己放進來，是為了揭露他們的真正意圖，所以就算只有一點點，她都會鍥而不捨地問出情報，直到最後一刻。

而哈迪斯、哥哥們絕對會來救娜塔莉。

「龍帝小弟真受歡迎啊。不過這麼說來也是，真正的王不是奪取性命的人。能夠利用光聚集飛蟲，讓所有人為自己獻上生命，才是王……在這個層面而言，我終究只是替身吧。沒有人會為了我賭上性命。」

「那麼，你也將克雷托斯王國獻給龍帝如何？父親大人，既然你是替身，代表只是代替龍帝治理克雷托斯而已吧？」

帶著諷刺語氣說出那個稱呼，魯弗斯睜圓了眼睛後聳聳肩。

「妳的想法真是新穎……只可惜，妳能叫我父親大人的未來不會出現。」

「哎呀，現在就下結論還太早了呢。你並不清楚我為什麼會來到這裡吧？」

「哦，還想繼續混淆我嗎？救援果然會來啊。妳那個難纏的部分實在不可取，難怪傑拉爾德會感到猶豫。該殺了妳，還是不殺掉……難不成是希望由我來決定？」

魯弗斯似乎陷入沉思，接著像有奸計靈光乍現般笑了。

「好吧，那麼就製造一個非殺了妳不可的理由吧。」

魯弗斯在全身僵硬的娜塔莉眼前笑道。

從書桌上掉落在地上的時鐘，指針還沒走到紙片上指定的時間。

「吉兒，能請妳說明狀況嗎？有什麼誤會我們說清楚。」

勞倫斯冷靜的口吻，讓雙胞胎弟弟們回過神來。

「就是啊，吉兒姊姊，妳在做什麼啊？現在要去取回國璽吧？」

「就算不管跟龍帝的婚約會怎樣，還要去救娜塔莉皇女啊。」

「那我問你，勞倫斯。不去救你那個在南國王宮殿裡的姊姊沒關係嗎？」

雙胞胎弟弟們倒抽一口氣。吉兒束縛著勞倫斯的力量一點也沒鬆懈，冷笑道：

「地點的設定失敗了吧。」

「……要考慮時間和場合啊，現在不是適合救我姊姊的時候。」

「是嗎？就我所認識的你，在這種狀況下一定會不斷檢視計策，想辦法救出姊姊。至少會去做些求助——而不是著重在救出娜塔莉殿下。」

在曾經發生的未來中，勞倫斯在魯弗斯與傑拉爾德對立狀態最激烈的時候，以救出姊姊這份私情為優先。雖然最後沒趕上，但當時比起現在的情勢更加緊迫，實際上沒有餘力救援姊姊。

在那種節骨眼都會展開行動的人，在現在的狀況下卻隻字未提，實在不合理。

這麼一來，答案只有一個。勞倫斯已經救出姊姊了。這就表示——

「傑拉爾德大人和南國王，現在正在聯手吧。」

搶走國璽也是，現在的狀況也是，一切都是自導自演。服從於傑拉爾德的薩威爾家——吉兒的家人一定知道這一切。

「所以你才沒有打算救姊姊，因為沒有救她的必要了。很簡單的推理吧？讓我先說聲恭喜你吧，這可是我當上龍妃的功勞。」

減少一個悲慘的未來。既然與造成死因的南國王形成合作關係，雙親的憾事說不定也能平安避免。事態非常好——只要目標不是龍妃。

勞倫斯苦笑地嘆氣道：

「這麼說來，妳就是有這種不可思議的地方呢。好像一開始便已經知道我接下來會做什麼似的。」

「勞倫斯大人，我們並不是和南國王聯手。」

安迪的語氣聽起來像在責備，勞倫斯俏皮地笑道：

「是啊，但對她而言應該是一樣的，因為我們會聯手直到打倒龍帝……說這些聽起來很不服輸，我也有感覺到不對勁喔。像是妳為什麼不強烈主張要去救娜塔莉皇女。平時的妳，比起國璽應該人命優先吧？還以為妳是因為受不了對龍帝失戀使腦袋無法思考了。」

「放心吧，我真的非常受不了。陛下這次對我一點期待都沒有了。娜塔莉殿下的事也是，反正陛下會想辦法吧。」

「哦，那妳遭龍帝捨棄的事果然是真的——啊好痛……」

在手臂像被轉動般加深力道扭轉後，那張在傷口上撒鹽的嘴才閉上。弟弟們聽到意外的事情，臉色都變了。

「那麼吉兒姊姊，為什麼？既然妳沒有和龍帝串通，為什麼現在要這麼做？我們並沒有做出對妳不利的行動啊，對吧？」

「如果吉兒姊姊仍打算和龍帝結婚，還是需要國璽吧。那現在應該沒有必要跟我們對立。」

「……你們倆的理解力和腦袋都比我好，所以早就知道了吧？」

吉兒帶著自嘲地笑著說：

「事實上我和陛下結婚，不需要克雷托斯的許可，甚至也不需要國璽。」

沒錯——不明白的人，只有自己而已。

「但是因為我期望那麼做，所以陛下極力讓步，在允許的範圍內陪我做這些事……你們則在知道這些事之下，以我為誘餌設計了陛下。如果陛下與南國王就算只是打成平手，也是傑拉爾德一個人的勝利，絕對不會吃虧。」

另一方面，拉維帝國為克雷托斯王國的內鬥傾注力量，若因此受到感謝倒好，否則應該會視為侵略行為吧。接著，在對國外傾注力量的同時，內部遭到挑撥會變得如何？那些事，勞倫斯與傑拉爾德不可能沒有察覺。

哈迪斯當然也察覺了。因此才會認為既然對方有那種打算，自己才會以牙還牙，拿娜塔莉作為理由要引發戰爭。

「你們利用了陛下對我的心意。」

然而，吉兒卻沒有察覺這些事，完全中了傑拉爾德與勞倫斯設下的計，對哈迪斯起疑心。

「……對我感到心灰意冷而捨棄我，是理所當然的。」

對拉維帝國而言，克雷托斯王國是敵國。說了許多次，老家是敵國。

不過，從那句話所導出的現實，之前吉兒完全沒有理解。

看著低下頭的吉兒，弟弟們都露出感到受傷的表情。那不是演技，如果是演技該有多好。

「家裡的事情也是，我之前都想得太樂觀了。如果沒有克雷托斯的庇護，是個難以治理的領地，我之前都不知道。」

薩威爾家的領地非常廣大，但沒聽說過有人餓死的事蹟。全都是因為擁有女神的愛，龍神的真理應該無法適用。然而，感到困擾的安迪也是，對她說話時謹慎用詞的瑞克，雙親也是，沒有人要求她為了家裡服從命令。

所以是吉兒誤判了畫界線的方式。

安迪像是在確認般小聲地說：

「……那些不是吉兒姊姊的錯喔。」

「沒錯，不是我的錯。」

聽到吉兒篤定地斷言，弟弟們對她眨眨眼。

「陛下現在一定會這麼想——妳看看，變成這樣了吧。」

因此才打從一開始就沒告訴吉兒。

反正吉兒一定會因為家人的情誼選擇背叛。那個男人一邊想著如何向老家打招呼，一邊因為自己是男朋友等等的事興奮不已，心底卻仍沒有拋下那個疑心。

「他一定會笑我只有這種程度——未免太瞧不起我了，那個笨蛋丈夫！」

「啊——」勞倫斯發出一種不知該如何形容的聲音，繞在他脖子上的手臂力道變強了。

「事到如今，我現在的待遇就像路邊隨處可見的人一樣！這下就是非常值得生氣的事件了。我絕對不會像陛下所想的一樣！」

「既、既然如此，吉兒姊姊，不必跟我們對立也……」

「你們也一樣！」

遭到怒罵的弟弟們一驚，立刻站得筆直。

「你們想把我塑造成受陛下欺騙的可憐女人吧？別開玩笑了，誰要當那種角色啊，我都說要和陛下結婚了耶！」

「妳這樣算不算自暴自棄啊……吉兒姊姊。」

「不管妳怎麼執著，跟那個龍帝在一起不會幸福吧？」

「少說得好像你們很懂似的。你們就是這樣一邊擔心我一邊打算利用我。但是陛下他……只有陛下，這次也沒有利用我。」

吉兒的左手仍抓著勞倫斯的手臂，揚起嘴角。

「太棒了。不夠強大就做不到。真是帥氣到不行的男人，我重新愛上他了——光是讓我氣到不行這點就夠了！」

她了解了聽到再見這句話就無法動彈的自己。另一方面也了解說出再見的哈迪斯有多強大。因為即使心裡做好會傷害自己最愛的人、會失去對方又會被討厭的覺悟，自己是否能親口說出再見？

（陛下真是笨蛋。）

明明只要蒙混過去或找個藉口就好，那個人總是不那麼做。

「……知道了，我明白妳的心情了。不過，我不了解現在的狀況。抓我當人質有什麼意義嗎？」

「不是說了不要小看我嗎？那個結界有某個機關。你們打算對我——龍妃做什麼事？」

勞倫斯或許是自從旁觀了拉迪亞的戰爭後，就想好要訴以家人的情誼與龍帝的無情勸回吉兒。若事情順利，就可不費一兵一卒將龍妃的神器與龍妃的力量納入手中。只是在這種狀況下，假如進行得不順利，就需要由龍帝來削弱龍妃這個戰力的次要計策，要不然太過危險。

傑拉爾德與勞倫斯都非常優秀，必定不會捨棄吉兒選擇哈迪斯的可能性。

因此即使吉兒選擇哈迪斯，他們應該還是有讓吉兒的龍妃身分失去功能的計策——絕對有。

（但是，不知道被設下什麼圈套。陛下應該也不知道。）

也可能是因此，他沒有強硬帶走吉兒——她決定那麼想。

「回答我，反正又是神話裡的那些麻煩事吧？那個結界有設什麼陷阱嗎？」

「……為什麼會這樣呢？我認為自己絕沒有小看妳或龍帝，可是你們為什麼總是出乎我意料？」

「沒有時間了，勞倫斯。我得在陛下開戰之前阻止一切才行。」

「現在的龍帝會聽妳說的話嗎？」

「是相反。我會讓他聽的，因為我是龍妃。要是現在開戰，你們也很困擾吧？」

若非如此，娜塔莉應該早就成為屍體了。

如果要開戰，得先把龍妃的力量納入手中或削弱。因為有這樣的考量，才會形成不上不下的等待型態。

出乎意料地，勞倫斯似乎輕聲笑了。

「我先解開一個誤會吧。我其實不喜歡這樣呢，依據愛、真理、神這些神祕不可解釋的事情擬定計策。大概是因為我的魔力少形成的怨恨吧。不過，事情變成這樣我也沒辦法了，妳的事，就交給歷代龍妃吧。」

「什麼？這話是什麼意——」

雙胞胎悄悄地行動了。在吉兒被他們的行動轉移注意力的瞬間，背後有個影子覆蓋過來。

吉兒抬頭往上看，推開勞倫斯後往後一跳。

她維持重心放低的姿勢，對那個俯視自己的影子笑道：

「……果然，母親大人發現了啊。」

「是啊，畢竟妳是我女兒啊。我不會因為別人沒有實現我的願望而感到失望，因為不為我實現，只要讓對方去實現就好啊。」

沉穩的語調與柔和的笑容，都與平時無異。

「而且，妳比較喜歡幫喜歡的人實現他的願望吧？就跟我一樣。」

然而，母親平時總是鬆散紮著符合邊境伯爵夫人身分的頭髮，現在在頭頂紮成一束並脫去洋裝，只用腳尖優雅地站在尖塔的頂端。

「父親大人果然反對我和陛下結婚吧。」

「那是當然的啊。他不是擔心如果將來打仗怎麼辦，就是擔心反對會讓妳傷心，他好像一直努力隱瞞自己夾在中間的為難呢。另外就是哈迪斯和他的天性好像不是很合。」

「啊啊，父親大人喜歡天生性格好的人嘛。」

即使表面上看起來很冷淡，他相當欣賞生性認真的傑拉爾德。只有表面上給人印象很好，但生性扭曲又不知道在想什麼的哈迪斯，應該跟他合不來。

「希望現在哈迪斯沒有正被打得落花流水才好呢。」

母親試探的眼神瞥過來，吉兒擺著架式不在意地笑道：

「陛下比較強，所以我不擔心。倒是母親大人還是去幫父親大人比較好喔。」

「哎呀，真有信心。那就把妳收拾完再過去吧。」

「就算對手是母親大人，我也不會放水的，況且我還有龍妃的神器。」

「真是可怕。但要記住，龍妃啊。薩威爾家，無論是龍、龍帝還是龍妃，全都不怕！」

夏洛特妖豔地笑了，並揮舞起雙手握著的兩根長鞭。同時間，不知何時消失在自己視線範圍的雙胞胎，各自從兩側飛身過來。

吉兒一個漂亮地後空翻，降落在雙胞胎身後，從背後各踢了他們一腳讓他們跌在地上，接著抓住夏洛特由側面襲來的鞭子。

「是不是要重新鍛鍊瑞克和安迪比較好？」

「真敢說呢，妳這聽到被男人甩掉時一動也不能動的小丫頭。」

別人明白說出自己內心仍然在意的事情，吉兒的太陽穴血管浮了起來。

不過，使勁拉了鞭子時，手掌啪擦一聲，傳來火花般的疼痛。

（糟糕……是魔力！）

她立刻放開鞭子，但鞭子卻像活的一樣纏住吉兒的身體，被魔力束縛住了。當她打算使力扯斷鞭子時，雙腳卻被弟弟們抓住，直接把她往牆壁上扔過去。沒想到下一秒，夏洛特用另一條鞭子纏住她的頸部，在上空畫了一個圓，將她甩到魔力的城牆上。

咬緊牙關的口中飄出血的味道。阻止入侵者的魔法之牆與夏洛特的魔力加乘下，她的全身持續受到魔力灼燒，彷彿剛被閃電劈到。在模糊的視野中，看見從胸牆上往下看自己的勞倫斯。

「薩威爾家真不留情啊。接下來把她帶到封印的結界——」

勞倫斯話說到一半停住，並不是因為察覺到吉兒的動靜，察覺到的是她的家人。

煙霧隨著爆炸聲往上升起。

安迪抱著勞倫斯拉開了距離。瑞克沒躲過化成鞭子展開攻擊的龍妃神器，重重摔到地面上。躲開像觸手般數度飛舞而來的鞭子，並同樣用鞭子擊落攻擊的人只有夏洛特。

將魔力屏障與夏洛特的魔力打散的吉兒，直接朝著母親筆直地飛躍過去。

「真有一套呢，居然能抵擋龍妃的神器！」

「同樣使用鞭子，總不能被女兒比下去啊。但真沒想到，龍妃的神器居然還能使用呢，和龍帝的感情不好，不會影響神器嗎？」

「妳在說什麼，陛下是留下龍妃的神器給我才離開的喔。妳不知道那代表什麼意思嗎？沒想到母親大人對男女情感那麼遲鈍呢。」

「哎呀，妳真有自信啊。但是無論怎麼說，妳那種想法是不是太過短視又過於樂觀呢？」

現在這一瞬間她明白了。操控鞭子的技術果然是夏洛特比較好。鞭子以驚人的氣勢從上下左右攻來，吉兒光是防禦就得拚盡全力。

「因為事實就是如此啊，妳因為不適合當龍妃所以被龍帝拋棄，這就是現實呀。現在就算追過去，對他喊『跟我結婚』，妳認為他會相信嗎？」

「少囉嗦，陛下確實捨棄我了啦！不過，那個人是不會放棄我的！」

「說得也是，把龍妃當成盾牌使用直到被擊潰，正是龍帝的作風。」

「應該是吧！」

龍妃並沒有那麼容易找到。包含這些隱情在內，哈迪斯會希望吉兒繼續當龍妃吧。

夏洛特皺了眉。吉兒趁這個空檔從鞭子的攻擊逃脫，來到上空處。

「妳不否定？身為母親，實在不推薦選這樣的人啊。」

「妳不推薦也無所謂。當陛下率領帝國軍攻入薩威爾家之後，一定會要求把我交出去當他的新娘。」

「是要利用這點來締結和平的意思吧。妳是戰利品，這樣妳願意嗎？」

「就是不願意，我才打算阻止這種事發生啊！」

現在自己還能使用龍妃的神器，是對任何事物都能若無其事拋下的哈迪斯，留下它後才離開的、期待的碎片。

——看吧，妳也不過這種程度而已。但是，如果妳不會放棄我……

「這是我和陛下間的爭吵，不要來礙事！」

龍妃的神器從鞭子變成劍的形狀，魔力的凝聚塊擊向夏洛特。

被鞭子一分為二的魔力凝聚塊，分別砸到宮殿的屋頂與牆壁上形成凹陷。但與魔力凝聚塊一起往前攻擊的劍尖，仍持續往夏洛特的左胸刺去。在這麼短的時間，夏洛特無法避開。

沒有一點猶豫。自己就是在這樣的教育中成長的。

在看起來變得特別緩慢的時間裡，母親的眼神往下看。

「——是嗎？妳真的要嫁人了啊。」

全身忽然起雞皮疙瘩的吉兒，將劍尖翻轉了方向。

「傑拉爾德王子，麻煩您了。」

「我明白了……很抱歉，吉兒公主。」

黑色長槍沒有發出任何聲響從旁邊刺過來，吉兒驚險擋下了。不過衝擊的作用力並沒有消除，她因此被打飛到空中。

「妳應該讓家人說服妳就好。」

傑拉爾德追過被打飛在空中的吉兒，從上方往下揮動長槍。看見在黑夜裡閃爍的那把長槍，吉兒瞠目結舌。

（女神的聖槍！）

變成盾牌的龍妃神器，從正面擋住槍尖。

沒問題的，雖然對方在上方位置，但沒那麼容易輸。現在自己手上持有的是龍妃的神器，即使身在克雷托斯國內，也沒那麼輕易——

「歷代的龍妃們啊，現在正是解放之時。」

魔力的漩渦向上席捲時，傑拉爾德呢喃道。

槍尖沉入盾牌中。吉兒睜大了雙眼。

「為……什麼？」

盾牌並沒有裂開，也沒有損傷，沒有一點那種聲響。

然而，槍卻穿了過去。

「妳們的哀傷，女神無法忘懷。妳們的愛，女神能夠理解。」

龍妃的神器宛如接受了女神的聖槍般，槍尖沉入其中。

同時間，她感受到背後有魔法的氣息。是護劍的結界。不過不只那樣，結界與聖槍槍尖的魔力是相連的。位置的配置使龍妃的神器受到夾擊，形成巨大的魔法圓陣。

「時候到了，請對無法理解愛的龍帝降下果報。」

女神的聖槍刺穿了盾牌。

瞬間，金色戒指鬆開並消失了。

吉兒背朝地，掉落在宮殿的中庭裡，由護劍製造出的結界正中間。

（怎麼、會……）

她全身軋軋作響。因為墜落的撞擊，使她發不出聲音。只能看著原本接受的龍神祝福化為泡沫般愈飛愈遠。

發著光的金色魔力顆粒，就像對傑拉爾德所持的女神的聖槍賜予祝福似的吸入其中。

「龍帝已經不會再接受妳了吧？」

傑拉爾德拿著女神的聖槍，在正上方對吉兒微笑。

「不過，我和龍帝不同，我會接受妳，吉兒公主——即使不再是龍妃。不，正因為妳不再是龍妃。」

周圍變得愈來愈暗，知覺逐漸被遮蔽。是結界的效力。應該會感到劇烈疼痛才對，卻感到全身的力量慢慢地消失。當她察覺魔力被奪走已經太晚了。
「吉兒姊姊不會有事，對吧？」
「因為結界的效力，暫時應該無法動彈，但沒問題的。已經順利將神器與龍妃的力量一起從她身上奪取過來了。不要隨意動她。去把女神的護劍送還給南國王。」
「傑拉爾德大人，接下來要怎麼辦？特別是龍帝那邊……」
「既然事情變成這樣，就沒有必要爭取時間了。殺了他。讓南國王拿著護劍去交戰就有可能辦到。也要動用軍隊，即使就此演變為開戰，能在這時候先造成他的傷害，對發展會很有利。」
聲音愈來愈遠，視線也愈來愈模糊。吉兒能看見的，只有逐漸往上升的金色泡沫。
龍妃的力量。為了幫助那個人的、力量。
「等……陛、下……」
費盡力氣顫抖地伸出左手，抓住了細小的泡沫。然而吉兒的意識，也隨著泡沫的破裂消失。

要製造出殺死她的理由。對於不知該如何回應而沒有開口的娜塔莉，魯弗斯開口詢問的，卻是毫無關聯的事情。

「妳事先研究過克雷托斯王家的家系圖了嗎？」

她皺了皺眉，點點頭。自從自己提出要與克雷托斯王家締結婚約的事情開始，就調查了在拉維帝國能得知的資訊。

「這麼好學真是不錯。與王家有關聯的貴族家系，對於國政會成為非常重要的人物關係圖呢。那麼，關於傑拉爾德和菲莉絲的母親呢？」

「……伊莎貝拉王妃。是公爵家的千金小姐吧？也是你的青梅竹馬。」

「拉維帝國的間諜也相當優秀呢。」

「但是，在生下菲莉絲王女的時候，因為產後復原不良而過世……我記得同一個時期，你的妹妹蘿拉王女也病死了……」

雖然是很久以前的事了，但這個國王幾乎在同一個時期失去妻子與妹妹。據說大多數的克雷托斯的王女都像他的妹妹蘿拉王女一樣身體虛弱，無法活得長久，即使如此，妻子與妹妹接連過世，還是會感到難過吧。

娜塔莉稍微用莊重點的語氣說道：

「……儘管現在說這句話太晚了，在此致上哀悼之意。」

「不必介意，那已經是很久以前的事了。那妳對這件事有什麼想法？」

「問我想法……什麼？該不會是她們其實利用魔法活下來了嗎？」

無法看出話題的方向。為了取回談話的主導權，她將想到的話夾雜諷刺直接說出口，魯弗斯笑道：

「她們確實都死了喔。特別是妻子是我親手殺的，所以不會有錯。」

娜塔莉不禁踢倒椅子站了起來，臉上的表情僵硬。

「……難道是克雷托斯王妃，一定會被國王殺掉，有這種規定？」

「怎麼會呢，我又不是一次次把龍妃當作盾牌殺掉的龍帝。不過的確有相似的地方吧，畢竟，克雷托斯與拉維就是愛與真理的反射鏡。」

「不要用話中有話的說法蒙混過去……傑拉爾德王子知道這件事嗎？」

「妳很關心我兒子啊，真令人高興──知道啊，因為他正是在我眼前看著這件事發生的。」

魯弗斯的眼角，笑容中閃爍著深沉的陰影。

「傑拉爾德正努力不要變得像我一樣。」

「唔……那是當然的吧，居然有在孩子面前殺了母親的父親……」

「那是沒辦法的事，因為我的妻子試圖殺死我們的女神。」

殺了、女神。聽到這個普通人一般不會想到要做的行動，澆熄了娜塔莉高漲的心情。

哥哥好像把龍神養在體內，吉兒也說自己看得到。既然龍神存在，那麼女神應該也實際存在。不過居然會想弒神——而且只是個人類。

「伊莎貝拉經常說『我是個堅強的女人』、『沒有問題』，我完全被她騙了啊。她一點都沒考慮到要是殺了女神，這個國家會怎麼樣。」

好比倘若在拉維帝國殺死龍神，就無法使用龍一樣。魯弗斯浮現了苦笑。

「如果實際上很脆弱，告訴我自己很脆弱就好了啊。這樣我就不會過度相信伊莎貝拉的堅強，好好想辦法，就像傑拉爾德現在正那麼做一樣。但是那也不對，那孩子不明白，我們雖然是女神的守護者，終究都只是龍帝的替身而已。」

「……內、內容說得太過抽象，我一點頭緒也沒有。不過，別把替身這種角色加諸在兒子身上，愈努力避免這種事發生，就愈會事與願違啊。」

「但這明明是事實？」

「就算是事實也一樣啊，這樣會限縮自己的可能性。你也是喔。」

魯弗斯的眼睛睜得圓圓的。娜塔莉感到不快地瞪回去。

「要是一直被那麼說，就會成真喔。我很清楚呢……既然要說，不如告訴他讓自己成為自己想要的樣子啊。你也是，並不是自己想當替身而成為這個角色的吧？」

對於成為自己並不想當的角色，又不斷重複確認，只是一種自我傷害的行為。何況如果對兒子下同樣的詛咒，他只會在同樣的痛苦中輪迴。

「還是你對兒子走上和自己相同的命運感到心安——應該不是吧？」

即使不知道事情的前因後果，她還是有想傳達的話。
對於與自己背負相同角色的兒子，希望他儘量不要再重複同樣的痛苦。
克雷托斯國王、享樂主義的南國王、女神的守護者、龍帝的替身。擁有許多頭銜的他，還沒有捨棄當一個父親。
娜塔莉的視線落到地上。不知為何，沒有任何原因地感到生氣——泫然欲泣。
「……你和格奧爾格叔叔一樣呢。似乎都是為了要守護某個事物，打算犧牲自己。」
「——啊啊。那個被龍帝殺掉的假皇帝嗎？」
柔和得令人吃驚的語調敲打著耳膜，使她抬起頭。
「他應該很幸福吧。」
魯弗斯的表情吞沒在黑暗中看不見，但娜塔莉知道他正在笑。
「他把一切託付給龍帝離世了吧？錯誤受到真理擊敗，也是如其所願吧。龍帝正是有那種強大的地方，能糾正全部過錯，是無法理解愛的制裁……啊啊，對啊，我生在有真正的龍帝存在的時代裡啊。真討厭啊，真不想有這個自覺。」
他還是一樣，說著讓人摸不著頭緒的話。不過，語氣中帶著羨慕的聲調，讓人產生了不祥的預感。
「那個、你說的是——」
然而，那個問題消失在一陣巨大的爆炸聲響以及劇烈搖晃中。腳步不穩的娜塔莉從椅子上跌落，她身後的書架上擺的書本紛紛掉了下來。娜塔莉小聲地驚叫，抱著頭蹲下。

可是，沒有任何一本書掉到她的身上。有一個柔軟的東西包圍自己——是金色的、魔力。她驚訝地看向施展魔力的主人。但魯弗斯並沒有看她這邊。

「是龍妃的神器的攻擊。果然沒能得到龍妃啊。雖然妳剛才那麼說，但是替身終究無法贏過本尊，更不用說我的兒子，還正在學習當替身而已。」

他的表情看起來很哀傷。魯弗斯俯視了雙手扶在地板上的娜塔莉。

接著燦爛地笑了。

「好吧，機會難得，要不要打賭現在起我能不能殺妳？」

她睜圓了雙眼。

魯弗斯毫不在意持續的搖晃與爆炸聲，走到窗邊的沙發。接著拿起隨意扔在一旁的外套穿好，又拿起靠在牆邊的長槍。

「原本為了要向妳表示敬意，我想用女神的長槍或至少用護劍的，但現在只有這個而已。」

槍尖轉了一圈，強烈地反射從窗外照入的燈光。娜塔莉反射性地對刺眼的反光閉上眼。

在她重新張開眼睛時，魯弗斯站在她面前的陰影處。

「一開始應該這麼做就好了啊。龍帝要是對我們打的算盤擬定什麼計策，妳就不會死。我實在考慮太多了，沒有資格笑傑拉爾德。」

「……不是要由傑拉爾德王子殺我嗎？」

仍躺在地上的時鐘，指針還差幾分鐘才到指定時間。

「我改變心意了。雖然認為兒子沒有覺悟，不過看來我對於要打倒龍帝的覺悟也還不夠。然而龍帝的妹妹，用這種方式殺妳相當失禮，所以就讓我聊表誠意。」
魯弗斯在他與娜塔莉之間的地板上，從散落的書本與文件中拿起某樣東西。看起來是個綁了繩子的書本。
「偏偏是它掉在這裡，真是命中注定呢。」
「……那本書是什麼？」
「這不是書，是我妻子的日記本。裡面記載了從她決定殺女神不久前開始到死亡為止，那一年之間的心情喔。用魔法封印著呢，還設了密碼。」
魯弗斯以相當憐愛的神情撫摸日記的封面，繩子在發光解開後消失了。
「那是我們從孩提時期起，只有我們知道的密碼。設這個密碼，只要到我手上就會解開了，難道她認為我已經忘記了嗎？明明不可能忘記啊……」
日記本輕輕飄浮起來，在書桌上合上，接著繩子重新出現，恢復捆著它的模樣。一張摺好的紙張留在魯弗斯的手上。
「這就是讓我的妻子絕望的事情呢。怎麼？覺得不是多了不起的東西嗎？這是從祖父、父親、然後是我——直到世世代代，克雷托斯王族**真正的**家系圖。」
「……該不會，和拉維皇族一樣發生過血緣中斷的事？」
「相反，我們代代持續傳承著龍神的詛咒。一個名為真理、對克雷托斯王族的詛咒。」
從來沒聽過這種事。然而魯弗斯並沒有留下能提問的時間。
「來，我們賭賭看吧。妳究竟會死還是會活——會像妳不斷重複說的一樣，活下來並成為下一任克雷托斯的王妃嗎？」

魯弗斯走到從窗外照進月光的地方，攤開折起的紙張。

「如果妳贏了，我就為了兒子去討伐龍帝吧。殺死龍帝之後，兒子就不必像我一樣了。很簡單的道理，不需要靠愛理解。」

接著，他將紙張朝向娜塔莉，放開了手指。

紙張像落葉般往下飄落。同時間，魯弗斯毫不浪費時間，手持長槍擺好架式。幾乎沒有魔力的娜塔莉，也感受得到他驚人的魔力。

他打算把娜塔莉連同紙張一起刺穿吧。

在不知何時起已經沒有搖晃也沒有爆炸聲的黑暗房間裡，莫名冷靜的娜塔莉思考起來。感覺時間流逝得很慢，是因為快要死了嗎？但是，眼睛離不開那張翩翩落下的紙張。

紙上畫出的家系圖有種不對勁的感覺。一般的家系圖都會有幾處往下擴散的形狀，可是那張家系圖的形狀，卻保持著像連接不斷的沙漏一樣。是因為紙張正在掉落才看起來扭曲了？

不過，有個東西能夠清楚辨識。是名字。

首先，她找到了傑拉爾德的名字，在他旁邊的是菲莉絲。接著在兩人的名字上方，看到魯弗斯的名字。克雷托斯與拉維因為地區不同，語言上多少會有發音與拼音不同，不過基本上使用的是共通語言。她不會看錯。所以，魯弗斯旁邊的妻子——傑拉爾德他們的母親，應該是伊莎貝拉的名字才對。然而，她並沒有看到那個名字。

在那個位置上的是……

——蘿拉。

魯弗斯的……妹妹的名字。

上面是他們的雙親的名字——不，不對，是兄妹。直到上一代為止的名字她都記住了，所以不會有錯。

傑拉爾德與菲莉絲是由魯弗斯與蘿拉——兄妹之間所生下的孩子。

魯弗斯與蘿拉的雙親，也是兄妹。

也就是說，那表示……

（——不會吧？）

往上也是？再往上也是？

瞠目結舌的娜塔莉眼前，出現了刺穿家系圖的槍尖。

魔力產生火花，家系圖從正中間延燒殆盡。就算只是普通的長槍，外行人的娜塔莉還是無法躲開。

克雷托斯國王——女神的守護者注入魔力的一擊。

一道白色影子從上揮下的長劍擋下了那一擊。

魔力的反作用力，讓那個人為了變裝戴上的白色頭紗脫落，原本應該全部盤在頭上的銀灰色長髮散落而下。

「艾琳西雅姊姊！」

「是龍帝的姊姊啊！救援果然來了啊！」

魯弗斯笑道，從下方彈開艾琳西雅往下壓的劍。

「相當不錯的妙計，也是個好人選，不過，只是讓姊妹一起成為倒下的屍體而已。是龍帝輸了！」

「羅薩！」

艾琳西雅呼喚愛龍的名字。

房間窗戶的玻璃全部破裂，火焰噴射進來。是能夠燃燒魔力的龍之烈焰。牆壁也有一部分一起被撞破。向後彈飛的魯弗斯皺起眉頭。

「為什麼龍會來到這裡……原來如此，龍王孵化了啊！」

「娜塔莉，快點逃了！」

「等……」

艾琳西雅二話不說扛起娜塔莉，當娜塔莉下意識想抓住什麼時，便抓起放在書桌上伊莎貝拉王妃的日記本。

儘管是偶然，但她看見手上如命中注定出現的物品，不禁對上魯弗斯的視線。他擠出微笑的薄唇動了動。

——是妳贏了。

讀唇術是姊姊以前硬逼著她學，所以只有初學者程度的知識。但是感覺聽到他那麼說。

艾琳西雅抱著娜塔莉坐上鞍具。羅薩再次吐出火焰，一邊牽制著四周一邊拍動翅膀。她俯看著燃燒的宮殿一角，慢慢地往上空升起。

「放心吧，四周幾乎沒有人，這種程度的火焰，南國王應該不會有事。」
「……艾琳西雅姊姊……妳果然變裝了吧。」
艾琳西雅身上穿著與神殿的巫女服類似的白色服裝，是她在南國王的宮殿裡看過的服飾。
「一開始前來報告的僕人，就是艾琳西雅姊姊吧？」
「喔，妳居然看出來了。我以為偽裝得很好呢。」
「真的嚇了我一跳。沒想到姊姊能做類似間諜的工作。」
「因為已經說好了啊，不管發生什麼事，我都會去救妳。」
姊姊理所當然似的回答，娜塔莉則是把額頭靠在她的背上。如果沒有好好睜開眼睛，淚水可能就會掉下來。
「迎接也都安排好了。我被交代要趁著哈迪斯在北邊引開薩威爾家的期間，到南邊搭船逃走。」
「……真虧羅薩能為我飛到克雷托斯的天空來呢，得不吃不喝才行啊。」
「牠是紅龍，一、兩天還撐得住。加上現在龍神與龍帝，還有龍王全都到齊了，對龍的庇護好像也會變強。只不過還是不能久留。」
羅薩飛在難以發現蹤跡的雲層上方，準備從城鎮離開。
「對了，吉兒呢？不是有發生一場戰鬥嗎？」
「是啊。但是已經感受不到魔力的氣息，連龍妃神器的氣息也一起消失了。」
娜塔莉一聽，腦筋一片空白。

「難道……吉兒輸了嗎？」

「不知道。傑拉爾德王子和薩威爾家的人好像一起利用轉移裝置移動了，但無法確定吉兒是不是和他們一起……王子他們應該去追擊哈迪斯了。」

「南國王有可能……也會去追哈迪斯哥哥。」

為了兒子。她想起魯弗斯那麼說時的表情。那不是抱著必死決心的表情嗎？她不禁沉思起那所代表的意思，於是趕快搖搖頭甩開思緒。

「如果南國王也會出現在戰場上，直接演變成兩國開戰也不奇怪。」

「……姊姊，妳認為吉兒是敵人嗎？」

「不知道。但她如果是自己人，就會和哈迪斯一起前往北邊。妳也聽維賽爾和哈迪斯說過了吧？」

沒錯，倘若吉兒在故鄉與哈迪斯之間選擇哈迪斯，就應該不會在這裡。哥哥們也是那麼告訴她的。

「她可是吉兒耶。也有可能站在哈迪斯哥哥這邊卻來到這裡吧？」

「娜塔莉，這裡是克雷托斯，也和羅薩平時習慣的環境不同，我不能讓牠太亂來。」

艾琳西雅的語氣與側臉都很嚴厲。為了使展現軍人樣貌的姊姊認同，娜塔莉訴說道：

「吉兒如果站在我們這裡，表示拉維帝國將會失去龍妃。即使她是敵人，我認為看看實際狀況也是有意義的。現在傑拉爾德王子、南國王，還有薩威爾家的人都不在這裡，對吧？這是最後的機會了，不能想想辦法嗎？」

艾琳西雅持續看著前方不久後，小聲地問道：

「羅薩，你可以嗎？」

羅薩簡短地「咕嚕」叫了一聲。聽聲調便知道，牠答應了。

艾琳西雅嘆口氣，重新握好韁繩。

「如果遭對空魔法包圍，羅薩被擊落我們就完了，只能一下下喔。」

「可以嗎？」

「看來是發生了沒有意料到的事情，而且我和妳都受過吉兒幫助啊。再說了，如果真發生什麼問題，我的弟弟們那麼聰明，應該會有辦法的。」

羅薩依照把責任全丟出去的艾琳西雅的引導回頭，在空中畫出一個漂亮的半圓軌道轉換了方向。不過飛行速度卻比之前都還要快，其實艾琳西雅也相當在意吉兒的情況吧。

接著在煙霧攀升的上空中，娜塔莉與艾琳西雅在下方看到的是暈厥在宮殿中庭裡的吉兒。

奇怪，吉兒發出了聲音。她如此認為。

「怎麼了？從剛剛開始就不說話。」

她想抬起頭，視線卻事與願違地往下看去。

（奇怪？我剛剛是被女神的聖槍和護劍的魔法圓陣包圍住……）

「她已經從克雷托斯嫁過來七年，是不是差不多能為她解開監禁了？」

從口中說出的不是自己想說的話。在搞不清楚情況下，對話持續著。

「要放了女神的末裔？」

聽到語帶嘲諷的冰冷回應，她知道感到一陣安心，但並不明白原因。

「我並沒有要你們成為和睦相處的夫妻。陛下身為龍帝，可能自有不能讓步的道理吧，可是公主是個非常溫柔的人，多年來不斷受到冷落，會影響陛下的風評。」

「那聲音宛如小鳥鳴叫般悅耳，微笑宛如春日陽光般柔和，話語宛如花冠般溫柔餽贈，是這樣吧。聽起來就像是某個詩人的作品——不會讓人發現那是女神操弄的手腕。」

「克雷托斯的公主絕不是那樣的人……」

「對方已經允諾就算放著不管也可以，我不會再退讓。」

「但是公主尚未滿十六歲，陛下。是否該與她正式見過一面？只要看過一眼，陛下也——」

一定會改變心意吧。心中湧現的並非純粹的期待，而是陷入泥沼中醜陋的羨慕與忌妒。

「沒那個必要。」

事實上，對於那樣的回答心中感到放心。雖然展現出難過的表情——畢竟自己是心懷仁慈的龍妃。

「我明白妳想要迴避戰爭的心情，但是，龍妃意志那麼薄弱會讓我很困擾。」

「絕對不是因為那樣，只是態度表現得太過強勢會招來反抗。現在的拉維帝國多虧了陛下相當穩定，才更要小心……」

「現在是如此呢。繼承人還沒有誕生。」

「……第三皇妃殿下已經懷有身孕了。」

心裡再次有個東西黏膩的情緒逐漸滿溢。這次非常強。明知道自己假裝沒發現，只是咬緊牙根忍著——不是吉兒的某個人。

（難道我進入某個人的體內了？）

（啊啊，妳終於發現了呀。）

有個聲音回應，嚇了她一跳。不過對話仍持續進行。

「這次若能生下繼承人就好了。」

「……如果我也能盡一己之力就好了。」

「妳的工作是從女神手上保護我，繼承人交給其他妃子就好——難道又有人說什麼閒話了嗎？」

「不是的，沒有那種事……」

無論在一起度過多少夜晚，她都只是戒備護衛而已。龍帝並沒有視龍妃為一個女人。我們可受寵多了呢。龍帝陛下好像不和龍妃殿下生子嗣。就算擁有很強的戰力也不過如此呀。說不定有什麼問題呢。我說，龍妃殿下幾歲了？應該快到不能生產的年紀了吧。

「別在意那些話。我會立刻讓那些人閉嘴，不許有人對我的妻子不敬。」

「……我明白陛下非常重視我。」

「多虧有妳在，我才能睡得安穩。」

那不叫做妃子，只是個士兵。只是一面盾牌。

——這個男人明明知道周圍的人都那麼說。

「謝謝，我愛妳。」

從心底噴發出的愛意與恨意，使吉兒按住胸口。但還是沒有動作，只對他露出笑容。希望不讓心愛的人失望。

（這是什麼？）

（是我的記憶，是三百年前的事喔。我是妳的上一代。）

正當吉兒的視線尋找著他們身處何處時，場景就像配合她的動作般轉換了。

「對不起，陛下看來還是對妳有所警戒……」

「沒關係，龍妃陛下。我在嫁過來時就已經知道了。」

因為逆光看不清對方的容貌，不過有一名舉止非常典雅的女性，坐在簡樸的石造椅子上。從裝有鐵欄杆的窗戶能看見天空。應該是在塔裡吧。

「倒是龍妃殿下，妳的臉色很差。是不是又勉強自己做了什麼……」

「不，沒問題。幸虧有妳，我們與克雷托斯的紛爭也減少了……」

如果還有紛爭，就不必想那些多餘的事情吧。她的心出現一個個細小的孔洞。

「而且能保護拉維帝國……能保護陛下的人只有我而已。畢竟我的優點只有魔力強大，並不是可愛的女人啊。只有在那種地方幫得上忙……」

「請不要把自己說得那麼卑微。龍妃殿下是很可愛的人。」

那雙溫暖的手包覆著自己的手。

「妳對我而言，就像姊姊一樣。如果我能夠幫上妳的忙就好了……」

「別那麼說，妳比較辛苦吧，關在這種地方那麼多年。」

憐憫與優越感再次同時在心中出現。語氣溫柔地說：

「只要我繼續勸說，有一天陛下會理解的。」

「說得也是呢，畢竟是龍妃殿下所說的話啊。不過……請別勉強自己，王弟殿下也很擔心妳。」

一個五官柔和的青年浮現在眼底。是不斷擔心與問候自己的小叔。似乎因為年紀差距大，對哥哥感到畏懼，所以會來依賴自己，但又有點害臊。然而，吉兒的記憶中並沒有這號人物。

（這是發生在三百年前的事情嗎？剛剛的人是從克雷托斯嫁過來的公主……）

場景又轉變了。

響亮的嬰兒哭聲傳入耳中。有人說著：「是繼承人。」在道賀聲與祝福話語交織中，那個人開心地笑著，對不是自己的女人誇獎：「妳做得太好了。」

因為感到在暗處看著這一幕的自己實在太過悲哀，衝動之下便衝了出去。而抓住她手腕的人，並不是注意到自己的丈夫。

「王嫂！妳還好嗎？」

「一點都不好！」

如果在這個時候回答「我很好」，應該會對這份心情感到後悔吧。

「我一點、都不好……因為我明天又要回到拉迪亞了。為了守護國境，為了守護由其他女人為那個人生下的孩子！世上還有比這更悲哀的事嗎？」

「啊，王嫂，請冷靜下來。絕不會有那種事……」

「少說笑了，你心裡一定也那麼想吧？我只是個士兵，不是妃子也不是女人，只是一面盾牌而已啊！」

「我並沒有那麼想！我和王兄不同——我是愛著妳的！」

腦中頓時一片空白。被成熟的小叔抱住，感到無法呼吸。好不容易擠出的是沙啞的聲音。

「快放、開我。」

「我明白，也認為自己瘋了！」

從來都不曉得他熾熱的心意。

「我終究比不過王兄。不過王嫂，我唯獨不會讓妳變得不幸——我要從工兄手中把妳奪過來。」

澈底冷卻的真理之愛，從沒像這樣燃燒過自己。

只要推說克雷托斯的動靜可疑，即使在拉迪亞滯留一、兩個月，丈夫也不會起疑。他只會說覺得寂寞然後為自己送行而已。回到王都之後與王弟經常幽會時也沒有人發現。覺得自己瘋了但心情很好。

第一個發現她有變化的是克雷托斯的公主，不過她說只要他們兩人幸福就好，於是幫了忙。

（怎麼能那樣，不可以做這種事，大家都會變得不幸的。）

（是嗎？但這個時候我好像感到自己最幸福了呢。不但被愛，也付出愛。）

然而，當知道自己懷孕時仍感到懼怕不已。

那當然不可能是龍帝的孩子，而龍妃的背叛不可能獲得寬恕。

忘了是誰計劃要逃走。正好在那時，與克雷托斯的公主離婚的事被提出來，國境附近的可疑活動變多，戰爭的煙硝味變得濃厚起來。

不過那些事情都已經無所謂。自己得守護在體內萌芽的這條新生命——即使只有自己一個人，也不再是一個人了。

「妳都做了什麼好事，女神的末裔！」

所以當丈夫揭穿所有事情時，她也不感到害怕。不管是克雷托斯的公主教唆王弟，還是王弟與克雷托斯的公主把自己當成誘餌逃出去，全都無所謂。反正都是聽龍帝片面的說詞而已，並不清楚事情真相如何。

「真有一套，以為只要沒有聖槍她就什麼都做不了，是我太天真了！居然、居然膽敢……」

吉兒想別開眼神。但這是記憶，無法別開眼。

「求求你，請放過我！我想生下這孩子。我一直以來都盡心盡力地保護你啊！所以求求你了，其他我什麼都不要……」

「居然膽敢背叛我啊龍妃！我是那麼地愛妳——」

啊啊，這男人在最後還是這麼說啊。

若要說什麼是絕望，就是這時候了。

（明明就沒有愛過我。）

先是腿、接著是手臂，最後是她想保護的胎兒，一一遭天劍刺穿。

（受詛咒吧。）

就是那個時候，察覺了隱藏在龍妃戒指中的**東西**。

（受詛咒吧，龍帝。）

正在共鳴。

不知何時起，吉兒處在黑暗當中。既不是龍妃也不是龍帝的模樣。沒有上下左右之分，連自己究竟是站著或飄浮著都搞不清楚。

周圍的景象只是像畫作般一幅幅繞著她轉圈。不管是哪一個，都不是吉兒記憶裡的場景，但可以猜想得到——是龍妃們記憶的畫作。

稍早遭到龍帝刺死的龍妃身影也在其中，那是三百年前的龍妃。

她看見一個在拉奇亞山脈上張開結界的細瘦背影。難道那是第一代的龍妃嗎？正面是長槍、身後是劍，遭到刺穿的龍妃身影浮現在眼前。

「等等，第一代的龍妃為了封印女神，不是自己用天劍——」

話說到一半她察覺到了。那件事只是從卡米拉他們口中聽到的，拉維本人從沒說過「第一代龍妃是自己用天劍刺死自己」這句話。倒不如說那個時候，拉維還策劃著要讓吉兒連同女神一起斬殺。原來那個版本才是**正確答案**嗎？

宛如核對答案般，眼前的情景響起聲音。

「陛下，趁現在趕快！趁我還壓制著女神的時候，把我連同女神一起殺死！」

「……我知道了。真的、很感謝妳。」

吉兒趕緊摀住雙耳，但沒有用，已經聽到了。那個自願成為盾牌守護龍帝到最後，甚至喊著要他殺死自己的龍妃。

「得找**下一個**才行了。」

原來自己只是可以替換的工具啊。死去的自己，只是壞掉的工具而已啊。

——真是可憐。

連吉兒都感受到心痛般按住的胸口中，有個溫柔的聲音響起。

——真是可憐，妳居然愛上了那種男人。與我遭受同樣的命運。

她猛然睜開眼睛。那是女神的聲音。面對逐漸消逝的生命之光，第一代龍妃也察覺同樣的事情。奪取自己性命的那個人正在哭泣。

——真是可憐。我們都一樣呢。愛上同樣的男人，受到背叛。

在最後的最後，嘗試想要救自己，原來丈夫並非理性的。

——沒辦法救妳，對不起。

那是女神深切的愛。

龍妃們的慟哭聲如繃緊的線即將斷裂般迴盪起來。

（受詛咒吧。）

（無法理解我們的愛。）

（將我們的愛當作盾牌的可惡龍帝。）
（受詛咒吧。）
（要再尋找下一個嗎？忘卻所有事情。）
（不管到何時，你的真理就是捨棄我們。）
（受詛咒吧。）
（就是你——龍帝，必定遭受報應。）
（接受愛的報應吧。要讓你嘗嘗我們的心痛！）

無法原諒無法原諒無法原諒無法原諒無法原諒無法原諒無法原諒無法原諒無法原諒無法原諒無法原諒無法原諒無法原諒無法原諒無法原諒無法原諒無法原諒無法原諒無法原諒——龍帝，無論變得多麼悲慘，唯獨無法原諒你！

黑暗的地板上有東西抓住她的腳。是黑色的手。與無法從長槍變回原樣的女神同樣的身影。

吉兒發出恍然大悟的聲音，緊緊咬著牙根。

（這就是龍妃的末路啊。）

雙手手腕被抓住，接著是手臂和腰。打算拉吉兒下去。不，說不定是想幫她。

在龍帝把她當成盾牌之前。

她感受到那股拚命傳達的意志，非常痛。既痛苦又悲傷，使人泛淚。分不清究竟是誰的傷痛，連界線都非常模糊。

「我們真是可憐啊。」

突然傳來的聲音帶走視線。不知何時那些像是畫作的記憶全都消失了。

眼前見到的，是人的形狀。在黑暗中與吉兒面對面，一名少女佇立在眼前。面孔朦朧看不清楚，但與神話中一樣，頭上戴著花冠。

少女舉起一支帶有金色光芒的長槍。彷彿要在黑暗中展現光明似的，槍尖閃著光芒。

為了打破龍帝的真理——為了拯救龍妃們的愛。

「我說過了吧，妳也一定會憑藉自己的意志捨棄龍帝。」

「……我……」

「那並不是罪。說起來，是個超出人能承擔的重責大任……放心吧，已經不需要戰鬥了。接下來，就由我接手。龍妃們的哀傷也全交給我。」

少女如此向她約定。露出溫柔的女神微笑。慈愛得讓人想依靠上去。

「那個人做的所有事，都由我來承擔。」

只要順從她，就能變輕鬆了吧。

但是，太傲慢了。她不禁握緊拳頭，笑了笑後，喊出曾說過的警告。

「我說過了，不要對別人的丈夫出手！」

她使力扯斷想幫助她而伸出的手。聚集在一起的黑色手被魔力灼燒後蒸發了。

不過立刻又有新的手伸出來要抓住吉兒。不知道是從哪冒出來的，但凡是進到視線裡的她都躲開，若被抓住則扯斷它們。

（妳還不懂嗎？妳受龍帝欺騙了。）

（我們想要救妳啊。）

那些摻入的思緒並不是自己的。吉兒像是要甩開它們似的喊道：

「清醒點，龍妃！妳們誤會了，女神——」

「女神克雷托斯是真心想幫助龍妃，所以伸出援手喔。」

少女彷彿事先繞路到前方般沉穩地回答。吉兒咂了嘴。

「也許是吧！但那是錯的！我們應該是不同的存在才對啊！」

她的腳蹬了不知是地面還是地板的地方。腳底是有東西的。

「三百年前的龍妃！妳不是確實看到了嗎？在準備殺妳之前，龍帝不是哭了嗎？」

抓住她手臂的黑色手，動作停了下來。但隨即又有其他的手抓住她的腳踝，讓她跌了一跤。

不過她沒放棄，繼續說服道：

「第一代龍妃！妳也有聽到龍帝顫抖的聲音吧？」

（閉嘴！）

聲音直接在腦中響起。

（閉嘴閉嘴，我已經不會再受騙了！）

（那個男人不但傷了我，對即將死去的我連最後一程都不送！）

「那一定也是因為無法忍受自己看著妻子死去吧！不想自己被拋下——難道不是那種心情

嗎？」

抓住腳踝的手似乎因為困惑而放鬆了力道。吉兒站起來喊道：

「我先把話說在前面，我承認他們每個人都是差勁的混蛋！沒想到妳們居然跟那樣的人結婚了！但是，我也沒資格說別人啊！不是差點被當成誘餌，就是不相信我，動不動就要試探我！現在也正在吵架中，我絕對要揍他！」

（既然如此，妳也……）

「對了，妳們也應該要去揍自己的龍帝才對！一定要親手揍他們，不然就不會明白在揍人時自己有多痛！」

所以才會把自己的痛楚跟別人的混雜在一起，增長認為大家都相同的意識，矮化與別人的不同之處，最後將自己的戰爭推給別人打。

「我的陛下和妳們的龍帝不一樣！妳們的龍帝有穿圍裙嗎？」

所有的手都停住不動了。看來至今為止，果然沒有會穿圍裙的龍帝。

吉兒心情複雜地嘆了口氣後，用手扶著地面慢慢站起來。

「快點想起來，妳們忘記不該忘的事情了。」

「是什麼呢？」

黑暗中戴著花冠的少女站在對面反問道。吉兒深呼吸後回答：

「自己從女神手上成功保護龍帝的英姿。」

那是吉兒至今還沒有完成的事情。

「和妳們在一起的龍帝，每位看起來都很幸福——身為現任的龍妃，我要向妳們致上敬意。我也希望自己做得到。」

戴著花冠的少女與吉兒之間，是正在蠢動的龍妃們。她們對於吉兒想變成她們的樣子感到敬畏和困惑。

要嘲笑這種讓人無法直視又可悲的模樣非常容易，然而吉兒看透她們並非如此。

「所以，讓我去找陛下吧。」

「龍妃的力量全都轉到女神那裡了。就算妳從這個結界離開，不但沒有龍妃的神器，也沒有黃金戒指。妳已經失去龍妃的力量與立場。」

對啊、對啊。妳不再是龍妃了。

——我們都、不是龍妃了……

互相聚攏的龍妃們，聲音聽起來就像是萎縮了一樣。

吉兒聽完大笑。

「真傻呢。妳們認為要有神器或是戒指才是龍妃嗎？不是這樣吧。我們是因為想要守護龍帝、想要獲得幸福，所以是龍妃。」

歷代龍妃的心情肯定也是如此，否則不會那麼痛恨龍帝。

因為愛與恨，是那麼地相似。

「龍帝可能不承認妳是龍妃了喔。」

「只有我能當陛下的龍妃，也不會讓別人當。對吧？沒錯吧？」

黑色的手已經不見蹤影。潛入底下隱身起來了啊，只是偶爾從黑暗中冒出泡泡而已。

但她們都在聽。

「守護那個人並且讓他幸福的人是我。妳們的想法應該也一樣吧。」

沉默。感覺有種像是肯定又像是有共鳴般，類似憐憫的眼神。

彷彿看著過去的自己。

「快點解開結界。沒有時間了，得趕快阻止陛下才行。」

結界是為了把吉兒原本擁有的龍妃的力量交給女神而設置。如同至今為止的龍妃所期望的。

那麼，支配這個空間的人，就是龍妃們。

（妳不需要力量？）

她毫不猶豫地點頭。

（就算下場可能會像我們一樣也沒關係？）

「沒錯，就像妳們曾做過的一樣。」

（……我們和妳不同……我們被女神拯救了。）

「關於那一點，我有一個忠告。那個站在這裡救了妳們的女人，可不是什麼好東西喔，我的死因就是她。」

她感覺戴著花冠的少女似乎「呵」地笑了。

「妳發現是我了嗎？」

「說捨棄陛下沒有錯的人就是妳吧？我不會忘記敵人的樣子……雖然不知道妳為什麼會在這

裡……」

「龍妃的神器與女神的聖槍是連結在一起的。當第一代的龍妃被天劍刺穿起，龍妃的悔恨、遭真理粉碎的愛就逐漸共有了。然後經歷千年的時光，沉積下來的那份愛的碎片，在現在這個時候，成為了女神的力量。」

到此為止的事情她都有察覺到，因此並沒有帶來衝擊。

「也就是說，龍妃的神器與力量都已經屬於女神了啊。那麼，我就不留戀，把這些留在這裡吧，因為陛下最討厭女神。這樣可以吧？讓我離開這裡，龍妃。」

（……去找他、吵架嗎？）

聽見這個感到遲疑的問題，吉兒不禁笑了出來。

「沒有錯。我會贏的，至少會連同妳們的份吵贏。」

黑暗中的一部分像雪一樣輕輕剝落了。

——我們讓妳離開。

「要對末代的龍妃好一點。」

從剝落的暗處灑入光線。菲莉絲看起來好像在笑。

「……妳要放過我嗎？」

「沒有放不放過妳的問題，而是目的已經達成。她們會與我一起討伐龍帝。如同她們所期望的，補償失去的女神的力量吧。」

「這樣啊。嗯，剛剛雖然那樣說妳，但妳真的非常差勁呢……即使找錯對象，還是會想大鬧一場嗎？真沒辦法，那麼我就接受吧。」

愛遭到粉碎的痛楚、憤怒，若都要發洩在哈迪斯身上，那只能由吉兒來擋下了。

「全力上吧。」

菲莉絲小聲地笑了。

「妳真是勇猛……真沒想到妳已經知道龍妃們面臨的結局，還是不想捨棄龍帝。我以為妳會選擇捨棄他呢，就像妳捨棄哥哥一樣。」

「陛下跟傑拉爾德大人不一樣，還沒有背叛我。不要把他們相提並論！」

「妳的意志一點也不動搖呢。宛如依靠真理而活、毫無仁慈的龍神。」

「……菲莉絲王女，女神到底想做什……不……」

問了一半後發現這問題有多愚蠢，於是她搖了搖頭。

「沒什麼……只要是會危害陛下的，就是敵人。」

「很明智。那麼我們就稍後在現實世界的某處相見吧。」

菲莉絲背過身去。瞬間有光刺入眼中。她眨眨眼。是自己的眼睛。

接著，爆炸聲傳入耳中，爆炸波吹得她眼花。這下完全清醒了。

「……是敵襲嗎？」

「艾琳西雅姊姊！吉兒醒來了！」

「我現在沒空，待會兒再說！羅薩，把高度往上拉，要甩掉攻擊了！」

魔法陣從背後攻擊過來。剛剛刺眼的光線難道就是它？吉兒想轉動脖子看，卻發覺身體無法照自己的意思活動。

那也是理所當然的，因為她正夾在艾琳西雅與娜塔莉中間。更何況，她們正坐在一點也不寬敞的龍背上。

（好擠……現在是什麼情況？）

下方是沙漠。她好不容易轉動脖子回頭往後看，遠處有城鎮的燈光，以及正在瞄準她們的魔法陣。八成是來自南國王的宮殿。

吉兒夾在兩人之間，但俐落地在鞍具上站起來，手握著韁繩的艾琳西雅喊道：

「我要向妳確認，吉兒！妳是敵方還是友方？如果妳是敵人，我就把妳打下去！」

這樣問，答案不是只有一個嗎？不過，這問法就某種意義上確實很有軍人的風格。一道魔力的直線從艾琳西雅頭頂上千鈞一髮地擦過。

「是友方！能甩得開攻擊嗎？」

艾琳西雅操縱的紅龍正載著娜塔莉，一邊閃避對空魔法的光線一邊逃脫中。僅看到這情景，她就知道情況了。艾琳西雅救出了娜塔莉，不知為何也順便帶上吉兒，正在逃亡中。

「可以甩得開，因為現在南國王和傑拉爾德王子都不在那裡。」

「怎麼會？難道南國王他們正利用轉移裝置往陛下那裡去嗎？」

「沒錯，那樣倒無所謂，應該在哈迪斯他們的意料之中。可是我們飛的方向和預定的不同！

這樣無法跟友方會合。」

「難道是指南邊在繞行的船嗎？」

「是啊，但我們正在往北飛，這樣會變成在克雷托斯的上空飛行。」

腦中浮現地圖的吉兒皺起眉頭。

「那樣就糟了，那裡設有防禦龍的對空魔法！不只街道和城市而已，到處都有！還有會以大小和高度辨識龍並自動追擊的魔法！」

「果然是這樣！我聽說過龍在克雷托斯的天空飛行，就像走在埋有地雷的草原上一樣……現在要從哪個方向飛到海上？」

「要從這裡飛到海岸會更危險！待在沙漠上空還好些。總之，為了不要被偵測到，只能躲在雲上前進。」

「哈哈哈哈哈，今天是個月亮和星星都看得很清楚的好天氣呢！」

「就是說啊！怎麼會做出這麼魯莽的逃脫舉動？明明還載著娜塔莉殿下呢！」

「什、什麼啊，我們明明救了妳耶！」

娜塔莉喊道。她因此明白了，她們是為了救自己，才演變成現在這情況。

「陛下沒有說不能救我嗎？」

「是、是有那麼說啦……」

「我想也是！陛下這次是真的一點都不對我抱持期待啊！」

「怎麼了？妳為什麼那麼生氣啊？妳真的是友方……是龍妃嗎？」

吉兒緊閉著嘴，移開視線。左手無名指上——沒有金色戒指。

「……龍妃的力量，連同神器一起被女神奪走了。」

「——咦？」

「稍後再說明，現在最重要的是要先阻止陛下。我們直接去和陛下會合吧，羅薩應該知道陛下的所在地吧？」

「妳想怎麼做？妳已經失去哈迪斯的信任，而且敵人還奪走了龍妃的神器。不能讓妳突如其來地接近哈迪斯。」

艾琳西雅的聲音聽起來還沒有對吉兒解除警戒，自然會對她提出嚴厲的問題。

不過，她的答案也很簡要。

「妳說得沒錯，我和陛下正在吵架。所以才要去吵贏他啊！」

「啥？那更不能讓妳去了呀，妳瘋了嗎？而且去了打算做什麼啊？」

「南國王在陛下那裡吧，他應該帶了女神的護劍。」

吉兒把一直帶在身上的婚約契約書拿出來給她們兩人看。

「我要克雷托斯**給我蓋上**國璽，要老家**給我送上**祝福，在這情況下和陛下結婚！要不然演變成開戰，要我成為陛下的戰利品簡直在開玩笑！」

娜塔莉震驚到瞳孔都在顫抖，艾琳西雅則是手持韁繩豪爽地笑了。

「原來如此，原來是吵這種架啊！如果妳吵贏了，就能千鈞一髮地避免開戰——我加入！」

「姊姊，怎麼那麼容易就上鉤！」

「但是有三個問題。第一，哈迪斯不知道是否會接受失去神器的妳。第二，妳是否真的能出手擊敗牽制我們的老家。哈迪斯絕對不能由薩威爾家驅離，而是一定要凱旋而歸才行。妳明白嗎？」

同樣是從克雷托斯撤出的行動，以什麼樣的方式回國，意義將完全不同。若是龍帝受到驅趕，克雷托斯的氣勢會上漲，然而若澈底擊敗薩威爾家，士氣將會消失殆盡吧。

「妳的老家這次就處在那樣的立場中，這是邊境伯爵的宿命，無法避免。」

「放心吧。應該說，陛下一開始就那麼向我說明就好了啊。」

哈迪斯伸出左手又揮起右拳說明的那個「和平」，現在總算明白其中意思了。吉兒嘛起嘴。

「如果告訴我，依照情況可能得稍微對我的老家進行攻擊，那麼我也會認真地思考作戰方式，想出一個既有效率又能把犧牲降到最小的方法。」

「那如果是妳的真心話就好了。」

「……我承認自己各方面的覺悟還不夠，陛下也理所當然會擔心。但是，我家的——不，薩威爾家的家訓是『強大就是正義』，所以在輸了之後不會留下禍根。現在一定也正在猜拳，決定誰要跟陛下交手喔。」

「這是什麼樣的家庭啊……」

娜塔莉皺起眉頭輕聲笑了。她們已經遠離城鎮，似乎來到對空魔法的射程之外了。剛剛為止的情景宛如沒發生過，重新回歸寂靜。

「……陛下一定不明白吧。就算是和家人吵架，也未必都是以互相憎惡收場。因為他本身沒有那樣的經驗。」

「最、最近哈迪斯好像也開始學會跟兄弟姊妹吵架了喔？」

「所以他才認為我在與家人對立後，只能在是否和家人互相殘殺做二選一吧。真是——」

「哈迪斯哥哥一點都不想讓妳選擇與家人互相殘殺的路喔。」

聽到娜塔莉輕描淡寫地如此說道，她感到胸口一緊。艾琳西雅苦笑道：

「應該沒錯，我也那麼認為喔。他本人雖然沒有承認，但會說龍妃應該怎麼想。」

「明明只是絕對不想先被吉兒甩掉而已呢……再說，為了要讓吉兒比較容易回到老家，所以用一個自己明顯看起來是壞人的方法，哥哥真是……」

「真是令人傷腦筋呢。對吧，吉兒？」

兩人投了意味深長的視線過來，讓吉兒吃了一驚。她的臉漲紅了。

「未、未必是那樣呀，他可是陛下呢！一定是為了試探我……而、而且，萬一真的像妳們說的那樣，也太自私了！……我絕對要揍他一頓！」

「哈哈，看來是有所覺悟了。那我就不再說什麼——話雖如此，最後一個問題是羅薩。如果不從這裡全力飛行，我們是來不及抵達的，而且牠沒辦法反抗哈迪斯。」

如果牠視吉兒為敵人，就有可能不讓吉兒接近哈迪斯。牠是聰明的紅龍，也可能用放慢速度飛行這類小動作來拖延時間。

吉兒把手放在艾琳西雅肩上，一個翻身來到她的前面坐下。

「羅薩，用最快速度、最短距離飛行，載我到陛下身邊。」

說完輕輕摸了摸牠的脖子，但羅薩沒有回應。看來是無視她。

「我想去救陛下，不會要求你救我。只要帶我過去就可以了。」

艾琳西雅與娜塔莉吞了吞口水觀望著。

「羅薩，拜託你。」

不出所料，羅薩還是沒有應聲。艾琳西雅嘆了氣。

「果然不行啊，只要沒有龍妃的戒指，龍就不承認妳是龍妃啊——」

「不然我現在就只能把你變成肉塊了。」

「嘎喔？」

羅薩終於有反應了。吉兒露出微笑，慢慢加重力道撫摸著牠的脖子。

「既然你認為我不是龍妃，我就是薩威爾家的人，是你們的敵人。在龍的世界裡是這樣稱呼我們家的人吧？我想我們擊落龍的數量是世界第一的……」

羅薩大概是想向艾琳西雅求救而打算轉頭，但吉兒用腳踩住牠的脖子，並單手按住牠的頭。

「想怎麼做都可以，選一個你喜歡的吧。看是要載我飛過去，還是要變成肉塊？」

「……啾、嘎……」

「放心，我們要去救龍帝。一點問題也沒有，沒錯吧？」

她低聲地安撫道，抓著頭的手力道加強。

「不准通知陛下，還有羅也是。要不然你就算載我過去也是死路一條。」

羅薩戰戰兢兢地點了頭，接著大力拍動翅膀，以相當驚人的速度飛了起來。

吉兒感到滿意，回頭看向正在發抖的艾琳西雅與娜塔莉。
「看來牠承認我是龍妃的樣子！」
「真、真的嗎？」
「太好了呢！」
艾琳西雅與娜塔莉扯破嗓子贊同她。剩下的就是那個講不聽的丈夫了。東北方的天空隱約閃爍的星光開始消失，黎明的時刻接近了。

『我們被分散了呢。』
「對，不過沒有妨礙，那樣還比較好作戰。」
哈迪斯抬頭看著天色還很暗的天空回應拉維。現在只有他一個人。
原本人數就不多，現在只有哈迪斯單獨與里斯提亞德他們分散了。深夜開始進行的打帶跑攻擊，一開始的目的就是為了孤立哈迪斯吧。
「救出娜塔莉了嗎？羅薩應該也已經和在南國王宮殿的皇姊會合了吧？」
『不知道呢，在那之後就沒有聯絡了。那邊可能也很混亂吧……一直沒有認真的進攻啊。我還以為薩威爾家應該會更緊咬著你不放呢。』
「就是啊。不過，進行攻擊的是薩威爾家的私兵而已，不是王國軍。」

他們說著說著才發覺一件事。假設對方還不知道哈迪斯是透過羅向帝國軍發出命令——那麼想著只要阻止哈迪斯的腳步，帝國軍就不會有所行動，也是合情合理。

只是，那就表示——

『小姑娘並沒有說出去呢。不過，只要看到羅薩就會發現了。』

「……我不相信。她八成只是因為不想要開戰這種理由而已，不是因為站在我這邊。」

『好好好，我明白……希望小姑娘不要引發奇怪的事情就好。』

「奇、奇怪的事情是什麼？」

拉維從抱膝坐著的哈迪斯胸口溜出來。

「不過把你變成惡人，並且帶走小姑娘，這種削減龍妃力量的作戰未免太草率，不會太過情感導向了嗎？雖然要說像是女神的作風也沒錯，總覺得還有其他因素啊。女神已經數次輸給龍妃，如果現在說找到什麼能挽回劣勢的方法也不奇怪。」

「……吉兒應該不想當龍妃了，那不是正好嗎？無所謂。」

「我說你啊，不要在這種時候賭沒必要的氣比較好喔。」

「我沒有賭氣。只是很冷靜地看清現實狀況而已——」

原本打算回嘴的話停在嘴裡。正好注意力也被其他事吸引而打斷。察覺同樣事情的拉維與哈迪斯往同一個方向看過去。在南邊，距離他們很遠的方向。

龍妃的神器消失了氣息。

「……喂，哈迪斯……」

發生什麼事了？或者是她用了什麼方法摘下龍妃的戒指？

「……別在意。現在我該在意的事情不是那個。」

「但是，如果是女神對小姑娘做了什麼怎麼辦？」

「不管有沒有龍妃的戒指，誰才是龍妃，由我決定。」

哈迪斯站起身，拉維睜圓了眼睛看看他後苦笑。

「……這樣啊，說得也是。嗯，你決定就好。」

「怎麼？好像話中有話似的。快點準備吧，要上了。」

「哦～終於輪到我上場了啊。」

「正好是時候通知皇兄我的所在位置了。而且對手是即將成為岳父大人的人。最少要致上敬意。」

拉維一溜煙地捲到他的右臂上，轉換了形狀。

彷彿在等他握住發出銀色光芒的天劍瞬間，魔力從天空落了下來，數量宛如空中的星星全都掉落下來一樣。

真不愧是薩威爾家。哈迪斯笑了笑，用腳蹬地面往上跳，用天劍的劍柄揮開瞄準他背後的拳頭。若是一般人，那樣就足以將對方擊落到地面上，但對手連姿勢都沒變，使出了踢擊。在躲開攻勢拉開距離後，拉維目瞪口呆地說：

『用拳頭對抗天劍，正常嗎？不管魔力再怎麼高，未免太有膽量了。』

「真佩服，能躲開剛剛那一擊，反應力真好呢。」

哈迪斯轉向那個笑嘻嘻的聲音來源。

比利・薩威爾與邀請自己到宅邸時一樣笑咪咪的，然而那副肉體並不是之前看到的那個圓潤紳士。

『那、那是小姑娘的父親對吧……？體積是不是不一樣啊？』

比哈迪斯矮的身高變高了。是利用魔力的肉體強化，肌肉力量與骨骼應該都增強了。

「我想先確認一下，你是比利・薩威爾邊境伯爵沒錯吧？」

「是，沒錯喔龍帝陛下，我們不是第一次見面。」

哈迪斯一邊觀察周遭的氣息一邊面向比利。他揚起嘴角。

「只有你一個人？」

「是的，領民們也非常想來呢，畢竟對象是龍帝。為了選出誰來作戰，可是爭得頭破血流你死我活的。不但有不顧年紀出聲說非自己不可的年長者，也有血氣方剛的年輕人出來爭，簡直沒完沒了。所以變成由我一個人前來熱烈招待您了，還請見諒。」

「請別介意。我也非常想與你再談談，這樣正好。」

「那麼，請問有何貴幹呢？」

「到目前為止，我們都沒有真心談過吧？有件事我務必要問問你。」

哈迪斯笑咪咪地往前刺出天劍的劍尖，比利光著鍛鍊得壯碩的上半身，擺出毫無破綻的防禦姿勢。哈迪斯直視著他，說出了重要的事情。

「請把女兒交給我。」

「我拒絕。」

毫不猶豫的答案。緊接著雙方的魔力撞在一起。

第七章 龍妃們的絕對防衛線

對比利．薩威爾而言，三女吉兒是個非常可愛的女兒。當然了，長女與二女也都是他的寶貝女兒，不過，從小就自由成長的長女對他說：「我不要找像父親大人一樣的肌肉笨蛋，要找臉蛋好看的男人結婚。」在狙擊展現才能的次女也冷淡地對他說：「……你妨礙我訓練。」順帶一提，長男不但不說話，連正眼都不看他，甚至根本不見蹤影。

在這樣的狀況中，那個說著：「要怎麼樣才能像父親大人一樣學會揮拳！」向他奔來的吉兒，簡直是個天使，而且也不討厭和他一起訓練。當聽到她說：「我要和像父親大人一樣強大的人結婚！」時的感動，絕對不可能忘記。

另外還有讓他擔心的事。她既不像長女那麼精明，也不像次女思慮縝密，最令人擔心的，是嗜吃如命的吉兒，不知道會不會被壞男人騙了。

那個預感，在某種層面上倒是成真了。

什麼人不挑，她偏偏說想要和哈迪斯．提歐斯．拉維結婚。

「您和吉兒什麼時候開始有交集的！」

手指虎與天劍的魔力產生的火花四散又互相彈開。對方完全沒有多餘的動作。這種不浪費強大魔力的使用方式是透過鍛鍊不斷地累積，以及熟知控制魔力與肌肉動作的方法。

強大得無可挑剔。

「是在傑拉爾德王太子的生日派對上喔。」

保持著禮貌的語氣，是表示敬意吧。要小聰明——不，是有禮貌。

「喔！那麼在那之後，是用什麼方法誘騙那孩子——不，根本不用問，是用料理吧。」

「幸好，那是我擅長的事。我的料理不合你的胃口嗎？」

「不不不，非常美味喔！而且我也看見女兒的成長。」

那個腦子只有食物的女兒，居然按照穿著圍裙的龍帝下的指示幫忙準備料理的身影，讓他受了相當大的衝擊。又看到由龍帝親手讓她試味道還說著：「啊～」餵她時，差點折彎剛取出來的整把湯匙。從那副完全不在意四周狀況的模樣看來，應該平日就是那麼互動的吧。

「真是完全不枉費我讓女兒一個人去拉維進行訓練呢！」

「岳父大人能那麼說，我也非常高興。」

「誰是岳父大人，我不允許你們結婚！」

龍帝躲開那個激動的拳頭，以彎下腰的姿勢從空檔逼近。

「那麼，既然如此，只能讓薩威爾家吃吃苦頭，把女兒交出來了啊。」

龍帝一滴汗也沒流，一副若無其事的表情。那是女兒們應該全都會著迷的美麗臉龐。

其實自己一開始就看不慣這點。

男人就是要看肌肉——吉兒明明也如此說過，害他一直暗暗感到自卑。

「去死。」

最可怕的是會突然轉變，無法得知內心想法的金色眼瞳，使人毛骨悚然。

「別小看我，小鬼頭！」

繞到背後在背上重重踢一腳後，接著追過朝地面落下的龍帝，將灌注所有魔力的拳頭往腹部捶去。

然而卻在接觸腹部的時候被抓住手腕。想抽回手時，卻無法動彈。

抬起頭的龍帝，揚起嘴角。

「就算只有一瞬間，也得誇獎你讓我使出了全力。」

哈迪斯扭轉比利的手腕後甩出，又朝著地面扔了下去。

雖然立刻將身體回正以腳著地，龍帝直接用鞋底往他的臉上踩下去。他的身體下沉，地面因為魔力的重壓形成一個圓形的凹陷。

（這就是龍帝……）

因此受到討伐，倒是沒有不甘心。反而是抱持著憧憬的這股神明的力量，使他背上不禁寒毛直豎。

「老爺！」

「不行，別過來——！」

龍帝宛如叫他住嘴般換成踩住胸口。即使想抓住腳踝拉開對方，卻也無法動彈。龍帝僅僅將天劍一揮，四周的樹木就全部倒塌，打算前來幫忙的領民全都彈飛了。魔力產生的風吹拂著，讓他看見青年的表情。

那是個彷彿發現不小心踩死蟲子般冰冷的眼神。神的殘酷與仁慈，平等地同時存在其中。

「再見了，薩威爾伯爵。」

看向沒有星星閃爍的天空時，只有比一等星還要耀眼的天劍劍尖閃著光芒。是擁有壓倒性又不留情面的銀色魔力，然而腳邊卻是不可窺探的深淵。

不能讓女兒被帶到那裡去。他吐血喊著：

「我不會把女兒交給你！」

那把直直揮下的天劍，在眼前停住。

比利屏住呼吸眨眨眼。不過天劍的劍尖仍然沒有落下來，甚至連胸口的壓迫都消失了。龍帝把腳挪開了。

「如果不想死，就暫時乖乖待在這裡。」

站在地面的圓形凹陷邊緣上的龍帝如此說道。他想爬起身，卻動不了。

在那個死亡瞬間逼近時，自己已經將魔力使用殆盡。不過因為還活著，至少還能動口。

「為什麼、不殺我……如果在這裡把我殺掉，就是薩威爾家戰敗。吉兒就是戰利品。」

「不是多了不起的理由，只是贏得太過簡單，我覺得無趣罷了。」

「……難不成到了現在，你還在意如果殺死我，不知道女兒會怎麼想嗎？」

原本只想做個挑釁和嘲笑而已，沒想到龍帝的背卻明顯地抖了一下。

比利睜大眼睛，盯著那個沒有動靜的背影。

「……並沒有，反正我被討厭是家常便飯了，並不介意。」

「……這不是非常在意嗎？」

「你想被殺嗎？都說是你誤會——」

原本以為龍帝突然看向自己釋出殺意，沒想到卻有強烈的魔力照亮他的側臉。魔力的凝聚塊朝著這裡直擊。

「接下來是南國王啊，居然一個接一個來，真是學不乖。」

靜靜低喃的龍帝，用結界反彈所有魔力。接著稍微往這裡一瞥後，蹬向地面。看來是要遠離這裡。

（……沒想到他為了不讓我受到波擊……）

真是個讓人猜不透的青年。到剛剛為止明明還打算殺掉自己，卻在最後的瞬間停手——真是讓人無法得知心思。

「——老公！你活著嗎？」

「啊啊，夏洛特。妳也沒事……唔……」

應該是戰鬥中的興奮已經平靜下來，當他打算藉助從草叢中現身的妻子的手爬起身時，終於感受到全身的痛楚。看來有幾根骨頭斷了。

「這不是輸得慘兮兮嘛，居然有這種事。吉兒會笑你的。」

「對了，吉兒怎麼樣了？決定跟龍帝分開回來這裡了嗎？」

「沒有，果然勸不動。」

妻子乾脆地笑著回答，他一時無言以對後慌了起來。

「居、居然說果然，妳應該要好好地……說服吉兒……啊好痛痛痛。」
「哎呀，你的腳歪向不正常的方向了呀。我去準備擔架吧，你先坐下……」
「但、但是龍帝的部隊都還在吧？」
「克里斯正在壓制他們喔，對他來說應該會是個好的經驗吧。里斯提亞德皇子殿下非常擅於指揮，他好像陷入苦戰。」
「那樣不行吧！薩威爾家如果輸了，會影響今後的士氣。」
「雖然會花點時間，不過以兵力壓制，克里斯會贏的。而且傑拉爾德大人借了我們有才華的軍師，我也派瑞克和安迪趕過去了。傑拉爾德大人自己也帶領軍隊進行指揮——南國王說要去討伐龍帝。」
那就表示要開戰了。結果還是變成這樣，比利浮現苦笑。
「這樣啊……畢竟當龍帝出現後，就做好覺悟了啊。」
「那是沒辦法的事。幸好不是發生在孩子那代，我們就這麼想吧。」
「妳還真冷靜啊。」
「哎呀，我其實很沮喪呢……因為那個吉兒啊，可是毫不猶豫地瞄準我的心臟而來呢。」
他不可能誤解那個舉動所代表的意思。女兒選擇了龍妃那條路。
「龍妃的神器已經按照計畫奪過來，但那孩子應該沒有抛下龍帝。」
「……不、不對！也有可能是龍帝抛下吉兒，不無這個可能啊！」
「哎呀，哈迪斯會拋棄吉兒嗎？」

感覺並沒有拋棄。否則剛剛龍帝就會選擇取下「薩威爾家當家的首級」這個簡單的勝利，然後轉身凱旋回拉維帝國吧。

看著默不作聲的比利，妻子彷彿知道了答案。

「真捨不得呢，她已經要嫁人了。」

「……說什麼……吉兒……我、我的吉兒、要嫁給那個不知道心裡在想什麼的混帳……！」

她才十一歲而已。一想到這裡，淚水就止不住。

「反正不管對象是誰，你都不會喜歡吧。」

「話是沒錯！但和那種女婿不可能會順利……！」

「也是呢——不然如果奇蹟出現，吉兒替這狀況漂亮地收尾，到時大家一起去拉維帝國旅行吧。」

「我才不會允許，那個小鬼頭！看起來心胸狹窄！」

「哎呀，這很難說呢。因為看來他沒有殺掉你呢。」

在他無法反駁的時間，已經二話不說地搬上擔架。天空映入眼簾。這裡距離拉奇亞山脈的山頂很近。龍帝施展魔力的光輝看起來比剛剛掉落的還要多。果然跟自己的對戰應該消耗了一些魔力，看起來南國王占上風。

在距離稍遠的地方，兒子似乎也終於發揮了本領。應該有人接手進行有效的指揮吧。這下只要傑拉爾德領軍，就是這邊的勝利。拉維帝國軍的救援趕不上。

是個確定以克雷托斯王國奪得華麗勝利的開戰。

龍帝的魔力仍然有一半遭到封印，又沒了龍妃的力量。要消滅龍神拉維，這是個絕佳的好時機。只不過是為了與假想敵國的一名貴族結婚，就前來尋求許可，因為這種不成熟的行動使整個國家陷入危機之中，只要煽動龍帝有多無能，應該就會引起內部分裂。

不過，女兒會願意那麼做嗎？

再怎麼愚蠢，龍帝這次以求婚者的身分造訪薩威爾家，是為了女兒才做出這種天真的舉動。這點比利也很清楚。為了彌補天真帶來的後果，必須取下薩威爾家當家的首級，但他放棄了那個機會。

又有爆炸聲響起。戰場上會聽到一點也不稀奇，然而薩威爾家的對空魔法所追逐的東西，讓比利瞪圓了雙眼。

「老公……」

正準備與其他負傷的人一起撤退的夏洛特，握住了他的手。

拉奇亞山脈標高相當高，日出的時間很早。在逐漸退去的黑暗中帶著晨曦出現的，是龍。自動追蹤的魔力光線不是被打飛就是被鑽過，牠心無旁騖地朝這裡筆直飛來。

在那頭龍上乘坐的人是——

「哎呀哎呀、天啊天啊。是吉兒，居然趕上了呢。」

在妻子喃喃的聲音中，有驚訝、悲傷與感動的情緒混雜在一起。聽到領民們喊著：「是公主！」的聲音，比利浮現了苦笑並嘆氣。

看來不能指望女兒的心回來了。而想到接下來龍帝可能會帶走女兒，眼眶又充滿淚水。

「薩威爾家的對空魔術真有一套啊！」

艾琳西雅一手操縱著羅薩的轡繩，另一手握劍揮開魔力的光線喊道：

「不過，我的羅薩更厲害吧！」

「真是棒透了，令人佩服！」

聽著艾琳西雅與吉兒的稱讚，羅薩驕傲地鳴叫後提升速度。只要下定決心，克雷托斯的天空也沒什麼，只是個戰場。筆直地飛行就可以了。

經歷數小時不斷飛行，加上面對對空魔法全都能躲開或擊落，這樣連續的強行突破，讓所有的恐懼與猶豫全都拋到九霄雲外。腦中產生的物質鼓舞著本能讓她下令「前進」，也就是處於亢奮狀態。羅薩的狀況也超級好。

另一方面，娜塔莉早就暈過去，所以固定在鞍具上。

「現在應該連我都可以折斷女神的聖槍！」

「真是不錯呢！不過我不會讓給妳的，那是我的工作！」

「那還真是可惜——最後的魔法陣了，羅薩！要突破它嘍！」

這次是右前方的魔法陣發出光芒。位於拉奇亞山脈北部的山腰附近，在那底下也有硝煙升起。看來薩威爾家的偷襲戰術，正受到敵方善用地形擊破。能在不是自己國家不利於己的地形中撐過，可見里斯提亞德才智之高。

然而，在地面上瞥見了勞倫斯的身影。並且，在茂盛的樹林間潛伏著強大得驚人的魔力。察覺相同氣息的艾琳西雅喃喃說道：

「我去幫里斯提亞德應該比較好吧。」

「請小心，我的哥哥很強喔！」

「放心吧，我也很強！」

吉兒點點頭轉向前方，看見了正互相碰撞的魔力。來到這裡，已經離哈迪斯的戰場不遠了。

「送我到這裡就好。艾琳西雅殿下，祝妳武運昌隆！」

「也祝妳武運昌隆，龍妃殿下！」

謙虛又直率地將她送來的艾琳西雅相當堅毅。吉兒不要說沒有龍妃的神器，甚至連黃金戒指都沒了，她還是相信吉兒。

吉兒揚起嘴角，藉由羅薩強而有力的背跳了出去。

正在對戰的是哈迪斯與魯弗斯。構圖與拉迪亞的戰場一樣，不過比起那時，魔力的光芒更加閃耀。就像是只有那裡出現日出般，天空相當明亮。哈迪斯的魔力比起當時又恢復了一些，然而南國王更加認真。可以感覺到殺氣。

（和之前的氣氛不同。傑拉爾德王子也在這裡才對，在哪裡……）

只要二對一強硬進攻，就是能預見克雷托斯勝利的場面。她認為傑拉爾德不可能放過這麼好的機會，於是轉頭四處找，接著倒抽一口氣。

克雷托斯國王與拉維皇帝正在對戰，傑拉爾德就在他們遙遠的上空。他手上正在揮舞的是女神的聖槍。包覆著黃金魔力的槍尖發出光芒，聖槍投擲了出來。

瞄準的是正以劍交鋒的兩人。

「——快住手，陛下！南國王也是！」

比任何人都還要早注意到吉兒的哈迪斯，眼睛瞪得圓圓的。看到他一副天真無邪的表情，血液都衝到腦門上。

女神的聖槍正在逼近，為什麼這個男人只是看到吉兒的身影，就在戰鬥途中停止動作了？簡直就像那時聽到「再見」兩個字就一步也無法動彈的自己似的。

「快躲開，笨蛋！」

魔力全開飛起的吉兒，用雙腳從丈夫的背上將他往下踢。連帶著南國王一起跟著丈夫墜落到地面。

居然撐得住。在高地的茂密草叢中潛伏的卡米拉露出苦笑。他身後同樣隱藏氣息的齊克小聲詢問：

「敵人的動靜如何？」

「沒有動作。里斯提亞德殿下呢？是不是差不多心急得想進攻了？」

「沒有，看來他只打算迎擊。真沒想到。」

「就是呀，真是有耐心。我有點吃驚呢。」

他引人注意的言行舉止都展現得像個實戰經驗不多的皇子，自己暗自在內心認為他還是一個小少爺而小看他，沒想到指揮得很好。

說起來，無論是人數、補給或地形上，都是對方有利，龍帝雖然削減了一些薩威爾家的私兵兵力，實際上的數量差異是不可能反轉的。只不過，里斯提亞德完全理解這是為了讓娜塔莉平安逃走而爭取時間的撤退戰，因此一點也不拘泥於擊破對手，在最低限度的犧牲下不斷逃脫。特別是針對薩威爾家的長男克里斯．薩威爾，隨時掌握他的動靜，澈底執行被對方逮住前就逃走的作戰方式。而且已經完成這一帶的地形勘查，實在是非常能幹。

對手的契合度也很好。不知是否沒遇過那麼不積極進攻的對手，克里斯雜亂的指示，讓人看不到薩威爾家的合作。

「這場戰爭，如果能使用龍或許能打贏。」

「短期作戰才可以吧，太花時間最後還是會輸喔。唉，好想趕快回——」

用望遠鏡觀望周圍的卡米拉，看到在敵人本帳的某個身影時倒抽了一口氣，並開始移動。立刻緊跟在後的齊克問道：

「怎麼了？我們被發現了嗎？」

「不是啦，我看到那個狸貓少爺了。一定會有什麼計謀的。」

「真假啊？感覺事情會變得很麻煩——」

齊克的聲音停住了，是因為在空中出現的魔法陣。為了守護天空，在克雷托斯裡到處都有設置對空魔法。

而它們卻一起朝著地面噴射魔法。

「這、這是怎麼回事？突然全部一起攻擊過來！」

「那是打算把我們逼出去啊！快去和里斯提亞德殿下會合吧！」

卡米拉跑了起來，齊克咂嘴後也跟上去。

因為他們是從上方稍遠的地方被攻擊，雖然地面震動搖晃，但攻擊並沒有擊中。只是不令人意外，因為魔法陣並沒有瞄準。

因為不知道他們藏身在哪裡，所以採用掃射的方式進行全面攻擊迫使他們移動。那種完全無視投資報酬率的方式，正是對方擁有資源才進行重量不重質的作戰。至於是誰開始進行那種作戰方式也不言自明。

「果然早該殺了他才對，那個臭小子！」

「就是說呀！——里斯提亞德殿下，對方的指揮官換人了！」

他們一回到軍營，就看見里斯提亞德嚴肅地回過頭來。

「難怪情勢突然間轉變了。看來是打算把我們逼出去。」

「要怎麼做？要再繼續退嗎？」

「沒錯，但是有極限。不能再與哈迪斯拉開距離……」

「終於找到了。」

包圍著四周的樹木上有細小的聲音響起。里斯提亞德抬頭，拿起長槍。

「所有人，朝剛剛遭到攻擊的地點附近前進！對空魔法得隔一段時間才能使用，無法連續攻擊！」

「哦，果然是個聰明的人。」

里斯提亞德擋下從上方與魔力一起揮下的劍戟。卡米拉對攻擊的身影射出箭，但沒射中。

「你是克里斯．薩威爾嗎？」

「是又怎樣。我很討厭聰明的人……不過算了，已經找到你們了。」

雖然聽得到嘟囔的聲音，但無法確認位置。里斯提亞德與齊克、卡米拉三人背靠著背擺出備戰架勢。不過那個人影還是「咻」地忽然落在腳邊。

「齊克！」

那人揮舞著武器，速度快得看不清楚，用大劍接住攻擊的齊克彈到了一旁。接著拈弓搭箭的卡米拉，手臂也被劃開。身旁的里斯提亞德刺出的槍尖處，那人也宛如變魔術般消失，轉眼飄浮在上空中。

那人揮下的武器有兩把短劍，是雙劍。瞄準的是里斯提亞德的首級。

「只要殺了你，其他人都只是烏合之眾吧。」

不行，來不及。不過一道火焰燒掉卡米拉腦中想像的未來。

「還活著嗎？里斯提亞德！」

頭頂上傳來的聲音，讓里斯提亞德先是愣住後大喊：

「皇、皇姊！為什麼妳會在這……妳剛剛是不是打算把我燒了？」

「羅薩才不會犯那種錯！」

「我的瀏海有點燒焦了耶！……皇姊，上面！」

一個尖銳的聲音響起，艾琳西雅的長槍接住了克里斯的短劍。因此終於看見克里斯的真面目。他是全身穿著黑色衣服，宛如一團黑色東西的男人。一頭黑色亂髮的瀏海縫隙間，紫色的瞳孔睜得很大，似乎感到很吃驚。

「速度是很快，但攻擊的力道很輕呢。」

艾琳西雅的長槍畫了一個半圓，把克里斯甩到一邊，不過克里斯翻了一圈，站到樹枝上。

艾琳西雅也從羅薩身上跳下。

「里斯提亞德，這裡就由我接手。你去重整部隊，還有娜塔莉交給你。」

「娜塔莉？為什麼把她帶來這裡啊？皇姊！」

「發生了很多事啊。吉兒也在喔，她好像要跟哈迪斯結婚。」

這一句話，讓卡米拉緊繃的身體放鬆下來。放鬆之後才發現——他們一直都很緊張。比起性命保不保得住，更在意小主人會做出什麼樣的選擇。齊克也是，吐出一大口氣後站起身，轉了轉手臂。

「事情就是這樣，我是你妹妹丈夫的姊姊——這種關係該怎麼稱呼？」

「什麼？妳不是女人吧？」

里斯提亞德全身僵住了，卡米拉目擊到這幅非常難得的畫面。

克里斯在樹上喃喃嘟囔著，但聲音清楚地傳了過來。

「難以置信，即使我沒有使出全力，能單手接下我的攻擊又擋開的人，絕對不是女人……」

「……喔。」
艾琳西雅折響了拳頭。
掌握現況的卡米拉，表情也顯得僵硬。
「你的意見非常有參考價值。雖然我已經習慣別人說我不像皇女、不像女人，或是有蠻力的笨蛋之類的評語……不過倒沒有人那麼不珍惜自己性命，會直接在我面前說出口。」
艾琳西雅皇女因為過於溫柔而被說是優柔寡斷，性格隨和也不太生氣。
然而，還是有逆鱗的。
「真有膽量，我就讓你知道，那只是因為你太軟弱吧。」
「啊，我知道了。妳其實不是人類，是大猩猩吧？」
「所、所有人從這裡撤離！撤退！」
沒等里斯提亞德下令，在大量散發魔力的艾琳西雅身後，卡米拉他們已經四處逃散。在此同時，為了逼出卡米拉他們，來自空中的攻擊也出現了。
「真是的，為什麼我們每次都會遇到這種事？全都變得亂七八糟了呀！」
「——喂，反正都這樣了，我們去找元凶吧！」
「啥？你沒聽到里斯提亞德殿下的命令嗎？我們是……」
「是龍妃的騎士吧！」
聽到這個簡要的回答，卡米拉睜圓眼睛後笑了。的確如此。
還想著齊克相當安分，看來他原本也感到洩氣吧。

「是啊。要先從那個狸貓少爺下手嗎？他把吉兒騙得團團轉呢。」

「他們那裡也需要一個撤退的理由吧。要是死在這裡就沒戲唱了。」

他們互相示意之後轉換了方向。遠處也傳出爆炸聲響，但無所謂。一定只是他們的主君正在作戰。

聖槍瞄準南國王與龍帝的那一擊，打禿了一部分的山。不過，沒有人因此死亡。滾得老遠的南國王擦了擦額角上留下來的血爬起身。進行攻擊的傑拉爾德當然毫髮無傷。

「……吉兒公主，妳為什麼在這裡？」

吉兒往上望向俯視自己的傑拉爾德。

「我是為了在與龍帝締結婚約的契約書上蓋國璽而來的。」

「……那個龍帝現在正被妳踩著……」

「請不需要介意。陛下總是說可以被妻子踐踏。」

「是服從妻子啦！我從沒說過可以踐踏——咕欸！」

她從背上又踩了一次讓他閉上嘴。接著微微笑道：

「這次進行了非常有意義的**軍事演習**真是太好了呢，陛下！」

「妳說是演習？」

「沒有錯呀，為了和我的婚約來到這裡打招呼外，順便與薩威爾家進行聯合軍事演習，沒錯吧。只是做得有點過頭了而已。」

現在還能夠以那樣的方式收場。南國王站了起來，拍拍膝上的灰塵。

「原來如此啊，這是個有趣的提議，但事到如今那麼說已經太勉強。無論是我或兒子，還有龍帝都無法接受。」

「難道你們那麼想引起戰爭嗎？」

「這關乎國家的面子問題啊。既然都要打，就要往有利的方向進行啊。」

「你剛剛差點就被你的兒子殺死，那種事沒有關係嗎？」

「如果因此能消滅龍帝，我很樂意。那是克雷托斯最大的願望啊。」

看來本人也已經有心理準備。吉兒咂嘴，挪開踩著哈迪斯的腳，在前面重新擺好架式。

「那麼，我就陪你們打到滿意為止。只不過要是我贏了，就結束演習喔。」

「真是頑固呢。話說回來，妳已經不是小龍妃了吧？沒有戴著黃金戒指。」

「……就是呀，眼睛像紫水晶的小姑娘。」

她從身後感受到哈迪斯站起身。

啊啊，真討厭。吉兒握緊拳頭。

「妳來這裡做什麼？妳已經不是龍妃了。難道以為自己回來，我就會感到高興嗎？」

討厭那個若無其事說謊的他，也討厭讓他說謊的自己。

「再說了，難道我會接受失去龍妃力量的妳嗎？」

討厭自己心裡明明清楚，卻還是因此感到害怕的那份軟弱。

「妳回到溫暖的家去，小姑娘……而且說不定有機會能成為戰利品送到我身邊。」

「吉兒公主。」

傑拉爾德靠近她，抓住她的手臂。

「我稍早也對妳說過了吧。如果妳是因為在意從今以後在克雷托斯的立場，不會有問題。妳被龍帝騙了，大家都明白——」

她甩開那隻手臂，接著大喊：

「我會用一生的時間，讓他過得幸福！」

哈迪斯露出怎麼樣的表情呢？真討厭無法回頭看的愛的脆弱。

不過，可以貫徹自己心裡決定的強大真理。

「——真感動啊，妳就是龍妃了！」

魯弗斯如此喊道的同時，高舉女神的護劍後從上揮下。她隨手撿起掉落在地上的劍，接住了護劍的一擊，但整個身體遭打拋到上空中。

「為了表示敬意，我不會下手留情——傑拉爾德，殺了龍帝！」

「——不必你說。」

「不會讓你得逞！」

在空中重新把身體轉正的時候，第二擊來了。劍身從中間斷裂。

（可惡，果然會出現武器的差異性啊！）

那是無法以魔力彌補的差異。但已經沒有退路。

「來吧，龍妃，讓我看妳怎麼守護龍帝到最後吧！」

她躲開護劍瞄準脖子而來劃過的軌跡，一腳踢往對方側腹，腳踝卻被抓住。

「最重要的是，別讓我失望啊。」

魯弗斯以溫柔語氣說道，並舉起護劍。哈迪斯從他的背後砍了過來，將魯弗斯打飛到一旁，接著從吉兒的腰抱起她，離開了那個地方。

「真是礙手礙腳。」

「什麼？沒有被踩夠嗎！」

「我說的是事實啊。妳不但沒有龍妃的神器，連戒指都搞丟了。」

她一時語塞，實在難以反駁。而且因為哈迪斯指出這件事，讓她立刻湧現不安。為什麼戀愛之心那麼容易引起膽小的心情呢？

「——都這種狀況了，還說自己是龍妃，過來救我。」

不過，因為他正緊緊地抱住自己，光是這點就讓所有疑慮煙消雲散。

「妳真傻啊。」

「……陛下也很傻呀，明明都向我說再見了……」

吉兒雙手繞過他的脖子，用力地回抱著他。

「現在這麼做，不就像是告訴我你最喜歡我嗎？」

「抱歉，兩位聊得正開心，但不會讓你們逃走喔！」

魯弗斯追了上來，哈迪斯用天劍接下他的護劍，女神的聖槍接著從眼前擦過。

但隨即，聖槍似乎被什麼彈開轉換了角度，回到傑拉爾德的手上。

「剛剛那是怎麼回事？」

「是拉奇亞山脈的魔法之盾。」

吉兒從尖銳的山峰看到底下廣闊景色後察覺到這件事，不禁屏息。已經抵達山頂了。

拉奇亞山脈的魔法之盾是拒絕女神的。女神本人現在應該與菲莉絲在一起，不過女神的聖槍是女神的一部分。依據神話中所述，女神得變換樣貌，經由別人運送才能進入拉維帝國，因此丟擲出來的聖槍才會彈飛開來。即使不是如此，在拉維帝國這側，龍神拉維的庇護也會變強。

「陛下，進入拉維帝國那側，對作戰多少會變得有利——」

突然，有東西纏住吉兒的左手手腕，彷彿要將她從哈迪斯身上拉走般，有什麼拉著受到魔力綑綁的身體。

「吉兒！」

「陛下，我不要緊，南國王來了！」

哈迪斯咂嘴，與魯弗斯從側邊斬過來的護劍交鋒。在這時，吉兒的左手宛如被釘在看不見的牆上。

（到底是什麼——難道是拉奇亞山脈的魔法之盾嗎？）

她的腳正下方，正好是尖銳的山頂。傑拉爾德浮上來，來到與吉兒視線相同的高度。

「現在的妳——前龍妃，看來被判定屬於女神聖槍的一部分呢。」

是因為龍妃的神器遭到女神奪走的關係嗎？魔法之盾與龍妃的神器不同，會為了排除女神而運作。

「快放棄，回到克雷托斯——就算我這麼說，也沒有用吧。」

「那是當然……唔！」

她想用魔力扯開綑綁的力量，卻感到一陣眼花。無法順利調整魔力。

「不要勉強比較好。就算是妳，身處在這種接近神域的地方，在什麼神器都沒有的狀態下，應該無法像平時一樣使用力量吧。」

曾聽說過拉奇亞山脈的魔力磁場很混亂，原來就是這樣啊。現在明明正值盛夏，嘴裡卻吐出白煙。

「如果不試試看，就不會、知道了啊……！」

「真的那麼討厭我啊——不過，妳不接受我的幫忙，反倒放心了。」

傑拉爾德吐出的苦笑也出現白色霧氣。

「假裝退出來討女性的歡心那種行為，果然不符合我的個性。」

「我想也是，你並不是那種類型的人嘛……」

「妳對我相當了解呢，就是因為如此吧，被討厭反而讓我感到安心……若是被妳喜歡，一定會很難受。想辦法讓妳喜歡我，是個錯誤的判斷吧。」

傑拉爾德高高舉起聖槍。明明場景與地點全都不一樣，她的腦海中卻浮現那個颳著暴風雪的夜晚。

傑拉爾德的手握著聖槍，就這樣朝吉兒而來。因為左手仍被綑綁住，只能靠右手擋下了。

然而，槍尖在吉兒的面前停下。哈迪斯用右手抓住了聖槍。

哈迪斯的魔力與聖槍的魔力碰撞下，吹起爆炸波。那股風裡，帶有皮膚灼燒的氣味。是聖槍的魔力正在灼燒哈迪斯的手掌。

「陛下……後面！」

魯弗斯沒有放過哈迪斯靜止的瞬間，從左側將護劍刺過來。哈迪斯左手握著天劍，擋下那道攻擊。

「龍帝護著龍妃啊，這可真是了不起！只要龍帝沉溺於愛中而扭曲真理，就會讓龍神的神格下降了！」

魯弗斯的大笑聲響起。啊啊，吉兒察覺到了。

愛的女神，會輸給愛的強韌。

而真理的龍神，會輸給真理的正確性。

龍妃是守護龍帝的盾牌。這就表示，龍帝不是守護龍妃的人。如果超越那個立場，就是違反真理。

「……拉維告訴我，要好好珍惜妻子。」

背向魯弗斯他們護著吉兒的哈迪斯喃喃說道：

「龍神自己、絕不會給予我愛，那就是真理，但祂告訴我大家、龍妃一定會愛我，叫我不要放棄。所以……」

哈迪斯抬起頭，魔力閃耀著。是銀色的龍帝的光輝。

「拉維不會降神格——守護心愛的妻子，是真理！」

「明明不懂女神的愛，少自以為是了，龍帝！」

然而對手是女神的護劍與聖槍，哈迪斯的臉上浮現痛苦的模樣。但他為了保護吉兒，一步也沒動。

（動起來！為什麼、我的左手……唔！）

拉奇亞山脈的魔法之盾，明明是為了從女神手上保護龍帝才出現的。

（沒錯喔。）

吉兒吃驚地抬起頭，看了自己的左手——金色包圍住左手的無名指。

（我的龍帝喜歡我唱的搖籃曲。但他本人是個音癡，實在很奇怪。）

（哎呀，我的龍帝是個書蟲喔，總是廢寢忘食地看著書，我經常罵他呢。）

（我的龍帝興趣是畫畫。都要我當模特兒，實在好煩人啊。）

哦，吉兒左手的手掌能摸到魔法之盾。

彷彿確認了即使在龍妃的神器被奪走的這一刻，仍然持續保護著龍帝的盾牌的意義。

（我們想起來了啊，謝謝妳。）

原本以為女神奪走了一切，但它還留著。

（女神理解我們了，所以要拜託妳。不過只有這樣，未免太不公平了呢。）

在龍妃出現後才開始發揮功能的拉奇亞山脈魔法之盾。是一開始就從女神手上保護了龍帝的龍妃的力量。即使經歷憤怒與哀傷的吞噬，始終沒有消失過。

（末代龍妃，妳是否能夠明白我們那份不能託付給女神的心情呢？）

她感覺背上被推了一把，左手能離開了。拉奇亞山脈的魔法之盾、龍妃經歷千年累積從未折損的愛、貫徹的真理，全都濃縮於金色戒指上，在無名指上閃耀光輝。

「我明白喔。」

最先察覺到異常變化的是哈迪斯，他睜大了雙眼。

「妳們的愛與真理，都由我來繼承。」

接著才發覺的傑拉爾德與魯弗斯驚愕不已，使得力道減弱。

吉兒不會漏看那樣的破綻。

「我是不知道女神到底是什麼人，但不准對別人的丈夫出手！」

那是龍妃的真實心聲，絕對無法託付給女神。

她感覺龍妃們笑得東倒西歪。那些女人真是的，託付憤怒給敵人的女神，託付激勵給要與之戰鬥的後輩。不按照常理出牌，真不愧是龍妃。

那就是完成守護龍帝的前輩們。

吉兒揚起嘴角，黃金的龍妃神器出現在她的手上。傑拉爾德往後退並喊道：

「怎麼可能，為什麼——唔！」

神器化成劍的形狀，架開女神的護劍，接著她使出踢擊將魯弗斯擊落。

傑拉爾德從旁邊用聖槍刺向她。吉兒接住在空中轉了一圈的護劍，用護劍把槍尖往上打。接著用拳頭往姿勢露出破綻的傑拉爾德腹部揍下，從傑拉爾德鬆開的手中抽過女神的聖槍。

她高高舉起女神的聖槍，隨意朝著某個方向全力扔了出去。然後抓住從劍化成的鞭子，將啞然失聲的傑拉爾德擊落至地面。另一隻手拿著的護劍，對著落在地面上的魯弗斯揮下。

「你就變成星星吧！」

不知包裹多少層魔力的刀刃，將地面擊出凹陷，也紛紛砍倒樹木。順便往遠方還在打鬥的方向也使出一擊。

「——演習結束了！」

吉兒大聲地喊著，吸引大家的注意力。

「接下來我與陛下的婚前契約書，會由南國王親自為我們蓋上國璽！快去準備用印儀式！」

「那麼愚蠢的事情，沒有人會信服的，小龍妃。」

真不愧是魯弗斯，受到那麼強烈的攻擊還能夠站起身。

「即使龍妃的戒指和神器回來了，狀況還是沒變。若是龍帝要逃回拉維，自然另當別論。」

不過勝負已定。

「怎麼會呢，克雷托斯與拉維從今天起就是友好國家了喔。傑拉爾德殿下，沒有錯吧？」

她右手握著龍妃的神器，正綑綁著傑拉爾德吊在半空中。要空手解開神器是不可能的，他只要稍稍使力注入魔力，似乎就無法呼吸。

看到兒子被抓為人質，魯弗斯的臉色變了。看到那神情，說不感到意外是騙人的。在曾發生的未來中，都只有聽到有關他的惡評，不過看來他身上還留有像父親的一面。

但是，地位的上下關係決定了。
「他好像想前往拉維帝國留學。沒錯吧？」
吊在空中無法動彈的傑拉爾德感到屈辱，表情扭曲地瞪著她。
「打算把我當成人質嗎？」
「說是人質實在太嚴重了。或者你想承認輸給我？」
傑拉爾德咂嘴。真是活該。接著魯弗斯不悅地低喃道：
「小龍妃，沒想到妳的腦袋轉得很快呢。」
「並沒有那回事喔。話說回來，蓋章需要這個吧？」
她舉起護劍，對著魯弗斯露出微笑。接著毫無破綻地壓低聲音說道：
「不希望它被折斷，就立刻在契約書上蓋章吧。」
魯弗斯握緊拳頭，臉頰的表情扭曲。但他沒有任何反駁，那就是答案了。
吉兒若無其事地向哈迪斯確認：
「那麼，陛下有任何意見嗎？」
「沒有……」
「吵架是我吵贏了喔。」
勝利的驕傲讓她的嘴角翹了起來。地上的戰鬥也全部停止，所有人都往上看著這裡。
這麼一來，就按照吉兒所盼望的圓滿解決了。沒有任何不滿。
「怎麼辦，拉維！我的妻子好帥啊！」

哈迪斯用雙手摀住臉，對著清晨曙光中的天空喊著。吉兒理所當然地挺起胸膛。

在薩威爾邊境領地舉行的軍事聯合演習結束的隔天，克雷托斯國王魯弗斯・迪亞・克雷托斯與拉維皇帝哈迪斯・提歐斯・拉維，針對吉兒・薩威爾小姐與拉維皇帝的婚姻完成決議。會談地點位於拉奇亞山脈山腰處的薩威爾侯爵宅邸。婚前契約書上蓋有兩國的國璽，成為了史無前例的文件。

另外，為了往後的交涉以及加深對於拉維帝國的所見所聞，傑拉爾德・迪亞・克雷托斯王太子殿下將前往帝都拉爾魯姆留學。因為代替國王執政的王太子突然要離開，對於克雷托斯的內政不安，大家正議論紛紛。

然而國王本人卻一派輕鬆的模樣。

「哎呀，就算只還給我護劍，也是幫了大忙啊。我雖然認為自己還很年輕，但如果護劍被奪走，也沒辦法立刻讓它復活啊。」

政治方面的混亂勢必會出現，他卻不在意似的笑得很豪爽。無論是用印時或現在，吉兒都一直監視著他，但他那麼開心的模樣讓人感到非常詭異。

「這樣啊。」

「真冷淡啊，小龍妃。都特地來為我送行了呢。」

「不是送行，是監視。」

魯弗斯要從設置在薩威爾家的轉移裝置回去。目的地已經設定為王都，但轉移裝置本身就是屬於克雷托斯王國的管轄物，雖然無法保證設定的確實性，不過只要他趕快從這裡離開就好。因為在他進入轉移裝置前都得緊盯著，吉兒便帶著齊克與卡米拉來監督。

「對了，能在最後讓我見兒子一面嗎？還是已經護送他離開了？他現在到哪裡了？」

「你明知道不可能告訴你還故意問的吧。」

「真冷淡啊，我兒子難得露出滿臉屈辱的表情，只是想看看啊。」

「我們已經詢問過傑拉爾德王太子是否希望與父親會面，他回答死也不要。」

明白那個心情讓她感到很討厭。魯弗斯在「哈哈哈」地輕輕笑了之後，眨了眨眼。

「哎唷？」

是娜塔莉往這裡跑了過來。吉兒皺起眉頭。

「娜塔莉殿下，很危險。請離開這裡。」

「我知道，一下下就好。那個……」

娜塔莉好像猶豫著要怎麼稱呼他，接著把胸前抱著的東西遞給魯弗斯。看起來是一本有繩子纏繞著的書。

「這個，我不小心帶出來了，想還給你……這是很重要的東西吧。」

「什麼啊，妳沒交給哥哥或姊姊嗎？」

「反正它有封印不是嗎？交給他們也沒辦法看呀。」

「哼嗯。如果是龍帝小弟應該能強硬地解開封印吧……沒關係，寄放在妳那裡吧。」

「咦？」

娜塔莉非常驚訝之外，吉兒也很驚訝。那東西上附有魔力的氣息，能看出它很重要，或是裡面有什麼祕密。沒想到要寄放在娜塔莉手上。

「妳應該能夠仔細地保存好它吧。如果可以，就和我兒子一起打開看看。」

「咦？」

「怎麼？辦不到嗎？妳都發下豪語要叫我父親大人了呢。」

娜塔莉皺著眉頭沒說話。看起來很猶豫。彷彿為了幫她下定決心，魯弗斯以異常溫柔的語調說道：

「就寄放在妳那了。雖然很捨不得放棄小龍妃，不過妳能嫁來當女兒可能挺有趣的。」

娜塔莉抿起嘴唇，重新把那本書抱回懷裡。

「我知道了，如果只是寄放……以後會好好還給你的。」

「好好留意自身安危，不要被殺掉。」

娜塔莉用眼神制止臉色大變的吉兒，正面凝視著南國王。

「我不會被殺掉的，別小看我。」

「真是可靠呢。那麼，差不多該出發了吧。嗯……你叫勞倫斯吧？」

「是的，已經準備好了，國王陛下。」

右手腕上包著繃帶的勞倫斯回答。原本是傑拉爾德直屬部下的勞倫斯，因為傑拉爾德要隻身前往拉維帝國留學，使魯弗斯看上了他。他的內心應該很複雜，但完全沒有表現出不滿，不得不令人佩服。

順道一提，他的右手腕是在讓卡米拉與齊克接近，即將演變為混戰時，因為吉兒最後的一擊遭到打飛扭傷的。不知該說是運氣好或是不好。

「多保重啊～狸貓少爺。」

即使如此，對卡米拉而言應該是順利了結這件事了。因此笑咪咪的。

「你明明先被發現，還完全被追到快沒退路了。」

「這頭熊很吵呢。是因為有我當誘餌，我們才能靠近的吧？」

「反正不管怎麼說，你還需要再鍛鍊，你打近身戰未免太弱了。」

「我可要先說，卡米拉和齊克都是受到我的引誘現身的吧？」

然而勞倫斯也不甘示弱。吉兒阻止了準備回嘴的兩人。

「你們別說了，會沒完的。國王陛下，時間已經到了。」

「真可惜。請為我向龍帝小弟轉達，要他多保重。還有，我兒子的贖金趕快請款，待遇方面請安排周到，雖然花費應該很高。」

那些話中，隱含著絕對還沒放棄攻打拉維的意思。

吉兒瞇起眼睛，魯弗斯的表情放鬆下來，特地告訴她：

「小龍妃，不要認為這樣事情就結束了。一定得分出勝負才行。以我們的立場而言，就是直到龍神贖罪。以你們的立場而言，則是直到女神屈服為止。」

就是那麼回事吧。

魯弗斯在最後留下那番話後，就進入轉移裝置中了。勞倫斯也跟在他身後。

率先轉身離開的人是娜塔莉。她把魯弗斯寄放的東西抱在懷中走著，吉兒小聲問道：

「娜塔莉殿下，南國王寄放的東西是什麼？」

「不是什麼重要的東西，不過……能幫我向哈迪斯哥哥他們保密嗎？那應該是不好因為猜測或好奇心而揭發的事情……需要說的時刻來臨時我會說的。」

娜塔莉的眼神沒有離開吉兒。因為感受到她的決心，吉兒點點頭。

「我明白了。如果發生什麼事請妳一定要說喔，不然大家會擔心的。」

「我知道，到時會商量的。謝謝妳。」

「話說回來，出發的時間應該快到了吧。艾琳西雅殿下不知道怎麼——」

「娜塔莉，妳在這裡呀。要趕快回去了！快去準備。」

艾琳西雅充滿惱怒的聲音響起。娜塔莉嘆了氣。

「還沒準備好的人是艾琳西雅姊姊吧？不用管克里斯．薩威爾了嗎？」

「啥？那傢伙一件好事都沒有！那男人是怎麼回事，直到最後……說什麼我不進籠子嗎之類的鬼話！對待我的態度別說是皇女了，連個人都不是！吉兒！」

「是！」

軍人的優秀反射讓她挺直了背脊回應。艾琳西雅也像長官般提高音量。

「我也不想說這種話，但妳那個哥哥差勁透了！跟他斷絕關係！」

性情敦厚的艾琳西雅聳起肩膀，抓著娜塔莉走了。

艾琳西雅與娜塔莉接下來要沿著原本的路線回拉維帝國。只能期望她在那之前心情能轉好。

與艾琳西雅相反的方向，往薩威爾家宅邸走去的吉兒，身邊有齊克與卡米拉並肩走著。

「完全沒看見隊長哥哥的人影，他還在這棟本邸裡嗎？」

「除了艾琳西雅殿下外，沒有任何目擊情報呢。應該是動作太快，誰也沒看見。」

「因為克里斯哥哥不喜歡在人前出現。」

不如說他特意去找艾琳西雅說話，反倒令吉兒難以置信。至今哥哥連在親妹妹的吉兒面前都還沒現身過。

「能夠一對一棋逢對手的對戰，而且又是女性，對他而言應該很稀奇……」

「咦？不會吧，難道艾琳西雅殿下的春天來了……不，不可能啦。」

「那兩人對戰過的地點，成了一片焦土啊……」

「不過因為在克雷托斯，應該很快就能恢復綠地了吧？女神的庇護真方便呢，和我們拉維帝國完全不同。」

「但相對的，我們可以運用天空不是嗎？」

為了早一刻將傑拉爾德送到拉維帝國，羅薩借給了里斯提亞德。

現在差不多回到帝都也不奇怪。

僅因為那句話，卡米拉意味深長地對吉兒微笑。

「對啊，**我們**是這樣沒錯。」

「然後呢？我們的皇帝身體狀況怎麼樣？」

「他發燒了啊，但我想應該差不多可以回去了。」

「吉兒，過來這裡。哈迪斯醒來了，幫忙端茶過去，還有些簡單的食物。」

剛進入宅邸的玄關，便被從廚房探出頭的母親喊住。她趕緊前往廚房，母親遞給她一個裝滿可以用手拿著吃的三明治、切好的水果、茶水和點心的托盤。而原本應該照顧哈迪斯的雙胞胎弟弟們，正悠閒地喝著茶。

「你們為什麼放著陛下不管啊？」

「我們是被父親大人趕出來的。對吧，安迪。」

「什麼？為什麼不阻止他？」

「那是家長命令啊。吉兒姊姊要是那麼擔心，就自己黏在他身邊呀。」

「我因為想那麼做也不行，才會拜託你們啊！」

「放心吧，吉兒。現在的哈迪斯不是龍帝而是吉兒的夫婿，這點大——家都知道。只有一點點想去暗殺而已喔。」

完全不行。瑞克沒教養地邊吃餅乾邊說道：

「他會不會再做一次料理給我們吃啊？如果叫聲哥哥會成功嗎？」

「有可能呢，那個龍帝在奇怪的部分很天真喔。」

「不要想些奇怪的作戰！真是的，母親大人快制止他們啦！」

「聽起來很有趣啊。對了對了，我幫哈迪斯塗過藥了，他手臂的肌肉真是不錯呢……」

「只是在手掌上塗藥，為什麼會摸到手臂上啊？我要生氣嘍！」
她瞪了笑咪咪的母親後，離開廚房。婉拒卡米拉幫忙拿托盤的請求後，跺著步走在走廊上。
「真是的，母親大人也是、父親大人也是，我明明說過不會原諒大家對陛下出手的！」
「這種狀況下還要繼續『返鄉』的吉兒也真不容易呢。對了，我們真的和艾琳西雅殿下他們一起回去沒關係嗎？」
「對，陛下已經復原，可以召喚迎接我們的龍過來。」
假如只有哈迪斯與吉兒，只需要一頭龍過來迎接，就能越過拉奇亞山脈回去。因此卡米拉與齊克跟著艾琳西雅他們走陸路與海路回去，比較省事。
「這已經和陛下討論過才決定的，所以沒問題。而且也能夠跟羅聯絡。」
「也是，只是等陛下恢復後回去而已嘛。不過再怎麼習慣陛下每次都會暈倒，也沒想到里斯提亞德殿下會允許他這樣滯留在這裡呢。」
「大概是因為沒有人敢反抗那時候的隊長吧，要是反抗，就準備吃鞭子了。」
她忽視部下們在身後沒禮貌的發言，現在最重要的是哈迪斯。卡米拉為她打開客房的門。
眼前見到的是坐起上半身的哈迪斯，以及與他說話的父親的背影。
「但是哈迪斯大人，身體虛弱實在不好啊。無論你再怎麼強大，居然稍微戰鬥一下就倒下了。明明還那麼年輕……」
「父親大人，你在做什麼？」
吉兒把托盤放在桌上，雙手插腰語帶威脅地問道。

「哪有做什麼，我聽說他醒來了，打算找他一起訓練……」

「當然不行啊，陛下身體才剛復原。」

「我的身體也剛復原啊，吉兒。我可是全身被來路不明又沒禮貌的某人拆了！不過我已經好了，應該就是因為鍛鍊方式不同吧！」

被父親找碴的視線瞄了一眼的哈迪斯，皺起眉頭用同情的語氣說道：

「那可真是糟糕呢，到底是誰做出那樣的事？」

「你這傢伙是認真的嗎？吉兒，妳還是放棄這個男人吧！」

仍舊揚聲喊著反對他們結婚的父親抓住吉兒的肩膀。吉兒厭煩地回答：

「怎麼還在說這個，父親大人也在契約書上簽名了吧？」

「那是因為妳在後面拿著神器的鞭子揮得劈啪作響啊！對了吉兒，不要用鞭子，不然大家會想起妳母親而感到害怕。」

她當然是知道這件事才那麼做的。

「你也該放棄說服我了，難道忘記強大就是正義這個家訓了嗎？」

「那只是軍事演習！薩威爾家並沒有輸，我也還沒有輸呢！」

「我可是聽說你被陛下打得滿身傷喔。」

「聽好了，吉兒。結了婚還是能夠離婚的，妳要好好記住這件事。」

居然一臉正經地說這種話。吉兒拉著父親的手臂讓他站起來，從背後推著他。

「已經夠了，父親大人請趕快出去！這樣會影響陛下的身體狀況。卡米拉、齊克，請你們守著別讓父親大人進來。」

「怎麼這樣，吉兒。你們不能兩人單獨相處！」

「你如果那麼閒，不然請幫卡米拉和齊克進行魔力的成果訓練吧！有什麼事我會叫你！」

她把錯愕的兩名部下與眼睛睜得圓滾滾的父親趕出房間後關上門，然後移動擺在一旁的櫃子到門前放好，防禦牆這種東西，在這個家裡就如同紙張一樣沒用，但總比什麼都沒有好。

「他真是個好父親呢。」

哈迪斯忽然開口低喃道。吉兒不置可否，在床邊坐下。

兩人之間流逝著不同於剛剛的沉默。她認為這是第一次劇烈爭吵後產生的變化，不過並不感到尷尬。哈迪斯似乎無法忍受而靠過來這點並沒有變。

但是，攀附般的摟住吉兒的腰這動作，倒是相當不像樣。

「陛下……如果您對自己說出的話會感到不安，不要說不就好了嗎？」

「因為誰教妳不立刻說出『但是我要和陛下結婚喔』這類的話來讓我安心！」

「就算沒說，您也明白吧？」

「我明白呀……那種事我至少還是知道的。」

緩緩起身的哈迪斯，臉上的表情看起來很複雜。

「拉維大人還在睡嗎？」

「嗯，因為祂之前忙得團團轉呢。而且，在回到拉維之前都不能大意……現在只有我們獨處喔。」

「但是這裡不知道有誰在哪裡監視呢。您有察覺到吧？」

哈迪斯的表情明顯變得不開心。吉兒呵呵笑著，把背靠到他的胸口上。若說和以前有什麼不同，就是自己會像這樣主動靠向他。

一定是自己發現，沒有永遠不會改變的戀愛。

「不能大意喔，陛下。母親大人說想去帝都觀光。」

「咦？那完全是去當王太子的救援部隊或是帝都突襲部隊吧？」

「應該是吧，要怎麼辦呢？」

哈迪斯發出「嗯——」的聲音，彎腰解開吉兒的鞋帶後脫下。那並不是特別稀奇的事，然而卻像是間接引導兩人在這之後的發展般，令人害羞。

「皇兄們應該會反對，不過妳希望家人來玩吧？」

「對，我要讓他們見識到陛下有多厲害！」

「妳總是那麼說啊。最近感覺有很多莫名其妙的要求。」

「陛下辦得到的。」

「看吧，都輕易地那麼說。不過我實在不想再像這次一樣吵架了喔。」

「我願意接受喔，反正我會贏的。」

「欸——不要啦，我不要一直輸……」

在被哈迪斯抱住的同時，吉兒雙手繞向他的脖子。這麼一來，哈迪斯就像輸給她的力道般向後倒下。當然是故意的。因為和平時的過程一樣，所以她知道。

「那我們一起想想看吧。」
但是，一定有逐漸改變的地方。
例如溫柔梳理她頭髮的手勢，還有兩人彼此凝視的視線溫度。
「陛下從一開始告訴我要怎麼做就好了啊。」
「關於這點，我有在反省。」
「我這次也做了很多反省。」
「妳並沒有錯啊。」
「不能說謊喔，陛下。您生了我的氣吧。」
「……那的確、只有、一點點吧？」
「看吧，這是陛下的壞習慣喔，把一切都歸咎成自己的錯，如此縱容我。」
吉兒爬起身，俯瞰著哈迪斯。這一點得說清楚才行。
「雖然陛下沒有相信我，但我自己的覺悟也不夠。陛下是正確的，我也沒有錯。所以，我們扯平了。不能把錯都推到陛下身上蒙混過去，這樣下次事情才會更順利。」
就像那樣努力，保持彼此的關係。
不讓戀情過度燃燒，也不過度冷卻，由兩人好好地保溫。
讓戀情不會演變成令人哀傷的形式。
「……我明白妳比我認為的還要喜歡我。」
就是因為他會發自內心說出這種話，所以才不能大意。吉兒高傲地把視線轉向另一邊。

「請節哀順變，我不會那麼輕易討厭您的。」

「但是我也是，我比妳認為的還要喜歡妳很多喔。」

她睜大雙眼，輕輕地移回視線。原本以為會看到哈迪斯在笑，他的表情卻很認真。

他彷彿又困擾又彆扭，臉頰上出現一絲紅暈，薄唇呢喃道：

「這麼喜歡妳，該怎麼辦才好？」

從他的薄唇中吐出的沙啞音色，有如指尖在背上撫摸般挑逗。為了藏起轉眼間變燙的臉，吉兒低下頭喃喃說道：

「那、那種事……很簡單啊。」

「是嗎？要怎麼做呢？」

哈迪斯的指尖彷彿要擦過吉兒的嘴唇般貼在她的臉頰上。只有這麼一個動作，就能明白彼此想做什麼，戀愛真是驚人。

哈迪斯坐起身，靠上吉兒的額頭。彼此的情意有著同樣的溫度。

「我不知道，告訴我吧，吉兒。」

這個騙子。他明明已經發現吉兒的視線離不開他那張薄唇。但現在如果回答：「不要問十一歲的孩子這種事。」一切就和以往相同了。

只是，在老家還是讓人感到退縮。

「……這個房間有人竊聽喔。」

「那種事很簡單啊。」

哈迪斯微笑的瞬間，響起「砰」地一聲，有某個東西破裂的聲音，設置在客房的魔法氣息全都散去了。看來他已經沒打算在吉兒的家人面前或故鄉裡裝乖了。

這是個好的跡象，但他也太快看開了吧？吉兒稍微愣住，並說出忠告：

「如果父親大人察覺，會立刻衝過來喔。」

「那就試試看誰的動作比較快吧？」

但是，浮現惡作劇笑容的哈迪斯很可愛。

與平時不同，哈迪斯慢慢靠近的嘴唇，印在吉兒的額頭上。一、二、三，她閉上眼數到這裡，哈迪斯離開了。

「要對妳父母保密喔，可以嗎？」

「當然了，我會守護丈夫的祕密。」

認真的回答後，兩人都感到很奇怪而嘻嘻笑了起來。下一秒鐘，客房的門被打得粉碎。出現的身影果不其然是改變了體積的父親。

不過不要緊。要站在哪一邊，吉兒已經做好覺悟。

「真是的，父親大人突然打破門做什麼？」

她用彷彿什麼都沒發生的表情掩護著丈夫，手插在腰上站在父親面前。

久違的王座。擺放了數年之久，那個嚴守禮數的兒子連抱著好玩的心態都沒坐過。因此那個完全沒有人靠近的王座，正因為有人保養維護，更顯得佇立在宛如廢墟的空氣當中。

現在在那裡，有個嬌小的人影光明正大地坐在上面，魯弗斯瞇起眼睛。

「好久不見了，父親大人。」

「啊啊，好久不見，菲莉絲……大約五年左右了嗎？妳長大了呢。」

「只有那樣嗎？我覺得好像已經過了十年一樣。」

「十年倒是說得太誇張了，妳都還沒有十歲呢。」

少女坐在國王冷落的寶座上，稍稍歪頭輕輕地笑了。

沒錯，女兒還沒有滿十四歲，所以還不是女神。

魯弗斯的視線看向女兒像拿權杖般單手握著的黑色長槍。那是女神的聖槍。龍妃在那個戰場上把它扔向某處，看來回到菲莉絲的手上了。那件事本身一點也不奇怪——因為女神的聖槍正確的使用者，是克雷托斯王女。

「妳的身體狀況沒問題嗎？這個時期大多都會在避暑地吧？」

「沒問題。龍妃的力量有順利地為我調節女神的力量。」

「是嗎？那就好……不過妳對於我知道妳的近況，倒是不感到驚訝，對象如果是傑拉爾德應該會很激動。」

「我也是個大人了。」

是還沒十歲的女兒所說的可愛言論。不過魯弗斯有點無法笑出來，他踩上通往王座的階梯。

「那麼，菲莉絲，快從寶座上下來。妳不需要背負那種東西。」

「說得也是呢，至今為止的話。」

「——妳說什麼？」

「請把寶座給我吧。」

她用彷彿像是討玩具般的聲音，隨口向他討要。

「哥哥會反對吧。所以請趁現在哥哥不在的時機，讓我成為女王。父親大人辦得到吧？」

「……那是，女神的要求嗎？」

「是我和女神的願望。為了這次可以真正毀滅真理——沒有時間了。得在接下來，龍神拉維的神格再次下降消失前決勝負才行。」

「**接下來、再次**？」

這未來的假設未免太奇怪，但女兒毫不猶豫地點頭。

「為什麼神格會下降，原因不清楚。雖然已經布局儘量不引發相同的事件發生，但要確保沒問題，就是現在討伐祂。龍帝、龍王，在過去曾是龍神拉維的人事物都到齊的現在，若不完成這件事，我們將無法獲得救贖。」

「……跟我的理解、稍微有些不同啊。即使無法真的與龍帝聯手，只要龍神拉維消失，應該就是我們勝利了。」

「光是那樣不夠的。」

女兒以一副看見未來的表情，斬釘截鐵地說道。

「我並不清楚正確做法，但是女神已經沒有再次重來的力量了。」

魯弗斯眼神往下看，腳從第一層階梯放了下來。

「這個國家原本就是屬於女神的，我沒有異議喔。但說服其他人需要花點時間……」

「請儘快處理。」

「不過我想確認一件事。妳是我的女兒呢？還是女神呢？」

他的腦海中閃過的是哭著說「女神好可怕」、「我不要當容器」、「我會被吃掉嗎」的小女兒。那孩子去哪兒了呢？

逼自己的愛妻走上絕路，就算如此兒子也要拚命守護的女兒。

「兩者都是，父親大人。」

菲莉絲的手放在胸前，從寶座上站起來。

「我確實曾經是個哀嘆自己要當女神克雷托斯的肉身、順從不理解女神之愛那個名為命運的道理、害哥哥與父親都不幸的愚蠢少女，但現在已經不同了。」

她凜然的眼神當中，透露出與女神類似的強韌。

「我是菲莉絲・迪亞・克雷托斯，是將與女神克雷托斯共同打破龍神加諸的真理之人，是超越命運之人。」

魯弗斯將膝蓋跪在大理石的地板上。兒子知道了會很憤怒吧。但這才是正確的姿態。

無論是龍妃或女神的守護者，都只是附屬品。

因為這場戰爭，最早開始，就是龍神拉維與女神克雷托斯的戰爭。

「謹遵囑咐，我們的女神。」

然而，無論是走上哪種命運，自己肯定都不會好死。居然能如此肯定，倒是有點奇怪。

終章

一頭黑龍越過拉奇亞山脈飛了過來，那天是個晴朗的日子。

「蕾亞！謝謝妳來接我們。」

龍的女王在廣闊的牧草地上降落，看著張開雙手歡迎牠的吉兒有點害臊。

「沒有辦法，既然是迎接龍帝與龍妃，除了我無人能勝任。」

「羅怎麼樣了？」

「放心吧。我已警告過，若牠敢出帝都一步，在那瞬間我就會自我了結。」

紫色眼睛透露出認真的眼神。當她心裡正感慨羅也有個費心的妻子時，為了送行出來的瑞克與安迪，眼神閃閃發亮。

「好棒喔～！真的是黑龍！而且剛剛是不是說話了？」

「因為幾乎沒有關於黑龍的紀錄啊，能讓我們稍微騎一下嗎？」

「當然不行啊，因為你們是克雷托斯的人。」

在蕾亞瞪人之前，吉兒先拒絕了，雙胞胎看了彼此一眼。

「話是那麼說沒錯啦，但這是可愛弟弟的請求啊，用龍妃的力量通融一下！」

「正因為我是龍妃，才不能隨便那麼做。陛下同意就另當別論。」

「好耶，哈迪斯哥哥——」

瑞克興致高昂地將目標轉向哈迪斯，卻在轉過身後失去了氣勢。安迪聳聳肩。

「現在不要過去比較好。」

「哎呀，哈迪斯，你終於要回去了呀！真捨不得啊！儘管要使用龍，但回程路上看起來會很辛苦，可以把女兒留在這裡自己回去也沒關係啊！」

「受你們照顧了，岳母大人。」

「不必客氣，想一直留在這裡也沒關係喔。你擅長管理家計，縫縫補補也能交給你，又擅長打掃，連廚房都亮晶晶的……哈迪斯不在，今天做飯該怎麼辦才好？」

「今日份的食材已經完成事前準備，也有先做起來放的料理，做好的醬料也能夠保存，請用那些搭配蔬菜享用幾天。那樣這個月的伙食費能夠省下不少，應該能夠拿去填補預算。」

「喂，為什麼這傢伙對我們家的廚房大小事那麼清楚？夏洛特！」

「實在非常可靠呢，如果有什麼事，可以寫信和你商量嗎？」

「好，我在回到帝都後也會聯絡妳。」

「你們一起忽略我啊！現在跟你握手的人可是我啊？」

父親那個與其說是握手，不如說是想捏碎對方的手，哈迪斯原本一副若無其事不多理會的表情，最後像是受夠般嘆了氣。

「改天請各位來帝都。」

「喔，你說的喔！我會去！絕對會去的！去把女兒帶回來！」

「首先在國境會派諾以特拉爾龍騎士團迎接喔。」
「那就是開戰了嘛。」
雙手放在後腦杓的瑞克感到傻眼，身旁並肩站著的安迪，以冷靜地聲音說道：
「就要和吉兒姊姊告別了啊。」
「什麼嘛，說得像是再也見不到一樣。」
「妳又說這種天真的話。」
「才不是因為天真。畢竟引發事情的火種多得像山一樣，況且我也知道有些紛爭無法避免。畢竟你們看起來那麼忙。」
哈迪斯療養期間，安迪與瑞克一天到晚進出領地。不知原因是為了救傑拉爾德進行準備，還是政治方面引起了混亂。家人當然沒有對她說明。不過那樣就好，試探下去恐怕又會引起紛爭。
無論真相如何，克雷托斯這方並沒有打算就此停手，這點她很清楚。
「但是，我覺得有一天會有辦法解決的，只要是我的陛下。」
「……盲目迷戀。」
為了隱藏害臊，她用手肘頂了半閉著眼看她的安迪，接著立刻被抱了起來。
「回去了，吉兒。」
不知是否因為父親的糾纏讓哈迪斯感到疲累，只有簡短地那麼說道。於是吉兒點點頭。
「好，我們加油吧。」
「嗯……什麼事要加油？」

看到哈迪斯歪著頭，瑞克一副拿他沒轍的模樣搖搖頭。

「唉～你還不明白呢，哈迪斯哥哥。我們家怎麼可能讓龍帝那麼輕易地回去呢？」

「全員，就戰鬥位置！」

安迪高聲喊道。領民一窩蜂地從四周跑出來。比利喊著：

「為龍帝夫妻送行！」

哈迪斯毫無表情地僵住，吉兒拉了他的手，讓蕾亞起飛。

「快點啊，陛下！不然會被擊落的！」

「為什麼？簽契約書的意義呢？」

「都讓你留在這裡療養了，就當作是一點贈送的服務吧！」

「這贈送服務的概念太奇怪了！」

哈迪斯似乎有所不滿，但轉眼間蕾亞就浮到空中。牠將半吊子的魔法像蜘蛛絲般扯斷，眼前出現的對空魔法也俐落地回轉，優雅地躲開。

「哼，這種程度而已，不足以為意——」

蕾亞的動作突然停止。牠的尾巴被母親的鞭子纏住了。不放過這個空檔以拳頭追擊而來的，自然是薩威爾家的當家。

「給我記住了，龍帝。如果爆發戰爭，就是這個拳頭會殺了你的人民和家人。」

哈迪斯眨了眨眼，唇邊露出微笑，並揮舞天劍。

「那是我要說的。」

天劍僅僅一閃便擊落父親，也斬斷纏著蕾亞的鞭子。他並沒有拿出真本事，只是展示威力，父親也在宅邸的屋頂上完美落地。地面上出現了「是天劍啊——！」、「居然能親眼見到」等感動的聲音。吉兒提高音量：

「等我再回來時，會給你們見識龍妃的神器！」

若是忘記龍妃的存在可就傷腦筋了。下方傳來「喔喔」的開心應和聲，並大力對他們揮著手，不過哈迪斯卻感到無力。

「這樣就好了啊……」

「當然了。陛下對薩威爾家的了解還太少呢。」

高度突然上升。穿過雲層後，蕾亞大幅度拍動翅膀。

「距離帝都需要飛多久時間？」

「一般需要四天左右啦……」

「如果不休息全速飛行，可在明天抵達。不能對羅大意，要趕緊回去！」

這大概是只有黑龍才能執行的蠻幹行為，不過真的立刻就看見山頂了。只是在那裡，並沒有感受到隔離國境的魔力氣息。

「……拉奇亞山脈的魔法之盾不見了呢。」

哈迪斯靜靜地點頭。「唉～」吉兒背靠在哈迪斯的胸口。

「接下來女神又可以隨意進入拉維帝國了嗎？」

「沒錯、應該吧……那個，吉兒，如果……」

「如果您要告訴我現在回去還來得及之類的話，我就會把陛下踹下去，自己一個人回帝都喔。」

看他語塞的模樣，可見自己完全猜中了。

「請振作一點啊，不然我在考慮以後的事，不就像個笨蛋一樣嗎？」

「以後？以後是指、回到帝都之後嗎？」

「沒錯。要做的事情很多呢，首先要去歷代龍妃們的墓前參拜。」

她攤開左手往前伸，無名指上的金色戒指反射著陽光。

「還有，我在考慮拉迪亞要怎麼辦。我是大公吧？拿年紀當藉口，這樣不管到什麼時候都只會依賴陛下和大家，這樣沒資格當龍妃吧——陛下？」

哈迪斯默默地將額頭靠在吉兒的肩膀上。

「妳成長得太快了，我實在跟不上……」

「那是因為我想趕上陛下，用同樣速度成長會很困擾。」

「光是妳選擇我而不是故鄉，就足以成為龍妃。以十一歲而言太能幹了。」

「太天真了，陛下！不會因為我是龍妃就能帶來國泰民安啊！」

「還有女神也是。」如此說道的吉兒握起拳頭。

「我接下來要讓自己能夠把接近陛下的女人一個一個打倒！」

「能夠贏過妳的女性，應該沒多少人喔。」

「我都說了，不是那種問題！三百年前的龍妃，之前說過她的事吧？」

只要有戰鬥能力就好，這種認知大錯特錯。然而，哈迪斯興致缺缺。

「那有可能是女神編出來的故事啊。再說拉維什麼都不記得，不應該拿來參考。」

「就算如此，也不見得所有內容都是假的啊。龍妃傷心到會受女神利用是事實。」

「但是拉維不記得，就表示祂那時的神格下降了。」

這是從沒想過的觀點，吉兒眨了眨眼。哈迪斯的聲音很冷靜。

「如果龍帝違背真理，龍神的神格當然就會下降。關於歷代龍妃死前的事情，拉維幾乎都不記得，只記得第一代龍妃的事而已。可能因為那時拉維本身就是龍帝，所以記憶才是清晰的，不過在龍妃死後的記憶還是很模糊。」

「……代表可能發生違背真理的事吧。難道原因是失去龍妃嗎？」

「不知道，可能和女神有關。但是，照妳所說，三百年前龍妃的死狀如果是真的——」

哈迪斯突然停下說一半的話，從背後抱緊了她。語帶怨恨地喃喃說道：

「我想，可能是非常麻煩的真理。既然是失去龍妃的時候，龍帝做了什麼不該做的事，那我很有可能也會犯相同的錯。」

「所有的龍帝都違背同樣的真理，感覺不太可能……」

「但假如我失敗了，拉維的神格就會下降，然後消失。」

這時候，吉兒終於發現哈迪斯的手相當冰冷。她咬著唇，趕緊撫摸那隻手。真不是個能隨意聊的話題。對吉兒而言是個與自己無關的話題，然而對哈迪斯來說，卻是個很有可能發生又可怕的話題。

只是讓自己看起來像個了不起的皇帝——她想起那個對拉維也無法說出口的祕密。哈迪斯為了不想失去養育自己的親人而想成為那樣的人，只要以皇帝的立場做出錯誤選擇，拉維隨時有可能消失。

所以哈迪斯絕對不能犯任何錯誤，不能違背龍帝的真理。

（……這次的事情也是一樣啊，與克雷托斯的和平協商，可能真的很危險。）

雖然對現在才察覺這件事的自己感到生氣，不過現在能察覺真是太好了。

「不會有問題的，陛下。」

她伸長雙手抱緊哈迪斯。自己嬌小的手和身體讓人感到煩悶，如果能再長大一點，就能夠擁抱他的全身了。

「陛下不是一個人。如果龍妃是個契機，我也不會認為事不關己。再說，現在陛下有哥哥、姊姊、妹妹和弟弟，有很多的同伴，大家都能協助陛下成為了不起的皇帝。」

「如果是這樣就好了，我實在沒什麼自信呢。」

「居然說喪氣話。雖然很不甘心，但我這次因為陛下的強大，重新愛上陛下了。」

哈迪斯眨了眨眼。在能看到他的睫毛距離下，吉兒噘起嘴：

「如果是我對陛下說出再見，一定也沒問題——陛下！」

哈迪斯的身體一癱朝旁邊傾斜，吉兒慌張地撐住他。他只是握住轠繩，實際上是蕾亞自主飛行，不過這裡可是在天空中，倘若倒下可是會掉下去的。

哈迪斯帶著急促呼吸，臉色蒼白地睜開眼。

「剛、剛剛，好像聽到、宣告這個世界就要結束的話……」

「……聽錯了喔，只是作夢。」

「就是嘛！我還以為心臟就要停了……」

自己能說那種話，卻沒辦法聽啊。吉兒是無法為了哈迪斯而說出再見的，這下扯平了。

（就當作我們很適合彼此吧。）

雖然心裡得出和平的結論，她卻長長地嘆了一口氣。只是這樣，便讓哈迪斯焦急起來。

「怎麼了？剛剛那聲嘆氣，難道包含著想拋棄我的想法嗎？」

「我是在想若是拋得下該有多輕鬆啊……夠了，陛下！」

「是！」

「你是不是忘記了，幸福家庭計畫！」

聽到強調的語氣，哈迪斯不禁跟著挺起背脊並睜大眼睛。吉兒直直回望那雙金黃色的眼眸，堅定地說道：

「我們兩個一定要完成它喔！」

不只有妻子與丈夫而已，感情不和的家人、敵對的姻親老家，就連神也能變幸福，要完成這個大規模計畫。

愣住的哈迪斯笑出聲來。吉兒不高興地舉起拳頭。

「我明明很認真呢！小心我要揍人喔，陛——」

在她的手臂繞向背後的同時，那雙薄唇在吉兒小巧的唇上擦過——好像是這樣。她瞪大雙眼愣住，但哈迪斯就像什麼事也沒發生似的只是緊緊抱住吉兒。

（是、是錯覺嗎？剛剛、那、那是……）

不過，根本無法確認。心跳聲怦通怦通地震耳欲聾，他像在捉弄人的語氣蓋過心跳聲。

「吉兒，妳長高了呢。」

「咦？那、那當然……我有長高吧。」

「長高了呢，與剛相遇時比起來，更像大人了。漸漸變得不是只有可愛而已呢。」

因為哈迪斯把下顎靠在她的頭上，所以感覺到他嘆了氣。不過當中帶有一種高興的感覺。

「我好像知道至今為止的龍帝做錯什麼事了。」

「咦咦？到底是什麼事？」

「說出來太害羞了，祕密。」

「啥？」

「啊～怎麼了怎麼了？你們又要吵架嗎？都給我適可而止喔～」

拉維從哈迪斯與吉兒之間的縫隙鑽出來。對比閉上嘴的吉兒，哈迪斯用冷冷語氣回應：

「該適可而止的是祢，到底要懶到什麼時候？」

「在克雷托斯時拚命使用我力量的人是你耶！不是到處揮著天劍就是要在中間幫忙跟羅傳話再不然就是要護佑羅薩！好不容易回到拉維就讓我休息吧！」

聽到最後那句話，吉兒不禁往身後看去。

他們似乎在不知不覺間穿越國境了，拉奇亞山脈的山頂正逐漸遠去。

已經看不見故鄉了。

「不會讓妳回去喔。」

哈迪斯在她頭上低喃道。拉維吃驚地說：

「還在鬧脾氣嗎？小姑娘都明確地選擇你了耶——」

「少囉嗦，這是我的心情問題啦。」

「好好好。喂，蕾亞，會累嗎？沒問題嗎？羅很擔心喔。」

拉維說完，便移動到蕾亞的頭頂上。吉兒則一邊看著這幕一邊把背靠往哈迪斯胸口上。

當她的背整個靠上去時，彷彿能聽到哈迪斯的心跳聲。

「我不會回去喔。」

「嗯，不過可以偶爾返鄉，也可以招待家人到帝都喔。」

「突然變得寬懷大度了呢。」

「那當然是因為我跟妳的幸福家庭計畫啊。」

吉兒開心地笑出來。她稍微挺起背脊，偷偷對哈迪斯說悄悄話。

「小孩要十個喔。」

「沒錯呢，加油吧——對拉維也要保密。」

於是他們將不受愛之火燃燒、或真理的冰凍結，兩人共同打造新的龍帝與龍妃的愛之真理。

對彼此約定的幸福，一定就在未來當中。

後記

大家好，有些人是初次見面。我是永瀨さらさ。

非常感謝大家閱讀拙作。在各位的支持下，吉兒一行人的故事出版到第四集了。不管增添修改或新作品的執筆，我都非常努力，希望不管是閱讀ＷＥＢ版，或以其他方式閱讀的讀者都能看得開心。

接下來是謝詞。繪製精緻插圖的藤未都也老師，感謝您這次以特別帥氣的構圖完成作品。其他諸如持續為漫畫版執筆的柚アンコ老師、責任編輯、編輯部的各位、設計師、校對人員、印刷廠的各位，誠心地向參與這部作品出版的所有人獻上深厚的感謝之意。

最後，是閱讀這本書的讀者們。為了接下來各位能夠繼續享受這個故事，我會持續努力，若是能繼續支持吉兒一行人，我會很高興。

那麼，期許以後能再相見。

永瀨さらさ

國家圖書館出版品預行編目資料

重啟人生的千金小姐正在攻略龍帝陛下/永瀨さらさ作；李冠妤譯. -- 初版. -- 臺北市：臺灣角川股份有限公司, 2024.07-
冊；　公分. -- (Kadokawa fantastic novels)
譯自：やり直し令嬢は竜帝陛下を攻略中
ISBN 978-626-400-225-7(第4冊：平裝)

861.57　　113006554

Kadokawa
Fantastic
Novels

重啟人生的千金小姐正在攻略龍帝陛下 4

（原著名：やり直し令嬢は竜帝陛下を攻略中 4）

2024年7月24日　初版第1刷發行

作　　者：永瀬さらさ
插　　畫：藤未都也
譯　　者：李冠妤

發 行 人：台灣角川股份有限公司
總　　監：呂慧君
總 編 輯：蔡佩芬
主　　編：林秀儒
編　　輯：楊芫青
設計指導：陳晞叡
美術設計：周欣妮
印　　務：李明修（主任）、張加恩（主任）、張凱棋、潘尚琪

發 行 所：台灣角川股份有限公司
地　　址：104台北市中山區松江路223號3樓
電　　話：（02）2515-3000
傳　　真：（02）2515-0033
網　　址：www.kadokawa.com.tw
劃撥帳戶：台灣角川股份有限公司
劃撥帳號：19487412
法律顧問：有澤法律事務所
製　　版：巨茂科技印刷有限公司
ＩＳＢＮ：978-626-400-225-7
